Paula Mazzola

ENTRE TEMPOS E CONTRATEMPOS

...Uma história de muitas mulheres

São Paulo
2022

Direitos reservados
Paula Barini Mazzola

Editora
ASTERA
Paula Barini Mazzola ME

Autora
Paula Mazzola

Ilustrações
Patrícia Siqueira Sper

Projeto gráfico e diagramação
Bia Gomes

Revisão
Bruna Martins Fontes

Foto Capa
Carlotta Ekman

São Paulo, SP - Brasil (2022)
1ª edição

Dados Internacionais de Catalogação na Publicação (CIP)
(Câmara Brasileira do Livro, SP, Brasil)

Mazzola, Paula
Entre tempos e contratempos : uma história de muitas mulheres / Paula Mazzola. -- São Paulo : Ed. da Autora, 2022.

ISBN 978-65-87103-02-0

1. Ficção brasileira I. Título.

22-134527 CDD-B869.3

Índices para catálogo sistemático:

1. Ficção : Literatura brasileira 869.3

Inajara Pires de Souza - Bibliotecária - CRB PR-001652/O

Ano novo...

Tempo de esperança, tempo de reflexão, tempo de gratidão, de novos ciclos e inícios.

Tempo para fixarmos propósitos, ideias, projetos.

Tempo para amar, para alegrias, para desejos de renovação, saúde e boas emoções...

Não é somente um recomeço, e sim um começar *diferente*, aberto simplesmente para o NOVO.

Em nossa lista de desejos não há lugar para doenças, desgraças, desentendimentos e qualquer outra coisa do gênero. Em nossa lista, enfim, não há lugar para *Contratempos*...

Mas *Contratempos* irão existir, não há como evitá-los, são imprevisíveis.

Surpresas virão, às vezes de formas não muito agradáveis...

E é aí que entra o "tempo", nosso maior tesouro.

Ele representa a nossa sabedoria em como lidar com tudo o que atrapalha o fluir natural da vida.

Se soubermos *confiar* que tudo vem para o melhor, aceitaremos tanto a Luz do tempo como a escuridão do contratempo, para que se fundam...

Onde há Luz não há escuridão. Isso é fato.

E, a cada *Novo Ano Novo*, ganhamos a chance de renovar com fé nossos desejos. De iniciar um novo processo, de reerguer e aprender amorosamente com os *contratempos* da vida.

Nessa dança da vida, o "tempo" nos presenteará com uma singular fortaleza e com serenidade para que nosso Novo Ano seja sempre o "melhor" de todos.

Gratidão é o que mais expressa essa aprendizagem entre "tempos e contratempos".

Sou grata a cada momento que passei e por tudo o que recebo. Sou grata a todos os que me cercam com amor, compaixão, gentileza e bondade. Sou grata até mesmo aos meus "inimigos", que me ensinaram o verdadeiro valor da vida (e muitas coisas mais...). Sou grata a Deus.

Desejo a todos vocês o melhor ano possível.

E, se ocorrer algum "contratempo", que todos tenham "tempo" suficiente para que o seu *Novo Ano* seja mais um motivo para se levantar, começar e realizar!!!

Um beijo grande, especial e cheio de esperança,

Paula Mazzola

30 de dezembro de 2012...

— Mãe, você já escolheu a cor do seu vestido? — perguntou Elena, minha filha, com seu tablet nas mãos, pesquisando os significados de cada cor para usarmos na festa do Réveillon, uma superstição que já virou tradição de família.

— Não sei ainda — respondi, sem desviar meu olhar do livro que eu lia sentada no sofá ao seu lado. — Provavelmente vestirei branco como sempre, foi o que eu trouxe para cá...

— Puxa, mãe, não seria legal mudar um pouco? — Elena estava já impaciente, querendo chamar a minha atenção. Para atendê-la, perguntei:

— O que diz aí?

— Bom... O branco, como você já está careca de saber, significa paz e harmonia. Verde é esperança, mas também pode ser cura — ela deu uma pausa pensativa e emendou —Acho que cura é quase sinônimo de esperança, né? Sei lá, para mim parece a mesma coisa!

Logo que respondeu a sua própria indagação, ela continuou:

— Vermelho é paixão; rosa, amor; amarelo traz riquezas, alegrias...

— Huuuum - interrompi, animada. — Essa conversa está ficando interessante. Conta mais, quem sabe esse ano escolho alguma outra cor, acho que ainda teremos tempo de ir até a vila comprar uma roupa diferente. Estou mesmo precisando apimentar a minha vida, e nada melhor do que o início do ano para animar, não é mesmo?!

Naquele momento, fechei o livro. Ouvindo a conversa da Elena, meus pensamentos se perderam nas lembranças do meu casamento. Confesso que há algum tempo tenho sentido o Antonio, meu marido, distante de mim. Pode ser somente impressão; talvez uma dose de vermelho paixão para incrementar nosso casamento não seja de todo mal...

Sou italiana nascida no norte da Itália, na cidade de Ferrara, local de origem da família de minha mãe. Meu avô era engenheiro, dono de uma casa de fundição que construía máquinas para compor estradas de ferro, herança essa vinda do meu bisavô. Meu tio, único irmão da minha mãe, nasceu com problema de coração e morreu quando eles eram ainda crianças. Desde então, minha avó adoeceu de tristeza e minha mãe voltou-se aos cuidados dela até seu último dia, que ocorreu praticamente cinco anos após meu nascimento. Sempre que lembro dessa minha avó, uma imagem melancólica me vem à memória. Meu pai, ao se casar com a minha mãe, resolveu mudar de cidade para ajudar meu avô Giuseppe. Depois que a empresa deles foi vendida (eu havia acabado de me mudar para o Brasil), meus pais resolveram morar em Roma, perto de dois dos meus irmãos, para segundo eles, paparicar seus netos. Sorte a deles terem meus pais por perto!

A imensa família dos meus avós paternos é de Teggiano, que fica mais para o sul do país, cidade de meu tataravô. Pelas histórias que me contam, ele era um grande aventureiro: viajou para o Brasil, onde conheceu a minha tataravó, uma indígena pela qual se apaixonou e que levou para a Itália. Em sua época, também construiu a igreja de Santo Agostinho bem em frente ao enorme casarão que ele tinha para acomodar tranquilamente todos os seus oito filhos.

Até hoje a casa permanece intacta na cidade, mas não pertence mais à minha família. Lá funciona um asilo administrado pela igreja, que abriga mais de 20 idosos da região. Em Teggiano, somos bem conhecidos pela fama desse meu tataravô. Meu bisavô era farmacêutico e também teve 8 filhos: minha avó (filha número seis) se casou com o meu avô, também farmacêutico, que veio da cidade de Mantova, na região da Lombardia, para trabalhar com quem posteriormente se tornou seu sogro.

A vida da minha família paterna aconteceu sempre nos arredores da Igreja. E foi lá dentro, durante um culto dominical, que a minha mãe, visitando a tia dela, irmã gêmea da minha avó que morava na cidade e havia se casado com um dos irmãos de minha avó paterna, conheceu meu pai. Em poucos dias, começaram a namorar.

Para o desespero da matriarca, minha avó paterna, quando meus pais se casaram, ela não gostou nem um pouco. Como sempre diz meu pai: "ela queria seu filho caçula bem debaixo das suas asinhas". Meu pai foi o primeiro da família a se mudar de Teggiano, a quebrar a tradição de mais de um século. Na verdade, acho que ela tinha mais medo de perdê-lo para o "norte" do país, e assim foi feito, pois meus pais resolveram morar em Ferrara.

Sou a filha caçula entre três irmãos homens, hoje todos casados, sendo que um deles, Francesco, meu irmão do meio (entre os homens), assumiu-se homossexual na adolescência, quebrando mais um dos rígidos paradigmas da nossa tradicional família italiana. Lembro-me da época em que ficamos sabendo: meus pais aceitaram a sua revelação, deixando-o seguro de que nada mudaria o amor que eles sentiam por ele. Meus outros irmãos, Giorgio e Pietro, sempre souberam e também o apoiaram. A surpresa foi, novamente, com a minha avó paterna, que achou que meu pai, por ter se mudado de cidade, afrouxou a nossa educação. Até hoje, mesmo depois do falecimento dos meus avós, escuto brincadeirinhas de mau gosto e bem preconceituosas de alguns tios.

E, para completar a indignação dessa mesma avó com o fato de que nada em sua família saiu do jeito tradicional como ela gostaria que fosse, foi a minha vez de quebrar ainda mais as crenças familiares. Fui uma adolescente bem livre e determinada. Desde criança danço ballet clássico; com 16 anos me tornei profissional na minha cidade, e a minha rotina consistia em estudar, dançar e à noite trabalhar em uma sorveteria da cidade para completar as minhas economias e assim alcançar um grande sonho: um intercâmbio de sete meses em um programa internacional de dança em Nova Iorque, nos Estados Unidos.

Naquela época, todas as bailarinas intercambistas se hospedavam juntas na academia de dança. Havia um período de adaptação para conhecermos umas às outras, durante as férias escolares treinávamos por volta de oito horas por dia, uma rotina exaustiva. Em época escolar, durante o dia frequentávamos a escola regular, porém na volta eram treinos atrás de treinos até culminar em uma apresentação final do Quebra-Nozes perto do Natal repleto de neve daquela cidade que aprendi a amar.

Apesar da grande competição entre as participantes, principalmente pela possível vaga na Companhia de Dança, que poderíamos alcançar após formadas, lá fiz amizades que carrego para a minha vida, como a Catherine (Katie), vinda de Toronto, no Canadá, a Maria Ignês, de Lisboa, Portugal, e Felicia, da Venezuela, mas que vive desde que era bebê em Miami, nos Estados Unidos.

No final, nenhuma de nós quatro conseguiu a tão sonhada vaga, e somente Felicia e Maria Ignês continuaram a dançar profissionalmente, cada uma em sua cidade. Katie se encantou por Nova Iorque e, aluna super estudiosa, optou por mergulhar na medicina, enquanto eu voltei para Ferrara, onde mesclava a dança (minha paixão da vida) com a universidade.

Por uma feliz coincidência, a escola que frequentei em Nova Iorque aceitava outros programas de intercambistas. Foi na minha classe de Biologia e de Inglês que conheci o Antonio, um brasileiro moreno, alto, lindo e com um sorriso cativante. Meu coração disparava toda vez que chegávamos perto um do outro. Viramos grandes amigos. Ele se tornou bastante popular na escola por ser também alegre, inteligente e muito sedutor. Logo que ele entrou para o time de futebol da escola, sua popularidade atingiu o nível máximo, e acho que todas as meninas da escola também se apaixonaram por ele. Para a minha felicidade, fui a "escolhida", mas foi só durante uma partida de boliche entre amigos que oficializamos nosso namoro e automaticamente nos tornamos o assunto mais comentado da escola.

Foram meses de muita convivência. Em meus horários de intervalo nos encontrávamos no cinema ou para caminhar no parque. Nessas horas quase me esquecia do que fui fazer por lá, nem me lembrava de dançar. Dá para imaginar minha tristeza durante a nossa despedida, quando o intercâmbio terminou.

Depois disso, continuamos a nos comunicar por cartas, e-mails e telefonemas por aproximadamente dois anos. Ele sempre foi o amor da minha vida; tive até alguns paqueras, mas nenhum outro relacionamento sério. Até que conseguimos nos reencontrar em Portugal, para a festa de aniversário da Maria Ignês. Ali me senti no paraíso: a distância entre nós não diminuía em nada o amor que eu sentia por ele. No ano seguinte, fomos convidados pra sermos padrinhos de casamento da Felicia com o Juan, em Miami. Os dois casaram-se cedo, ela com quase 20 anos de idade.

A história de Felicia é bem interessante. Seu pai, viúvo, casou-se pela segunda vez com a mãe do Juan e os dois enteados de seus pais se tornaram "irmãos", Felicia com 14 anos de idade e Juan com 16 anos. Após dois anos convivendo juntos, eles começaram a namorar escondidos dentro de casa. Era um namoro de criança, ingênuo e verdadeiro. Eles morriam de medo de os pais descobrirem, até o dia em que uma "amiga" invejosa da Felicia acabou contando para o irmão mais velho do Juan. Assim que o pai dela soube, resolveu mandar a filha para o mesmo programa de intercâmbio que fiz, com a esperança de ela se dedicar à dança e conseguir a vaga desejada. Mas nada adiantou: quando Felicia voltou, os hormônios dos dois adolescentes estavam à flor da pele, o namoro de inocente passou a ser uma paixão intensa e assumida, e a família então não teve outra escolha a não ser aceitar, e antes de a Felicia completar 20 anos de idade, se casaram.

A partir dessa viagem, eu e o Toni (apelido do Antonio) tínhamos nos tornado adultos, pelo menos era assim que nos sentíamos, ainda mais com a responsabilidade de sermos padrinhos de casamento de alguém. Nosso namoro ficou sério, e sempre que ele podia, mesmo que o feriado fosse curto no Brasil, dava um jeito de correr para a Itália para me ver. Em uma ocasião acabei passando as férias pelo meu país junto à família do Toni, conheci seus pais e a sua única irmã, Ângela, quase dez anos mais nova que ele. Fomos para Florença, Roma, Veneza, Lucca, Pisa... Assim que terminei a universidade, com 22 anos, resolvi morar com o Antonio no Brasil e anunciei para a minha família a minha nova decisão.

Minha avó paterna dizia que eu havia puxado meu tataravô, voltando às nossas pequenas raízes brasileiras e sempre me aventurando em algo novo. Mas dessa vez foram os meus pais que não gostaram da ideia de a filha princesa deles se desgarrar e morar em um país estrangeiro. Sem poder de escolha, aceitaram com uma única condição: que nos casássemos como manda o figurino. E assim fizemos. Após alguns meses de preparativos, nos casamos com direito a duas cerimônias: uma na Itália, na Igreja construída por meu tataravô, lotando-a com toda a minha família (inclusive com a presença dos meus avós paternos e do meu avô materno acompanhado de sua noiva), com os pais e com a irmã do Toni, seu primo Júlio, meus amigos de infância Paola, Georgia e Nicola, que seguiu sua verdadeira vocação, tornando-se um frei Franciscano e escolhendo Frei Giuseppe como seu novo nome, e também Katie —que foi com seu novo namorado, quase doze anos mais velho do que ela, chamado Mark—, Felicia e Juan. Sentimos falta da Maria Ignês, que precisou ficar em Portugal para cuidar de sua saúde. Ela havia descoberto um câncer em seu seio direito e o tratamento com a quimioterapia a deixava derrubada, porém ela nos certificou de que estaria bem e de que logo nos visitaria no Brasil para comemorarmos a sua cura, o que aconteceu de fato menos de dois anos depois.

A outra celebração do nosso casamento foi no Brasil, na capela dentro da fazenda dos pais do Antonio, em uma cerimônia mais reservada, porém muito especial, já que a família dele não é tão grande quanto a minha, com poucos convidados, incluindo meus pais e irmãos que vieram pela primeira vez para cá, para conhecer onde sua filha iria morar.

Durante a cerimônia do nosso casamento na Itália, celebrada pelo Monsenhor que morava no Vaticano, amigo de infância do meu avô, recebemos uma surpresa: um documento assinado pelo Papa João Paulo II nos abençoando. Ficamos muito emocionados, não deve haver no mundo um casamento mais celebrado que o nosso, e assim também nos sentíamos: o casal mais feliz do planeta!

Desde que casei, pelo menos uma vez por ano viajamos com nossos filhos para Roma, para visitar meus pais e irmãos. Compramos um apartamentinho bem aconchegante no bairro mais charmoso da cidade. Meu irmão do meio também se mudou da Itália, escolhendo morar na cidade de San Francisco, nos Estados Unidos, e vive lá há mais de 20 anos. Na verdade, ele e seu marido são cidadãos do mundo, por não terem filhos nem nada que os prenda em um lugar só. Trabalham, juntam dinheiro e saem pelo mundo afora; seu localizador passou a ser as postagens semanais das redes sociais, nas quais fotografam, além dos lugares paradisíacos que conhecem em suas viagens, como um "bom italiano" que se preze, os pratos gourmet dos restaurantes que frequentam.

Eu e Antonio moramos em uma casa grande dentro de um condomínio fechado em um bairro nobre da cidade de Campinas, no estado de São Paulo, com acesso fácil para o aeroporto e estradas que levam às fazendas de plantações de cana de açúcar, algodão e soja pertencentes aos meus sogros; em uma delas fica a capela onde nos casamos. No total são três enormes fazendas espalhadas pelo Brasil e uma que em breve será adquirida na Argentina. O Antonio é quem as administra de seu escritório, mas também viaja bastante pelo menos dois dias por semana. Minha cunhada se tornou médica pediatra e seguiu sua vocação.

A vida aqui no Brasil é bem diferente da pacata vida que eu tinha na Itália. O brasileiro adora confraternizações, e o Toni é o mais festeiro de todos, nossa casa sempre é repleta de amigos. Graças a Deus tenho duas funcionárias para me ajudar na casa, além do caseiro que cuida do jardim e da piscina, limpa os vidros das partes altas da casa e que trabalha também como motorista, revezando comigo as compras do supermercado, levar e buscar as crianças na escola, atividades extracurriculares, médicos e terapias.

Temos quatro filhos: o Carlo e o Lucca, gêmeos com 13 anos recém-feitos, a Elena, com 11, e o Marco, com apenas 8 anos de idade, uma criança bem levada e independente, que imita os irmãos mais velhos desde bebê e apelidou sua irmã de Lelê.

Elena continuava a sua explicação enquanto a minha mente divagava perdida em meus pensamentos. Distante, ouvi um sussurro com a palavra "mudança", e assim despertei rapidamente dos meus devaneios:

— MUDANÇA? — perguntei em um sobressalto. — Lelê, repete para mim: qual é a cor que a representa?

— Eu já te disse, mãe — falou ela, impaciente. — Você não me escutou? É a cor LARANJA! — enfatizou.

— Opa! É essa aí mesmo que vou usar! — eu disse, levantando do sofá, segurando a minha bolsa e a chave do carro, preparada para sair. — Vamos já para a vila, as lojas ainda devem estar abertas! Amanhã logo após o almoço devemos estar na casa alugada para ajudar a todos na decoração da festa de Réveillon e não vai dar tempo de sairmos para comprar nada. Este ano finalmente poderei descartar meu antigo vestido branco e inovar com outro bem colorido. Vamos, Elena, rápido! Calce logo as suas sandálias — a apressei, impaciente.

— Afe! Mãe... Que preguiça de sair agora — reclamou Lelê.

Eu nunca conheci uma menina que gostasse tanto de ficar dentro de casa quanto ela.

— Levanta e vamos! — falei, olhando para o relógio do celular em minhas mãos. — Daqui a pouco as lojas fecham e você ficará sem o melhor sorvete do mundo!

Opa, falei a palavra mágica: sorvete! A Elena se levantou rapidinho, calçou suas sandálias de qualquer jeito e, quando vi, já estava de saída na porta de casa.

Estamos de férias na casa da Anna e do Júlio, que fica na Ilhabela, no litoral norte do estado de São Paulo. Anna é alta, elegante, e tem seu cabelo cortado curtinho, em um semblante bem feminino. É inglesa e ocupa um dos mais altos cargos executivos em um banco de investimentos internacionais. Há pouco mais de quatro anos chegou no Brasil divorciada, trazendo consigo seus três filhos, sendo que o último era ainda bebê de colo. Sua filha mais velha estuda na mesma classe do Marco, e foi na escola que nos conhecemos. Ela é bem reservada, porém soube que seu primeiro marido era alcoólatra e se tornava agressivo, principalmente com ela, sempre que ultrapassava os limites da bebedeira. Ele chegou a ser preso por agressão, e nesse período ela aproveitou a oportunidade que veio junto com a sua promoção para se transferir para um país bem distante e completamente novo. Foi a solução milagrosa que arranjou para recomeçar a sua vida.

Nós duas nos tornamos grandes amigas, e há dois anos a convidei para ir a um dos churrascos dados em minha casa. Lá ela conheceu o Júlio, fazendeiro como meu marido, e também velejador, já participou até mesmo de grandes travessias. Ele é o primo mais velho do Toni, e eles mais se parecem irmãos de tanta afinidade que têm. Anna e Júlio começaram a namorar, encantados e apaixonados, e não demorou muito para que ele a convidasse para morarem juntos. Ele assumiu, como um verdadeiro pai, todas as crianças. Ela, por sua vez, sentiu-se no paraíso com um amor atencioso como o dele. Sua vida realmente se transformou, acredito que ela nunca mais voltará a morar na Inglaterra. Tirando seu forte sotaque de estrangeira, Anna se tornou a mulher mais brasileira de todas as que conheci por aqui.

A casa deles fica dentro de um condomínio fechado na encosta da praia, no lado norte da Ilha. Ali tem sete casas independentes que compartilham uma escada de acesso para a praia, um deck e um píer onde está apoitado o veleiro. Desde que os meninos nasceram, velejam com o tio Júlio.

No centro da Ilhabela tem uma vila muito charmosa, imitando uma vila de pescadores, com lojas de roupas, sorveterias, cafés e restaurantes bem gostosos. Quando tenho tempo, prefiro caminhar até lá, que fica a mais ou menos quatro quilômetros da casa.

Neste ano, conseguimos que os nossos amigos mais chegados, Maria Luiza, uma morena bem típica brasileira, casada com o Eduardo, um dos melhores amigos do Toni, Estela, Lara e Ana Maria, casadas com Ricardo, João e Roberto, respectivamente, alugassem a maior casa do condomínio em que estávamos, onde faremos a nossa festa de Réveillon. A diversão estará garantida, já que há várias crianças com idades próximas às dos meus filhos.

Os meninos saíram para velejar com o Toni e com o Júlio. Se fosse contar no relógio, eles passam mais tempo dentro d'água do que fora, velejam quase como profissionais!

Eu e a Elena, depois de pegarmos um trânsito absurdo para chegar até a vila (nessa época do ano não sei como essa ilha não afunda com tanta gente dentro dela), saímos à procura da roupa. A Lelê já havia escolhido a sua loja e saiu saltitante com um vestido branco e azul em um tom bem clarinho, que segundo ela representava as cores da "paz e da serenidade". Não sei se ela escolheu pela cor ou pelo modelo do vestido. A verdade é que ela já olhava esse vestido há tempos, e agora conseguiu a desculpa certa para ganhá-lo.

A minha foi mais difícil de decidir. Só encontrei branco nas vitrines das lojas e dentro delas, além de roupas douradas, amarelas, verdes, azuis e vermelhas (cheguei até a repensar na "paixão"). A única peça cor de laranja, depois de muito garimpar, foi uma malha leve, de meia manga (ainda bem, que com o calor que estava eu iria fritar!), que deve ter sobrado da coleção de inverno, totalmente fosforescente! Não tive dúvidas, comprei sem nem experimentar.

— Vou usá-la com aquela minha saia branca — falei, ignorando os olhos arregalados da Elena.

Saímos da loja com ela resmungando até a sorveteria:

— Não acredito que você terá coragem de usar essa roupa. Mãe, escolha outra cor... Com essa você vai parecer um cone de trânsito. Que tal voltar a usar o seu vestido branco?

Eu sorri: estava decidida pela cor de laranja.

No dia seguinte, logo após o almoço, começamos as organizações da festa na casa alugada. As crianças já haviam se entrosado com seus amigos na piscina, esquecendo até mesmo de passar o protetor solar; nossos maridos nem sequer apareceram, foram todos velejar.

A Maria Luiza ficou responsável pelos doces. Não existe no mundo cozinheira de doces como ela! A minha parte foi decorar a festa e arrumar os doces em cima da mesa. Organizar sempre foi a minha especialidade, pelo menos até a chegada da Estela, que gosta de tudo arrumadinho nos mínimos detalhes. Ela deve sofrer um pouco de "TOC", tenho certeza absoluta de que ela mexerá em minha arrumação, todos os anos isso acontece. Como já me acostumei com essa sua atitude, para provocá-la gosto de pregar peças e ela sempre cai direitinho. Faço exatamente assim: espalho milimetricamente todos os doces separados por cor do jeito que ela gosta, só que deixo alguns de outra cor perdidos nessas fileiras. A Estela quase sempre tem um treco quando chega, e disfarçando arruma tudo no lugar enquanto eu espio segurando a minha risada, escondida atrás de algum móvel! Quando tenho mais tempo para a brincadeira, eu provoco mesmo: deixo todos os doces coloridos misturados, igual a uma festa de carnaval, e a Estela passa horas reorganizando a bagunça que faço. Isso já se tornou tradição! Brinco muito com ela, mas na verdade a Estela sabe receber como ninguém, suas decorações são absolutamente estonteantes.

Acho que, não fosse pelo meu pequeno sotaque, ninguém diria que sou italiana. Não sei cozinhar muito bem, talvez eu tenha me acostumado mal aqui no Brasil, pois tenho funcionárias maravilhosas trabalhando em minha casa que cozinham super bem. Sempre tive sorte; a babá dos meus filhos, por exemplo, é a mesma desde que os gêmeos nasceram, ela já faz parte da nossa família.

Quando estamos reunidos, nem eu nem a Anna ousamos entrar na cozinha, ela é ótima executiva, mas zero prendada em culinária. Nós duas juntas, se por acaso precisássemos cozinhar para esse batalhão de pessoas que viriam na festa, seríamos um verdadeiro desastre. Teve um inverno em que inventei de fazer uma aula sobre fondue de queijo. Quando fui colocar em prática, pedi à Anna para comprar os ingredientes da receita, só que ela não encontrou um dos tipos dos queijos e comprou um diferente. Quando a receita ficou pronta e coloquei o fondue na panelinha no centro da mesa, o queijo grudou nos nossos garfinhos e pareciam fios elásticos: quanto mais puxávamos para cortá-los, mais esticavam, e a mesa ficou parecendo uma teia de aranha com cada um esticando o elástico para o seu lado! Até hoje sou lembrada desse episódio, sendo que a minha fama de má cozinheira piorou muito pela irresponsabilidade da Anna.

Outra vez eu estava fazendo um caldo de carne e esqueci a panela no fogão. Queimou não só o caldo como a panela! Precisei jogar tudo no lixo antes que alguém chegasse em casa, porém o cheiro de queimado me entregou. O Toni logo encontrou a arma do crime escondida dentro do lixo e saiu com ela mostrando para todo mundo que estava em casa! Preciso me lembrar de colocar aulas de culinária na minha lista de desejos para o ano novo, pensei.

A nossa sorte é que no grupo temos cozinheiras de mão cheia, como se fala no Brasil! A Estela providenciou todos os ingredientes para uma enorme paella que a Ana Maria, a verdadeira Chef da turma (foi graduada em gastronomia na mais conceituada escola de Paris), fará para todos nós em tempo real na cozinha balcão da casa alugada. Já a Lara é muito prática, cozinha com uma rapidez extraordinária, e se responsabilizará pelos acompanhamentos.

A Anna já havia deixado os aperitivos comprados e os pratos para servir; todos esses ingredientes separados, pois além dos acompanhamentos a Lara arrumará os aperitivos com tanto detalhe, delicadeza e bom gosto que as fotografias de suas mesas decoradas até saíram em revistas de decoração.

Os homens ficaram responsáveis pelas bebidas, já que curtem vinhos e champanhes especiais, e o Ricardo, marido da Estela, é quem os escolhe. O Toni, assim como eu, não bebe quase nada alcoólico. Traumatizamos após o episódio de quando cheguei ao Brasil da primeira vez que vim. Passamos o nosso primeiro Réveillon juntos aqui mesmo, na Ilhabela, ele bebeu algumas caipirinhas feitas com cachaça, o que para mim era total novidade, nunca havia visto nem experimentado essa bebida tão brasileira. Não sei se o Toni tentou me impressionar, só sei que ele passou tão mal na virada do ano que nem pular as sete ondinhas com um pé só na beirada do mar (outra tradição para dar sorte que aprendi por aqui) ele conseguiu. O Toni ficou sentado, ou melhor, largado na areia da praia, quando não estava atrás de uma árvore vomitando... Foi um verdadeiro desastre, que o traumatizou (e a mim também). Eu romanceei em meus sonhos toda a nossa primeira festa de Réveillon juntos, mas acabei a noite revezando com os nossos amigos, o Júlio e o Eduardo inclusive, jogando baldes de água fria em cima do Toni, tentando o reanimar.

O romance, na verdade, acabou em mim mesma um pouco antes da bebedeira do Toni: mal acostumada com o verão brasileiro (dezembro na Itália é inverno e faz um frio absurdo), fiquei com a minha pele do rosto, ombros, barriga e pernas (não havia lugar em meu corpo que se salvasse) vermelha igual a um pimentão, pois durante o dia esqueci de reaplicar o protetor solar. À noite, tive insolação!

Assim que terminamos a organização da festa, voltei com a Anna para a casa dela para nos arrumar. As crianças ficaram por lá na casa alugada, eles se viram bem quando estão entre amigos. Fiquei tão suada com o calor infernal que fazia naquele verão que precisei de um banho bem gelado, meu último banho do ano tomei na ducha ao lado da piscina. Experimentei a blusa cor de laranja "acesa", que serviu certinho combinando com a saia. Meu marido levou um susto assim que me viu.

— MINHA NOSSA! — exclamou ele com um sorriso sarcástico. — Dessa forma não te perderei no escuro!

Sempre engraçadinho, o Toni não perde a chance de fazer uma piada.

Cheguei por alguns instantes a pensar em trocar a minha roupa pelo vestido branco, mas lembrei do meu desejo de "mudança" em minha vida e estava decidida. Além do mais, não passaria tanta vergonha assim, já que estaríamos entre amigos.

— Vamos? — o Toni me chamou. — Eles já devem estar chegando.

— Ótimo! Pode ir na frente que ainda não terminei de me arrumar, vou tentar me maquiar um pouco e secar meu cabelo. Eu até hoje não entendo o que deve ter na água aqui que meu cabelo fica espichado igual a uma vassoura de bruxa! — eu disse, escovando meus cabelos ainda encharcados.

Tenho muita dificuldade em me maquiar. Na verdade, o Toni não liga para isso, então coloco um pouco de rímel em meus olhos e batom e já estou pronta.

Chegando na festa, a Estela deve ter ficado reorganizando novamente o que deixei "arrumado", tudo estava maravilhosamente impecável e no lugar exato. A porta já estava aberta, e encontrei as crianças todas de banho tomado e vestidas, os meninos lindos, de branco!

Ao entrar na sala já fui logo anunciando:

— CHEGUEI!

— Nem precisa dizer! — disse o João, marido da Lara, caçoando de mim.

— Engraçadinho, você! — respondi em tom de brincadeira. — E antes que me perguntem, já explico o porquê dessa cor: laranja significa MUDANÇA! É esse meu desejo para esse ano! — continuei.

Meus amigos se entreolharam sem conseguir compreender a minha extravagância. Não devia fazer o menor sentido; para eles sou sempre a pessoa mais *certinha* do grupo: a única que não bebe nada alcoólico, não fuma, a discreta e politicamente correta em todos os sentidos, bailarina (o melhor termo talvez seja dançarina, no Brasil troquei o ballet clássico por jazz), com um marido lindo (até os homens concordam comigo), filhos maravilhosos, saúde... Para eles, simplesmente não há motivos no mundo para eu desejar mudar algo em minha vida.

— Você vai se camuflar no show de fogos? — perguntou dessa vez o Júlio, outro brincalhão.

— Muito engraçadinho você também! — eu disse em tom provocativo.

E assim transcorreu a festa, muito alegre e farta, com uma paella típica espanhola. Quase à meia noite, saímos todos para a praia para assistir ao show de fogos e desejar Feliz Ano Novo para todos! Ousamos até pular as *micro* ondas que se formam nas praias dentro do canal, e com um pé só saltamos contando em voz alta: uma...duas...três... até chegar na sétima! As crianças acabam sempre entrando no mar!

E foi durante a explosão dos fogos que me silenciei internamente, e no meu coração desejei com convicção:

"EU DESEJO MUDANÇA EM MINHA VIDA."

Janeiro de 2013

— Alice, não esqueça de me encontrar hoje às 11h no escritório — falou o Toni em frente ao espelho, abotoando as mangas de sua camisa.

— Sim, vou me lembrar — respondi me espreguiçando na cama. — O que mesmo terei que fazer por lá?

— Assinar uns documentos e também abrir a conta no novo banco. A gerente nos encontrará lá.

— Está bem — concordei.

— Até mais tarde — despediu-se ele com um beijinho de leve em minha testa.

O Toni agora inventou que beijinho na testa representa "eu cuido de você", mas confesso que sinto falta dos seus beijos em meus lábios. Vesti uma calça jeans, uma camiseta clara e meu tênis branco de costume e saí. Detesto fazer o Toni me esperar.

Como sempre adiantada, cheguei ao escritório meia hora antes, cumprimentei seus funcionários como de costume e a recepcionista pediu que eu o aguardasse na sala de reuniões. O Toni saiu de sua sala apressado, já segurando alguns papéis em suas mãos. Senti uma expressão diferente em seu rosto, mas não consegui definir se ele estava assustado, nervoso, aflito, ou se foi só impressão da minha parte.

— Aconteceu alguma coisa? — perguntei enquanto ele organizava a papelada que carregava.

— Nada — respondeu ele, tentando me passar tranquilidade

— Assino onde? — perguntei para o Toni, tentando disfarçar minha insegurança.

— Aqui — apontou ele, no final do papel. — Ah, é bom rubricar todas as páginas anteriores.

Enquanto assinava e rubricava as páginas, uma mulher apareceu na sala, sem ser anunciada. Desconfiei que ela havia saído de dentro da sala do Toni. Quando olhei para ela, me confundi com uma modelo de revista. Uma mulher mais ou menos da minha idade, magra, alta como o Toni, cabelos castanhos lisos e olhos azuis, vestia um tailleur cinza com camisa branca e uma saia um pouco abaixo dos seus joelhos. Usava um salto fino, tipo agulha, que a deixava ainda mais alta — eu não conseguiria me equilibrar nunca naquele sapato, prefiro mil vezes calçar todos os apetrechos de uma sapatilha de ponta. *Ainda bem que o Toni não gosta de mulheres de sapato alto e unhas pintadas de vermelho* — pensei. Além do seu esmalte chamativo, em seu pescoço um lenço de marca amarrado e combinando com os tons degradê de sua bolsa. Seu perfume forte penetrou em cada canto da sala. Tentando parecer simpática, ela disse:

—Bom dia, Sra. Alice, prazer em conhecê-la.

Vendo a minha expressão de choque, o Toni logo nos apresentou:

— Alice, essa é a Danielle, a gerente da sua nova conta.

Ela sorriu para mim e disse:

— Já adiantei todos os documentos de que necessito para abrir a sua conta, porém preciso recolher a sua assinatura pessoalmente.

A modelo do banco colocou mais papéis na minha frente, assinalando onde eu deveria assinar. Logo percebi uma aliança anunciando seu noivado.

— Antonio, você está ciente de tudo o que está escrito aqui? — perguntei ressabiada ao pegá-lo boquiaberto apreciando a beleza da moça.

Um pouco sem graça pelo flagrante, ele respondeu:

— Sim, acabei de preencher na minha sala. Essa conta não fica no Brasil, a agência fica nos Estados Unidos, em Miami.

"Ufa", pensei aliviada enquanto assinava: "essa mulher atraente não mora por aqui, e está noiva, agora posso me despreocupar". Não me considero ciumenta, mas acredito que todas as mulheres do mundo nesse caso sentiriam uma fisgadinha de ciúmes.

— Bom, preciso ir — eu disse para o Toni. — Te encontro em casa.

— Só mais uma perguntinha antes de ir — disse desconfiada à moça. — Por que você precisou vir para cá? E como vou movimentar essa conta à distância?

— Eu venho ao Brasil algumas vezes por ano para visitar clientes — disse ela. — É de praxe o banco fazer assim. Essa é uma conta de investimentos, caso queira se comunicar comigo aqui está meu cartão com o endereço da agência.

— Alice, depois em casa te explico melhor — disse o Toni me empurrando apressadamente para fora da sala.

— Tudo bem — eu disse a ele, em tom de brincadeira. — Confio em você! Obedeço as suas instruções — sorri.

Lasquei-lhe um beijo na boca antes de sair da sala, sem dar a mínima chance de ele vir com o tal beijo na testa!

— Prazer em conhecê-la — falei secamente para a gerente e fechei a porta.

Ao me olhar no espelho do elevador, me choquei com a simplicidade básica em me vestir, meus cabelos desajeitados, minhas unhas precisando ser pintadas... *Ela pode ser maravilhosa, mas a esposa do Antonio sou eu, e além disso sou mãe de quatro filhos, não tenho como, por mais ginástica que eu faça, ficar com o corpo magricelo como o dela... Já foi a minha época de bailarina...* Que bom que ela está noiva! — pensei, tentando justificar a minha aparência desleixada e também a minha carência.

Dois meses se passaram desde o início do ano, e a minha vida continuava na mesma, nada mudou. “Onde estará a mudança que tanto pedi na virada desse ano?”, pensei. Sinto-me nesses dias tão entediada... Com um incômodo em meu peito, sei que não é nada relativo à saúde, pois já fiz batalhões de exames e todos apontam normalidade e equilíbrio, mas sinto como se fosse uma angústia, um aperto... Não estou com depressão não, até me consultei com um psiquiatra para tirar essa dúvida. Desde que os gêmeos nasceram, meu relacionamento com o Toni mudou bastante. Está certo que me tornei uma mãe em tempo integral, a pedido do Toni deixei de trabalhar para cuidar da casa e das crianças. Não me queixo da maternidade não, essa é a única certeza que tenho, foram escolhas feitas com muito amor e não imagino minha vida sem meus filhos nem sem meu marido...

A forma que criei para organizar a minha rotina quando não estou com as crianças foi a seguinte: quando todos estão na escola, aproveito para dividir a minha semana entre dançar (disso não abro mão), fazer musculação na academia (tenho um pouco de preguiça, então só a *personal trainer* no meu pé para fazer eu me mexer), ir ao supermercado (sempre minha função), marcar alguma consulta médica, almoçar com minhas amigas e uma vez por semana ir à manicure. De 15 em 15 dias, preciso também ir ao cabelereiro para fazer tintura nas raízes dos meus cabelos. Tenho cabelos brancos desde meus 24 anos, hoje aparecem milhares deles, que crescem igual capim, parte essa herdada geneticamente da família da minha mãe.

Parece que faço muitas coisas que ressoam ser fúteis, porém com exceção da aula de dança, que faço com o maior prazer, o restante se tornou quase que obrigação. Meu trabalho é praticamente invisível e nada reconhecido. Hoje preencho a minha carência profissional trabalhando voluntariamente em instituições de caridade.

Considero-me sortuda porque casei com o homem dos meus sonhos, meu melhor amigo. Mesmo sendo de países e culturas diferentes, raramente brigamos. O Toni sempre está de bom humor, quem briga "sou eu", praticamente sozinha, pois ele nunca me leva a sério, acha tudo o que eu faço "bonitinho"! Ele sempre diz: "adoro a minha italianinha bravinha".

O mecanismo mental do Toni frente a algum "problema" funciona assim: ele simplesmente *deleta*, não há brecha alguma para diálogo, discussão sobre a causa e muito menos para as consequências. O "problema" termina assim: como em um *passe de mágica*, e a vida continua, como se nada houvesse.

Nunca desconfiei da sua fidelidade. Sei todas as suas senhas do celular e dos e-mails, também nunca entrei para bisbilhotar, ele trabalha tanto que nem daria tempo de aprontar comigo. Desde adolescentes, fizemos um acordo; se alguém o quebrasse por algum motivo, avisaria o outro para que juntos encontrássemos a melhor solução para o impasse. Ele é o meu melhor amigo e eterno companheiro.

Já eu sou uma pessoa bem ativa e bastante criativa. Para me sentir "viva" preciso de mudanças, de novidades, pode ser uma viagem para um lugar desconhecido, pode ser até mesmo um novo restaurante! O Toni acaba sempre seguindo o mesmo roteiro, e eu o acompanho para que ele não se sinta desconfortável.

Sempre que imagino fazer ou até mesmo pensar em algo inesperado, sinto-me de certa maneira culpada. Pode parecer controverso e mesquinho, por mais que eu vasculhe os motivos, eu não encontro explicação alguma... Vivo de forma simples mesmo no meio do luxo, nada me falta, então não me permito reclamar. Levo uma vida de sonhos, de princesa de contos de fadas. Talvez eu esteja ficando meio maluca, mas o incômodo que sinto dentro de mim parece bem real. Talvez seja o fato de as crianças estarem crescendo e eu me sentindo vazia e ao mesmo tempo aprisionada. Vejo meus amigos viajando para lugares incríveis, fazendo festas e mudando de casa, e eu continuo me sentindo sozinha, pois quem viaja muito é o Antonio, mas sempre a trabalho.

Se desejo mudança, ela deverá partir de mim, senão tudo ficará igual. "Até quando?", indaguei, e...

... Assim fiz.

Viemos para a Roma não só por estarmos de férias, que emendaremos no feriado de Carnaval do Brasil para visitar meus pais, irmãos e sobrinhos, mas também para sermos padrinhos de batismo da nossa sobrinha mais nova, a Chiara. Fomos até Teggiano para realizar esse ritual na pia batismal da igreja construída por meu tataravô.

Hoje eu e o Toni completaremos 15 anos de casamento (contamos como oficial a nossa primeira festa na Itália). Nesta noite o Toni voltará para o Brasil por cinco dias para trabalhar, e eu o esperarei retornar a Roma, pois iremos aproveitar para esquiar com as crianças na Suíça francesa.

Acordei animada, com um fio de esperança de que receberei alguma *surpresa*, quem sabe virá a mudança tão esperada por mim?

O Toni diz que não me faz surpresas pois eu sempre descubro antes (o que é verdade), e flores só recebi uma vez, quando namorávamos. Joias? Nunca. Exceto na vez em que compramos nossas alianças, quando ficamos noivos. O Toni diz que o dia em que ele me desse joias seria como muitos outros homens: significaria que ele teria uma amante. Eu não concordo com isso, acho que alguns homens presenteiam suas mulheres com joias pelo valor que elas representam a eles, ou porque desejam vê-las mais bonitas. Mas, no meu caso, se ele já deixou claro o motivo, eu realmente nunca o questionarei e até torço de fato para não ganhar joia alguma. Prefiro ficar sem joias, e ele, sem amantes!

O Antonio acordou, me deu um beijinho rápido e entrou no chuveiro para tomar banho. Me deixou totalmente no *vácuo*, nem parabéns lembrou de dizer. "Quem sabe ele escondeu o presente no banheiro ou preparou um lindo café da manhã", imaginei. Deixei propositadamente as crianças dormindo na casa do meu irmão mais velho. "Provavelmente iremos almoçar em algum lugar gostoso... Teremos até a noite antes de ele ir para o aeroporto", pensei.

Resolvi me adiantar e colocar em prática a ideia que tive para a mudança. Enquanto o Toni se arrumava, sentei em minha escrivaninha, arranquei um papel de caderno (era o único que eu tinha naquele instante) e escrevi uma carta de amor.

> "Meu Amor,
>
> Não sei se você consegue mensurar a importância do dia de hoje em minha vida. Há exatamente 15 anos eu passava por um corredor comprido, pisando em cima de um longo tapete verde, repleto de flores do campo, vestida de branco e segurando um belo buquê, para aceitar você como meu marido.
>
> Depois disso veio a outra cerimônia e celebração para selar ainda mais a nossa união.
>
> Eu disse "SIM" para a nossa história e, a partir daí, a minha vida passou a ser a "nossa" vida preenchida e agraciada pela existência dos nossos filhos, nossos maiores tesouros.
>
> Lembro-me bem daquele dia: éramos jovens (não que ainda não sejamos!!!), quase adolescentes, nossos convidados chegaram a dizer que mais parecia uma cerimônia de "primeira comunhão" do que a de um casamento.

Lembro também que fiquei sem entender as risadas de todos na igreja quando ajoelhamos no altar em frente ao padre, e só depois é que nos contaram que você não havia retirado o selo de compra da sola do seu sapato novo. Todos conseguiram ver uma enorme etiqueta branca!

Bom, não irei encompridar muito essa carta pois acredito que você também se lembre de cada instante que vivemos juntos desde Nova Iorque, onde pudemos nos reencontrar após longo período de trocas de cartas de amor (essa é mais uma delas!).

Estou te sentindo distante de mim há algum tempo... Já tentei conversar com você sobre isso, mas sem sucesso. Quero que saiba o quanto te admiro e o amo.

No Réveillon desse ano, vesti aquela blusa cor de laranja fosforescente (aquela que parecia uma lanterna acesa no escuro) pois significava "mudança", e esse foi meu pedido.

Hoje eu sei qual é a mudança que tanto desejei: me casar novamente com você.

Renovar nossos votos, com direito a pedido, festa com amigos (pode ser uma só!), troca de alianças, beijo e até etiqueta grudada no sapato, já que terá que comprar um novo! Você poderá escolher um novo país para isso acontecer, nossos filhos dessa vez estarão presentes, como um sonho realizado. E iremos também viajar só nós dois em lua de mel para um lugar romântico, paradisíaco e diferente. Ah, e vamos dançar, muuuuuita dança para nossa vida ser bem leve, com movimento e flexibilidade...

Podemos mudar de casa também e fortalecer nossos laços.

E, para não perder o costume, segue o pedido: (feito por mim, é claro!)

"Você quer se (re)casar comigo?
( )Sim ( ) Não

Com amor, para sempre ....

...de sua sempre ....
Alice".

Dobrei o papel, coloquei dentro de um envelope branco que tinha guardado na gaveta e desenhei um coração com uma flecha espetada, como fazíamos quando éramos adolescentes.

Entrei no closet, onde o Toni terminava de se vestir, e o entreguei com um longo abraço.

— Parabéns! — ele falou.

— Parabéns — retribuí. — Achei que tivesse esquecido! — falei, e dei um beijo bem demorado em sua boca.

Ele abriu o envelope, leu a carta com atenção, sorriu e disse:

— Vou pensar!

Guardou tudo dentro de sua primeira gaveta, onde estão suas cuecas, e desceu rapidamente as escadas, dizendo estar atrasado para o passeio com os gêmeos. Desci correndo atrás dele, sem compreender sua reação. Ele se despediu com um selinho em meus lábios e o seu famoso beijinho na testa.

Ao fechar a porta, fiquei algum tempo sem reação, tentando processar todo aquele momento.

Meus pensamentos rolavam dentro da minha cabeça como se estivesse em uma montanha-russa cheia de *loopings*: "Pensar? No que ele precisa pensar?", falava alto comigo mesma. "Ele me engavetou? Como pôde fazer isso comigo?". Sentei largada no sofá e tentei colocar meus pensamentos no lugar. Aí sorri ao lembrar do início do nosso namoro em Nova Iorque, que foi exatamente assim:

"Estudávamos na mesma escola e passávamos muito tempo juntos, mas na verdade ainda não estávamos namorando, pelo menos não oficialmente. No final de um feriado de quatro dias, em que eu tive treinos sem intervalo, na noite antes do retorno às aulas, estávamos jogando boliche com as meninas (Katie, Maria Ignês e Felicia) e eu, temendo como seria o dia seguinte na escola, pois havia outras garotas também interessadas nele, fiquei sem saber como deveria cumprimentá-lo, se daríamos um beijo na bochecha ou na boca. E foi aí que criei coragem e o encostei na parede, encurralando-o, e perguntei:

— Afinal, estamos ou não estamos namorando?

A resposta dele veio junto com um sorriso maroto:

— Vou pensar!

Não tive dúvidas, prensei ele com mais força na parede e disse: "Melhor você pensar logo e me responder já, senão o bicho vai pegar para o seu lado!"

— Tá, tá — disse ele entre gargalhadas. — "Italianinha bravinha", estamos sim namorando.

— Acho bom amanhã você me cumprimentar na escola com um beijo na boca igual a esse — beijei-o na boca demonstrando como eu queria e o soltei, me virei de costas e voltei ao meu lugar no jogo.

De volta em meus pensamentos, com meu corpo largado no sofá, encontrei uma brecha que explicaria o padrão das respostas do Toni em situações de decisões importantes em nossas vidas. Quem sempre tomou a dianteira fui eu, e a resposta dele virou praxe: "**Vou pensar**!" Só para me provocar!

Isso também aconteceu em outro episódio: em nosso casamento.

Estava na Itália com a minha mãe para irmos juntas até a Igreja de Teggiano marcar meu casamento.

O Toni escolheu a data, além do horário: 11h da manhã de um sábado, metódico como ele. Resolvi acatar para não criar confusão.

Chegando na paróquia, minha mãe já estava cheia de lenços em suas mãos, ela não parava de chorar. A atendente nos disse que haveria uma lista de espera e que a data provável que o Toni escolhera seria para, no mínimo, dali a um ano.

—Um ano? — perguntei, não escondendo a minha surpresa.

— Sim — respondeu ela. — Nossa igreja entrará em reforma daqui a seis meses, e mesmo com o seu histórico familiar, eu não poderia desmarcar o casamento de outras pessoas.

—Não acredito que não tenha nenhum sábado de manhã disponível perto da data escolhida — disse eu, com o ar tristonho, já me abrindo para novas possibilidades.

—De manhã? — perguntou novamente a atendente com sua agenda aberta em cima da mesa. — Achei que quisesse o horário da noite. De manhã é mais tranquilo, não há muita procura, deixe-me olhar...

"Afe", pensei; "Que atendente problemática, qual parte do 'de manhã' ela não entendeu?"

Ela virava e revirava as páginas, até que encontrou uma e parou.

—Olha, de manhã tive uma desistência e a data disponível será daqui a exatos cinco meses, sábado às 11h, serve?

—Em fevereiro? — exclamei, apreensiva. — Nossa, agora está muito perto! Posso te responder amanhã? Preciso perguntar para o meu noivo primeiro. Isso adiantaria quase três meses da data estipulada por ele.

— Eu aconselho você a segurar essa data. Você viu a minha agenda. Foi por Deus que sugeriu essa oportunidade exatamente como você pediu — disse ela, parecendo um pouco impaciente. — Pague a taxa de reserva e, se não for essa data que seu noivo deseja, marcamos outra daqui um ano para frente.

Senti uma pitadinha de sarcasmo em seus lábios. Não sei se ela queria garantir a sua venda ou se estava sendo sincera. Olhei para minha mãe, que continuava a chorar, e falei:

— Mãe, acho melhor pagar, né?

Acertamos o valor da reserva e saímos. Minha mãe dirigia o carro e assoprava seus lenços enquanto eu disparei a pensar, incrédula: "Cinco meses? Será que vai dar tempo? E agora?"

Liguei para o Toni no Brasil, expliquei o que havia acontecido e perguntei:

— Essa data está boa para você?

Ele respondeu ironicamente:

— **Vou pensar!**

Aí não tive dúvidas, falei de supetão e totalmente sem paciência:

— Bom, você tem até ESTE MOMENTO para pensar e RESPONDER, se você quiser se casar comigo daqui a cinco meses, SENÃO LIGA VOCÊ na igreja e cancela a reserva. Aproveita e cancela também nosso namoro.

Pelo silêncio no telefone, ele devia estar com seus olhos arregalados, percebendo que eu não estava para brincadeiras. Então ele usou sua infalível técnica para me acalmar, carinhosamente sussurrou em meu ouvido mesmo a outro continente de distância:

— É claro que aceito.

E assim foi, anunciamos para a família e saímos em busca de organizar a festa e os preparativos para o grande dia.

"Está vendo Alice?", pensei comigo mesma. "Ele sempre faz assim... O Toni mais uma vez está querendo me provocar. E o fato de não ter me dado um presente, tudo bem, eu também não preparei nada especial para ele. Então levante-se do sofá e vai se arrumar, vida que segue!"

Busquei a Elena e o Marco na casa do meu irmão e fomos nos encontrar com o Toni e com os gêmeos para almoçar. Chegando lá, eles me entregaram um pacotinho de presente: gelei quando vi a embalagem de uma marca famosa de... "joias"... Abri o pacote com a maior desconfiança e recebi um colar com um pingente em formato de coração com uma chave pendurada. Não deixei transparecer a minha preocupação para as crianças, meu pensamento só me dizia: "Só recebe joias do marido se ele tiver amante", mas, para a minha alegria e alívio, o Toni falou:

— Queria te dar um casaco para esquiarmos, mas os meninos escolheram essa joia.

— É, mãe — disse o Lucca. — Esta data especial merecia um colar como esse.

Todos concordaram, e eu me acalmei. A Lelê colocou o colar em mim, realmente era lindo e significativo. E o melhor: <u>não</u> fora escolhido pelo Toni.

Após o almoço, tomamos um sorvete e voltamos para a casa a tempo de o Toni arrumar a sua mala e sair correndo para o aeroporto. Deu um beijo nas crianças e conversamos todos à espera do táxi.

O táxi chegou, o Toni me abraçou e se despediu. Em mim o beijo foi rápido, mas não foi na testa!

— Se cuida! — disse ele, colocando meus cabelos para atrás da orelha. — Daqui a 10 dias estarei de volta. Parabéns mais uma vez!

Estranhei vê-lo mais animado para a viagem. Normalmente ele se despede de todos nós cabisbaixo. Não liguei muito, ele devia estar assim pois sabia que logo iria voltar.

Durante a semana, Toni e eu nos falávamos com frequência. Nesse período, ele viajou para Buenos Aires para negociar a compra de uma fazenda no interior da Argentina.

Um dia antes do Toni chegar, arrumei nosso apartamento impecavelmente. Aqui na Itália, não tenho funcionária todos os dias, nossa cobertura é um duplex pequeno e aconchegante.

O Toni chegaria cedo, iríamos buscá-lo no aeroporto. Estávamos morrendo de saudades dele, que ligou do aeroporto no Brasil dizendo, animado:

— Alice, tudo bem por aí? Eu consegui adiantar meu voo, então chegarei antes das crianças levantarem. Não conte para eles, farei uma surpresa ao acordá-los com muitos beijos. Também não precisa me buscar no aeroporto, eu irei de táxi para aí.

— Claro que te busco no aeroporto — falei. — Vou levantar sem eles perceberem. Te amo e faça uma ótima viagem, um beijo.

Temos muito disso em nossa relação: preparamos chegadas de surpresa para toda a família, quer dizer, "eu preparo". As crianças se divertem com isso. Fora que uma vez na semana dormimos todos juntos, como em um acampamento. O Toni é tão agarrado na gente que chega a ser meloso!

Fomos dormir cedo, como de costume.

O relógio marcou exatamente 3h da madrugada quando meus olhos se abriram e eu comecei a sentir uma insônia descabida. Costumo dormir a noite toda profundamente, e mesmo que precise levantar para ir ao banheiro ou por conta do chamado de alguma criança, volto a dormir rapidamente e a sonhar, muitas vezes consigo dar sequência aos meus sonhos, que normalmente são bem nítidos. Hoje estava difícil pregar meus olhos. "Vai ver que estou preocupada com a viagem do Toni", pensei.

Senti uma angústia muito grande em meu peito, e a sensação de a minha garganta estar fechada, como se eu estivesse sufocada. "Será que vai acontecer alguma coisa com o avião?" Inventei pensamentos alegres para esquecer a insônia, lembrei de episódios gostosos que passei em minha vida, mas nada adiantava. Virava e revirava na cama, olhava no relógio e a hora não passava. Rezei para ver se funcionava e... nada.

Sentei na cama com as costas apoiadas nos travesseiros para ler as notícias do Brasil no tablet do Toni, que passava horas de seu dia se informando. Assim iria me distrair e voltaria a dormir com certeza.

Enquanto eu lia as notícias, entrou uma mensagem na sua caixa de e-mail.

Não sei o que aconteceu que meus dedos subiram na tela do tablet e, num ímpeto, cliquei exatamente nela.

Nesse momento, o meu coração paralisou, meus olhos se arregalaram e eu comecei a tremer involuntariamente. Entre os remetentes de trabalho, um especificamente me chamou a atenção. Um, não: uma.

Vi que vinha do escritório de administração que prestava serviço a ele. Eu conhecia um dos sócios, que frequentava o mesmo clube que a gente em Campinas. O e-mail em si não me preocupava, o pior foi o descritivo do assunto: "Já estou com saudades". Para uma funcionária, soava bastante esquisito.

Meus dedos tremiam tanto que demorei para conseguir apertar a linha certa para abrir a mensagem. Comecei a suar frio até a tela se abrir, e lá estava:

"Meu amor,
Não tem como deitar em minha cama e não pensar em tudo o que vivemos nos últimos dias. Adoro viajar com você. Sei que nosso amor é real e forte, volta logo e estarei te esperando.
Já estou com saudades.
Da sua amada,
Samanta"

Eu li e reli o conteúdo do e-mail umas cem vezes, entre as lágrimas que escorriam, ou melhor, que jorravam em meu rosto, de desespero. Só me lembro de ter tido uma reação como essa ao saber a notícia da morte repentina do meu avô mais querido em um acidente de trabalho, em meus 28 anos de idade. Uma dor descabida.

Acendi a luz do abajur e desci correndo as escadas segurando o choro com minhas mãos para as crianças não acordarem.

Liguei a impressora e imprimi rapidamente a mensagem. Já eram quase 5 horas da manhã. Não sei o que aconteceu, mas assim que imprimi a internet da casa toda pifou, como se entrasse em choque também.

Entrei no quarto de hóspedes, que fica na parte de baixo do apartamento, enfiei meu rosto no travesseiro e chorei tão alto que, se não fosse pelo abafamento do som, acordaria a vizinhança toda.

Um filme passou em minha cabeça desde o dia em que nos conhecemos. Incrédula, busquei entender sem êxito onde eu havia errado. Meus pensamentos giravam como uma batata dentro de uma centrífuga, busquei respostas e mais respostas, a única coisa que eu consegui fazer nesse momento foi chorar.

Entrei no banho com a esperança de que a água levasse embora todos aqueles sentimentos e eu acordasse do meu pior pesadelo. Mas não... A água só levou embora as minhas lágrimas, que escorriam mais do que a água que saía do chuveiro. Meu choro saiu de um lugar que eu não pude controlar. O som, nunca ouvi igual, um choro visceral. Precisei criar forças para continuar; pelo andar das horas, o voo do Toni iria pousar em aproximadamente uma hora.

"Como irei recebê-lo?", pensei. "Não vou me segurar... O que faço? E agora? As crianças?" Comecei então a rezar fervorosamente, não sei de onde saiu tanta fé, deve ter sido do meu desespero. Lembrei das missas que frequentava com a minha família. Não sou de rezar muito. Desde que me casei, acho que me distanciei de Deus. A família do Toni é cética ao extremo, mas naquele momento foi tudo o que me amparou.

Orei para me reerguer, ter força e sabedoria para enfrentar o dia mais difícil da minha vida. Deus pareceu prontamente me ouvir: consegui sair de casa sem as crianças acordarem, cheguei no aeroporto e não desci do carro. Se nosso corpo é composto por 70% de água, o reservatório do meu deveria estar em no máximo 35%, com tanta lágrima derramada.

Respirei fundo, o mais profundo que consegui, e depois de trocarmos mensagens e esperar o atraso de mais de uma hora, mesmo após o pouso, avistei o Antonio se aproximando do carro. Abri a porta como se nada tivesse acontecido. O Toni se pendurou em meus ombros em um abraço cansado da viagem.

— Você não vai acreditar no que aconteceu — disse ele exausto, sem nem mesmo olhar para mim. — Cheguei mais cedo no aeroporto e consegui transferir meu voo, por sorte ainda tinha um lugar na classe executiva.

Mas quase não adiantou em nada, o sistema da imigração daqui da entrada deu pane e tive que esperar quase uma hora na fila para entrar. Preciso de um banho urgente e vou sair com as crianças para comprar o equipamento deles para a viagem. Que horas mesmo sairá nosso voo amanhã para a Suíça?

Sorte a minha que houve essa tal pane. Cheguei a imaginar todos os anjos, santos e tudo mais que acessei nas orações, puxando "o fio da tomada" dos computadores da imigração. Agradeci.

— Acho que amanhã perto do horário do almoço — minha voz saiu por um fio.

O Toni deitou o banco do passageiro, esticou-se todo e fechou seus olhos.

Quando estávamos perto do nosso apartamento, não aguentei mais segurar meu silêncio e soltei em um mix de choro com indignação, raiva e tristeza:

— Por que você fez isso comigo? Por quê? Me fala?

O Toni, sem compreender nada do que estava acontecendo comigo, levantou-se rapidamente do banco com os olhos arregalados.

— Fiz o quê? — perguntou ele, assustado. — Se acalma. Você está descontrolada.

— Você tem OUTRA! — gritei, ainda dentro do carro, mas agora estacionando na garagem do nosso prédio.

— Está ficando louca? — disse ele rispidamente. — Não tenho nada. Para já com isso e vamos subir. Quero ver as crianças.

Se deixasse somente a discussão rolar, seria uma voz contra a outra, e ele negaria até a morte, nunca assumiria seu erro. Foi aí que coloquei minhas mãos no bolso e retirei o papel com o e-mail impresso, já todo amassado, e joguei contra o rosto dele com força.

— O que é isso, então? — perguntei em um tom mais alto e esganiçado, quase à beira de um ataque de nervos.

Ele desdobrou o papel e, ao ler, pude ver a sua cor desaparecendo. Moreno, ele se tornou branco, opaco, e seus lábios, transparentes. Nunca mais essa imagem sairá da minha memória. O Toni olhou para mim e começou a chorar, soluçar e não sabia o que fazer. Ele me abraçava e pedia desculpas.

Ficamos por aproximadamente mais uma hora dentro do carro. A sorte foi não encontrarmos nenhum vizinho por lá; fiquei chorando aquele choro esquisito novamente. Ele não tirou suas mãos de cima das minhas, mas meu olhar estava virado para a janela e eu não conseguia virar a cabeça para encará-lo. A dor em meu peito estava muito intensa para permitir.

— Vamos para casa, fica calma, iremos consertar tudo isso — disse ele se enxugando.

Entramos em casa, fomos direto para o quarto de hóspedes, nos abraçamos por muito tempo. Chorávamos feito bebês. Entre os soluços, perguntei:

— E agora? O que vamos fazer? Como iremos voltar para o Brasil? E as crianças?

Nesse momento, a dor se misturou com um novo sentimento: a vergonha. "Como irei conseguir sair de casa?", pensei. Me senti ainda pior.

Ele me beijou e disse, olhando bem firme dentro dos meus olhos, que mal enxergavam com tanta lágrima:

— Nós iremos resolver isso. Confie em mim. Vamos pegar as crianças e viajar para o hotel, como já havíamos planejado. Eu vou te ajudar. Agora vamos levantar e começar a arrumar as malas. Eu vou tomar um banho e acordar as crianças. Vou levá-las ao shopping para comprarmos os equipamentos enquanto você se fortalece. Farei de tudo para conseguir voltar à noite após o jantar. Você arruma tudo para a viagem, você acha que consegue? — perguntou ele, querendo ser prestativo.

— Vou tentar — minha voz saiu fraca como um sussurro.

O Toni saiu do quarto de hóspedes e foi para o banho. Em seguida ouvi os passos das crianças correndo ao seu encontro e combinando que iriam sair para o shopping. Ele disse que eu tinha ido ao supermercado, que ficava na esquina de casa. Permaneci "escondida" dentro do quarto de hóspedes com o meu rosto enfurnado dentro do travesseiro, abafando meu choro incontrolável.

Assim que eles saíram, senti um alívio. Me levantei tentando recomeçar meu dia: de fato precisei ir até o supermercado comprar as coisas que faltavam para levar na viagem. Com quatro filhos juntos, é preciso se programar bem para qualquer viagem. Como o Toni havia dito que resolveríamos isso, fiquei um pouco mais confiante em meu futuro... Até chegar no supermercado. Lá, parecia que todo mundo me olhava e que na minha testa estava escrito "*Fui traída pelo meu marido*".

Senti tanta vergonha que fiz as compras o mais rápido que pude, olhando para o chão. É fato que ninguém ali me conhecia, mas a sensação foi a pior possível. Me senti fracassada, enganada, envergonhada, feia, descartada, trocada...

Quando todos chegaram em casa, as malas estavam prontas e eu estava no quarto já deitada na cama fingindo ler um livro. As crianças estranharam e perguntaram:

— Mãe, você está bem? O que aconteceu? Quer ver nossos equipamentos novos?

— Amanhã eu vejo quando for guardá-los na mala. Não aconteceu nada, não, só estou um pouco cansada e vou dormir cedo — respondi. — Boa noite para vocês. Podem fechar a porta do quarto, por favor?

A Elena, ressabiada, fechou a porta bem desconfiada. No fundo, ela sabia que eu não estava nada bem.

Após o jantar, o Toni conseguiu se desvencilhar das crianças dizendo que estava cansado da viagem e que gostaria de acordar animado para o esqui. Ele entrou no quarto e se deitou comigo, me abraçou, e juntos choramos até a hora em que adormecemos.

Durante a viagem, o tempo pareceu parar. Eu olhava a paisagem pela janelinha do avião e toda a trilha sonora que tocou na minha playlist parecia falar diretamente comigo. Me segurei o tempo todo para não demonstrar às crianças a minha profunda tristeza.

Chegando no chalé que alugamos nos Alpes, pedi para que os cinco saíssem em um passeio para eu poder desarrumar as malas. Mas nada foi feito:

— Ah, mãe... Tô cansado — falou o Marco.

— Mãe, você tá louca? Acabamos de chegar — disse o Carlo. — Quero ver TV.

— Está bem — falei, abrindo a porta para sair. — Vocês ficam aí e eu vou dar uma volta.

O Toni saiu logo atrás de mim. Sentou comigo nos degraus da escada que havia atrás do chalé e, agasalhados, nos abraçamos. Ficamos assim por um bom tempo. Nenhuma criança se importou com a nossa ausência, ninguém nos procurou.

No dia seguinte, saímos cedo para esquiar. Praticamente nasci com esquis nos pés; além da dança, quase participei de competições internacionais quando menina. O Toni não tem a habilidade que tenho, mas só porque no Brasil não há neve, então só nas férias escolares ele praticava. As crianças já são feras, o Marco não tem medo nenhum e o Lucca também é bem radical.

Durante os dias de viagem, mergulhei profundamente no esqui, para não pensar em nada mais, e nenhum dos tombos que levei se comparou à dor que sentia dentro de mim e que dilacerava meu coração. À noite me recolhia cedo e chorava, chorava, chorava em silêncio ouvindo os disparos do videogame das crianças, que jogavam na sala.

...E assim se passaram seis dias.

Não consegui comer nem beber absolutamente nada, a não ser um pouco de água. Me senti uma "morta viva". Voltamos para Roma e em dois dias voltaríamos para o Brasil. Eu e o Toni conversamos muito durante viagem, tentei entender o que se passou com ele, mas ele não entrava nos detalhes, só me dizia que ficaria tudo bem.

Decidi não contar ainda para meus pais nem para meus irmãos, sei que eles sentiriam as minhas dores e poderiam brigar e até romper com o Toni. Preferi me resguardar até decidirmos juntos o que fazer.

A minha vergonha de voltar ao Brasil seria encontrar nossos amigos e a família do Toni, fora meu medo de esbarrar na tal da Samanta, que provavelmente continuaria trabalhando no seu cargo de secretária executiva, atendendo de forma que julgo não apropriada os *clientes* importantes do seu chefe.

Ao fechar meus olhos durante o longo voo de volta, a minha imaginação atacava. Buscava respostas e elas vinham direto de fantasias que eu criava. Sacudia minha cabeça para mudar o assunto dentro de mim, mas nada. Deitei a poltrona do avião, coloquei meus fones para disfarçar e voltei a chorar. Enfim, após muito custo, adormeci.

Chegando no Brasil, seguimos direto para a nossa casa.

Meus sogros estavam lá de prontidão com saudades de todos nós. Minha sogra entrou no quarto enquanto desfazia as malas e por alguns instantes pude disfarçar. Ela fez um comentário maldoso, fofocando de alguém que foi infiel. Eu não compreendi bem a história, pois meus pensamentos voltaram a me incomodar, era como se ela estivesse distante. Quando percebi o assunto de que se tratava, pensei: "Ela sabe! O Toni deve ter contado em minha ausência."

— Tia — era assim que carinhosamente ela pedia para ser chamada. — Você já sabe, né? — perguntei com os olhos já mareados.

— Sei do quê? — ela pareceu preocupada.

— Que o Toni tem outra — Mal terminei a frase, ela caiu em um choro tão forte que precisei fechar a porta do corredor e do quarto em que estávamos e encontrar força para consolá-la.

— Não pode ser... O Toni não faria isso com você nem com as crianças... Só pode ser brincadeira, vocês têm a família perfeita... Não... Me fale que é mais uma das suas piadas. Dessa vez não tem a mínima graça — ela tagarelava sozinha, sem dar espaço para eu responder.

Foi aí que percebi a dor de uma mãe, o desapontamento com seu filho, a preocupação com seus netos... Abracei-a fortemente e disse:

— Fica calma, já estamos resolvendo isso tudo. Nada irá acontecer com a gente. Temos uma estrutura concreta e inabalável. Podemos passar por turbulências, mas pousaremos seguramente.

— Está bem — ela falou entre os soluços, enxugando suas lágrimas. — Farei o possível para ajudar vocês.

Saiu de casa sem se despedir das crianças, para que não a vissem chorar.

Em seguida foi a vez da minha mãe. Não consegui segurar muito tempo a notícia, pois doía muito dentro de mim. Só pedi para não comentar com meu pai e irmãos, somente com o Francesco, meu irmão que mora nos Estados Unidos, pois ele tem a cabeça mais aberta para crises conjugais. O Toni para ela é como um filho. Liguei para ela. Quando atendeu o telefone, não me aguentei e desabei em prantos antes mesmo de começar a falar.

Ela ficou mal, tão mal que nem conseguiu se expressar. Liguei também para o meu irmão, que disse que faria as malas já para o Brasil. Minha mãe decidiu vir com ele, com a desculpa para meu pai de que estava com saudades.

— Já com saudades? Eles saíram daqui há menos de dois dias — meu pai falou para ela.

— Sim, estou, e o Francesco irá para lá visitá-la também, quero ficar pertinho dos dois — falou minha mãe, segurando a bomba que acabara de receber de mim — Será somente por uma semana.

Não sei por quanto tempo minha mãe seguraria a notícia de meu pai, mas sei que eles estavam vindo e, para o meu consolo, isso bastava.

Minha mãe chegou dois dias após receber meu telefonema. As crianças já haviam voltado para a escola e achavam que eu estava doente. Como a casa é enorme, mal nos víamos lá dentro. Minha mãe, além de me ajudar com as crianças, sempre que podia ia para a cozinha fazer pratos deliciosos para que eu pudesse comer, mas minha fome continuou inexistente. Meu irmão chegou junto com Marcello, meu cunhado. Quando percebi, eles já estavam apinhados comigo dentro do meu quarto.

A dor de todos parecia quase tão intensa e profunda quanto a minha. O Toni conversou longamente com eles, pedindo desculpas e dizendo que estava arrependido, que recomeçaríamos a nossa vida, com todo o amor que tínhamos um pelo outro.

Minha mãe e meu irmão foram embora após uma semana, com a confiança de que tudo não passava da nossa primeira crise de casamento.

Cinco semanas se passaram desde minha destruidora descoberta. Continuei sem fome nem sede. A minha força eu não sei de onde vinha, mas eu me reerguia a cada dia. Já estava nove quilos mais magra, grande parte da perda devia-se aos litros de água que jorravam correntemente dos meus olhos.

A única coisa de que eu tinha convicção era que nunca mais usaria cor de laranja no Réveillon. Muito menos fosforescente. Pedi mudança e recebi. Nem sequer poderia imaginá-la dessa forma, mas ela veio. Se eu pudesse pegar de volta meu desejo, o faria.

Tentei não comentar com mais ninguém, mas foi difícil esconder dos nossos amigos mais íntimos, que estavam preocupados com a minha magreza repentina. Chegaram a achar que eu estava com anorexia nervosa, bulimia ou alguma doença terminal. Não me contive por muito tempo, tive certeza de que me ajudariam a passar por essa fase.

Pedi segredo absoluto a cada uma das minhas amigas, pois sabia que, como pinos no jogo de boliche, um a um cairia com a força da notícia. Ninguém poderia jamais imaginar. A primeira amiga para quem escolhi contar foi a Estela. Ela, por ser mais velha, ter ficado viúva de seu primeiro marido, e estar hoje com o Ricardo em seu segundo casamento, poderia entender completamente o que estava se passando comigo.

Marcamos de nos encontrar em um café, pertinho das nossas casas. Depois de me ouvir atentamente, um pouco sem jeito de falar, me apresentou uma sugestão:

— Alice, eu sofro junto com você porque sei bem o que está sentindo. Quando descobri a traição do Romeu, meu primeiro marido, ele já havia falecido e eu não tinha com quem brigar. Aliás, guardo esse segredo há sete chaves: que ele faleceu de infarto todo mundo sabe. O que não sabem é que ele estava na cama com a amante...

Engoli seco, arregalando meus olhos, imaginando a dor que ela deve ter sentido, passando por duas "mortes" ao mesmo tempo.

— Quero te pedir um favor. Pode parecer incongruente, já que irão tentar um novo recomeço — continuou ela. — Mas você precisa se informar com algum advogado para ter clareza de sua situação, ainda mais que é estrangeira.

— Estela, não é possível. Já te falei que iremos superar e não pretendo me separar — eu disse, apreensiva, como se a minha sábia amiga desejasse gorar meus planos.

— Só te peço que escute uma opinião profissional de quem entende do assunto. Vou te indicar a Beatriz, que é minha amiga de infância. Aqui está o contato dela. Ligue se escolher ouvi-la — disse ela, deixando um papel com o telefone da tal advogada e saindo de mansinho para pagar a minha conta. De longe se despediu de mim.

O papel com o telefone da advogada rodopiou como um peão entre meus dedos. "O que devo fazer?", pensei. Se ligasse para ela, poderia parecer que eu estava traindo a confiança do Toni, mas também acalmaria o coração angustiado da minha amiga.

Achei prudente ligar e marquei um horário com a Dra. Beatriz Soares.

Chegando na consulta, a Dra. Beatriz me recebeu sorridente e de forma calorosa. Confesso que só o seu abraço e tom de voz já me deixaram mais calma. Ela disse, dentro de sua sala:

— Alice, a Estela me ligou preocupada quando soube do ocorrido, e eu disse a ela para que você me procurasse.

— Eu vim para deixá-la mais tranquila também. Sei que tudo ficará bem no meu casamento — disse.

— Entendo — afirmou ela. — Conheço histórias como a sua e acharia uma tristeza enorme caso não voltasse a ficar tudo bem entre vocês. Mas hoje, aqui no escritório como advogada, já vi de tudo acontecer: de casais à beira de um litígio se reconciliarem até casais que estavam caminhando bem em direção a um acordo entrarem em uma briga bem feia.

A Dra. Beatriz contou algumas histórias, acho que para que eu pudesse compreender que tudo pode acontecer. Tratei de ouvi-la atentamente para conhecer um pouco mais sobre esse universo que eu acreditava, até então, ser tão distante do meu. Me perdi um pouco em meus pensamentos durante seus relatos e só voltei a mim quando ela me perguntou:

— Você faz ideia sobre seus gastos? Sabe de seus direitos?

Nessa hora comecei a entrar em pânico, pois eu não tinha noção de como lidar com dinheiro, conta, impostos, etc.

A empresa do Toni fazia tudo para mim no Brasil. Eu só sabia cumprir os papeis de "mãe, filha e esposa". Aprendi com exemplos das mulheres da minha família e da família do Toni, que eram bastante similares.

— Eu acho realmente que não vou precisar lidar com isso. O Toni pode ter errado, mas ele não faria nada para me prejudicar — eu disse, sentindo pouca convicção em minhas palavras.

— Vou te sugerir duas coisas, caso haja alguma mudança nos planos de vocês. Assim você ficará mais alerta e melhor assistida:

1ª - Separe documentos que comprovam a sua situação econômica mesmo que não venha a usar. Comece a mapear, para sua segurança, até no futuro. É bom ter noção de outros assuntos também e estar mais informada.

2ª - Busque a opinião de outro advogado, principalmente para compreender os trâmites do seu divórcio na Itália. A família do seu marido é brasileira, e isso poderá te prejudicar mais para a frente. Aqui no Brasil, cada advogado que você buscar, eles estarão impedidos de consultá-los.

— Obrigada. Realmente não será necessário. Iremos arrumar essa bagunça em nossas vidas. Tenho a esperança de que tudo irá melhorar. Se precisar, voltarei a te chamar. Essa é a nossa primeira crise de casal, e iremos superá-la — agradeci e me levantei para ir embora, com meu estômago revirado, mesmo sem ter comido nada durante o dia.

Ao entrar no carro, as palavras da Dra. Beatriz Soares ressoavam em voz alta dentro da minha cabeça. "Padrão de vida, ser mais informada, casais que se divorciaram quando estavam bem, buscar uma segunda opinião"...

"De jeito nenhum!", pensei. "Imagina eu ter que passar por tudo isso, além da dor que já estou sentindo? Eu não terei forças para me manter em pé."

Aumentei o volume do rádio do carro e busquei me distrair com as músicas que tocavam até chegar em segurança dentro de casa.

O Toni voltou mais cedo do trabalho. Parecia animado, me convidou para fazermos uma viagem a sós, para Campos do Jordão, uma cidade pitoresca nas montanhas do estado de São Paulo. "Talvez esse episódio tenha acontecido para nos impulsionar a viver finalmente como sempre imaginei. Acho que iremos realmente nos casar novamente", pensei, com uma leve esperança. Concordei rapidamente com a viagem. Marcamos para o próximo final de semana.

Finalmente respirei aliviada. Minhas calças estavam caindo de tanta magreza. Eu até me animei, pois nos últimos anos eu havia engordado. Como sempre controlei minha alimentação, por conta da forte rotina do ballet, e deixei de praticar afinco, assim que me mudei para o Brasil, relaxei após minhas gravidezes. O Toni também estava gostando do resultado. Para ele, a aparência conta muito e mulher precisa ser magra.

A semana de espera para a viagem passou rápido. Parei de chorar pois meu foco estava voltado 100% para superar e recomeçar. "Quando voltarmos para a Itália, vou abrir a gaveta de cuecas do Toni e tirar a carta que escrevi de lá de dentro. Do jeito que estamos indo, vou enquadrar a carta junto com a foto do nosso 'segundo' casamento", pensei alegremente.

A contagem regressiva para a nossa viagem batia dois dias quando recebi uma ligação do Toni dizendo que não iríamos mais viajar. Ele havia se enrolado no trabalho e não poderia se distanciar durante o final de semana.

Eu já não sabia se acreditava na desculpa do trabalho ou se realmente meu casamento estava pior do que eu imaginava... Talvez eu fosse a única pessoa a lutar para reerguê-lo.

Assim que ele chegou em casa, fomos para a sala conversar. Decidimos duramente que daríamos um tempo de dez dias para pensarmos em nossa relação, que estava difícil de sustentar. Nesse período, viveríamos juntos (porém separados) para não levantar suspeita para as crianças. O Toni se comprometeu a não encontrar nem a falar com a Samanta.

Continuei caída na cama. Cada vez que ele entrava em casa, me esquivava de ficar perto dele. Além de dolorida, eu estava mais do que confusa com as suas atitudes. Passei dias inerte, sem vida, sem energia. Me alimentava de tristeza.

Cheguei a questioná-lo novamente sobre o porquê da traição. Essa pergunta martelava a minha cabeça dia e noite, ininterruptamente.

— Já está tarde, vamos dormir e amanhã conversamos — disse ele, trocando de assunto. — Vai ficar tudo bem, só precisamos de tempo para processar isso tudo. Durma bem.

Me deu um beijinho na testa, se virou e dormiu. Algumas noites tenho visto ele tomar remédio para pegar no sono. Por isso tamanha rapidez em descansar. Por outro lado, continuo divagando em meus pensamentos que me atormentam até a madrugada.

Hoje cedo fui fazer um check-up de rotina no laboratório. Ao subir na balança, levei o maior susto: 11 kg mais magra.

— Onze quilos! — exclamei com um forte suspiro.

A enfermeira que me acompanhava me olhou intrigada.

— Estou 11 kg mais magra em menos de dois meses — disse a ela.

— Nossa, que dieta você fez? — perguntou, animada, já que parecia bem acima do peso.

— Essa eu não indico a ninguém. Descobri que meu marido me traiu — respondi. — Pelo menos uma coisa de bom saiu dessa história toda — continuei. — Estou mais magra, me lembro da minha adolescência, época em que fui bailarina profissional na minha cidade.

Incrível como o padrão de beleza que escolhemos seguir é o de mulher magra, esbelta, com cabelos longos e lisos. Eu me encaixava perfeitamente nesse padrão. Meus cabelos eram lisos e escorridos desde que nasci. Quando me sinto fora desse modelo, me coloco defeitos e elevo bruscamente a minha baixa autoestima.

Era assim que eu me sentia poucos meses antes do meu mundo desabar. Talvez esse tenha sido o principal motivo que fez o Toni me trair. Ele deve ter ido buscar alguém magra e mais bonita que eu. Aliás, "buscar" ele não iria precisar, pois é muito bonito, de chamar a atenção quando chega em qualquer lugar —além de ser jovem, esportista e rico. As mulheres que *caçam* esse perfil *caem em cima* de homens assim, atacam sem sequer se importar com a situação matrimonial e muito menos com a família que poderiam destruir.

Comecei aí a experimentar outro sentimento: o de culpa.

Eu sou a culpada por ele ter me traído. Não sou boa o suficiente e deixei-me sair do padrão. Só parei meus pensamentos quando o exame na esteira começou a se tornar insuportável com a velocidade e a inclinação que a enfermeira colocou.

Acabou a tortura dos exames, e os resultados sairiam pela internet.

— Ao que tudo indica, você está com a saúde ótima — disse a médica responsável, enquanto a enfermeira retirava as ventosas grudadas em meu peito

— Que bom — respondi. — Pelo menos algo em minha vida corre bem.

Em casa, o Toni chegou cedo e foi diretamente tomar banho. Entrei no banheiro enquanto ele cantava no chuveiro como se nada estivesse acontecendo. Sinal de bom humor!

Comecei a tirar minha roupa para entrar no box junto com ele quando o celular dele apitou e na tela apareceu uma mensagem.

Samanta: *Oi, lindo, já chegou?*

"O quê? Não é possível", pensei. Mais uma vez ele mentiu para mim. Resolvi finalmente tomar uma atitude. Me vesti novamente e entrei como um furacão no banheiro.

— Saia já do banho e vamos conversar—falei, irritada.

As palavras "conversa profunda" não existem no vocabulário do Toni. Ele saiu do box, se enxugou, passou litros de perfume, como de costume, e disse:

— Vou sair, você está muito chata.

Assim que ele fechou a porta, peguei a toalha, enrolei e mordi com toda minha força. *Chata? Não é possível. Será que ele não entende?*

Os dez dias estipulados haviam sido encerrados. Em um ímpeto raivoso, decidi seguir um dos conselhos da Dra. Beatriz Soares. Com tom vingativo, marquei uma consulta de urgência com o advogado que o Toni mais odeia na face da Terra: o Dr. Augusto de Mesquita Campos Neto.

O edifício por si só já impunha a suntuosidade do que eu encontraria por lá. Aguardei na recepção para ser atendida. Até eu estava com medo de encontrá-lo, tamanho era o ódio que cresci ouvindo nas acusações da família do Toni contra ele.

Quando o Dr. Augusto apontou pelo corredor, o meu coração disparou. Ele me cumprimentou com um aperto de mão: a dele quente e firme e a minha gelada e trêmula. Sua fisionomia era diferente da que eu havia imaginado. Achava que ele fosse alto, grande, forte, mais velho e carrancudo, mas ele era um homem comum — digo, se o encontrasse na rua sem o terno, não saberia que seria "o advogado do terror". Com simpatia, ele disse:

— Tudo bem com você? Vamos entrar em minha sala.

Ele me conduziu por um corredor comprido e gelado. Acho que o ar-condicionado estava colocado no máximo de propósito. Fiquei imaginando como seria trabalhar naquele lugar: os homens de terno ficam no "bem bom" da temperatura amena enquanto o estalar dos dentes das mulheres usando saia e tailleur se torna evidente. Eu, por exemplo, cheguei desavisada; está um baita calor lá fora e vim vestida com jeans e regata. Não irá demorar para minha ansiedade baixar e eu, magra igual a um palito, me resfriar.

A sala dele é espaçosa, cheia de pastas e arquivos e porta-retratos com fotos de seus filhos e esposa.

"Ele é sim um 'cara normal', só que vestido de advogado!", pensei.

Em nossa família não temos advogados. Tem um médico, administradores, engenheiros... Mas ninguém se tornou advogado, então isso aumentava a minha ansiedade em estar em um local pomposo, desconhecido e amedrontador. Me senti traindo o Toni, mas já era tarde demais para voltar atrás.

A consulta não demorou cinco minutos, entre a camareira entrar, me servir água e café, e ele rapidamente me fazer algumas perguntas:

— Conte-me rapidamente a sua história — pediu ele.

Enquanto eu brevemente relatava, o Dr. Augusto abria gavetas, escrevia e fazia mais dez coisas ao mesmo tempo. Ele cortou minha explicação e perguntou, me entregando uma lista de duas páginas para eu preencher:

— Você sabe o valor do seu padrão de vida?

"Afe", pensei. "A mesma pergunta da Dra. Beatriz Soares."

— Não... Na verdade — falei, olhando para baixo — Não tenho noção, pois só sou autorizada a utilizar cartão de crédito para compras no supermercado e farmácia. O restante pago em dinheiro e jogo as notas fora.

— Sei — disse ele, secamente. — Conheço bem esse padrão. Não será fácil, mas você terá que preencher essa lista o mais fielmente possível. Assim que estiver pronta, pode voltar, que iniciaremos o processo.

— Processo? — assustei-me com essa palavra, era dura demais para meus ouvidos, não saberia lidar com isso.

— Sim — respondeu ele. — Preciso ser o mais fiel possível para que você não fique sem nada.

Ele se levantou para me dispensar e perguntou:

— Ah, como você chegou até mim?

Eu não sabia como responder e resolvi contar a verdade.

— Te escolhi porque a família inteira do meu marido te odeia. E se te odeia é porque você é bom e também deve saber de coisas que desconheço. Fui instruída a procurar alguém competente, caso resolva entrar na Justiça.

Com um sorriso narcísico nos lábios, ele disse, já apertando minhas mãos:

— Boa escolha a sua, mas você terá que trabalhar. Preencha a lista e estarei à sua espera. Pode acertar a consulta na recepção. Até logo.

Saí caminhando de volta sozinha pelo corredor gelado e a recepcionista já estava com o recibo em mãos. Peguei o dinheiro, paguei e saí com a lista e o recibo escondidos em minha bolsa. Nem tive tempo de sentir frio.

Nos dias seguintes que se passaram, tentei por algumas vezes preencher a "lista". Os itens variavam de contas fixas (como, água, luz, telefone, condomínio) até cabeleireiro, supermercado, farmácia, viagens. Achei genial quem inventou todos os itens. Havia alguns que desconhecia, como salários de funcionários, patrimônio, entre outros, que decidi deixar em branco.

Todas as vezes que eu pegava a lista, uma sensação ruim percorria a minha espinha. Como se eu estivesse fazendo algo errado e alguém me vigiasse. Encontrei um esconderijo entre meus livros de faculdade. Dificilmente alguém de casa mexeria naquela estante.

Marquei outra consulta com a Dra. Beatriz Soares para relatar quem escolhi para me representar, caso fosse necessário.

— Fui no Dr. Augusto de Mesquita Campos Neto. A minha consulta não demorou cinco minutos e custou os "olhos da cara"— disse a ela.

Enquanto eu contava toda a história que se passou no escritório do advogado, vi os olhos dela arregalados, como se tivesse algo a me dizer, mas ela não me interrompeu e aguardou que eu terminasse.

— Aí ele me entregou uma lista de custos e gastos para ser preenchida, mas a metade dela não tenho acesso, nem vou conseguir — continuei. — Já procurei em todos os documentos de casa, e o Toni provavelmente limpou tudo. Nem contas de telefone restaram. Eu não tenho ideia de como irei preencher as duas páginas.

Durante a minha explanação, repentinamente tive uma ideia:

— Já sei! Se eu for para o escritório do Toni, lá no armário temos muitos documentos que até ajudei o Toni a arquivar. Talvez sejam de grande valia! Não, pensando melhor, não teria coragem de mexer nas coisas dele – hesitei por um instante.

— Me parece ser uma excelente opção — disse ela, mais animada. — Você precisa se proteger e estar armada, caso a "guerra" entre vocês seja decretada. A arma que eu digo são as cópias desses documentos. Por precaução, é bom tê-los em mãos. Ah, e tem outro assunto do qual gostaria de te falar: seria bom você encontrar um bom psicólogo para te acompanhar. Essa fase é extremamente difícil de lidar. Pegue aqui — tirou um papel de sua gaveta. — Eu te indico três nomes dos quais eu conheço o trabalho e confio. Mas, se por acaso você já tiver algum de sua confiança, busque-o. Veja qual tem mais afinidade com você.

Agradeci e disse que iria buscar ajuda se realmente fosse preciso, por enquanto eu sentia estar lidando bem com essa situação.

O Toni permaneceu vivendo em casa. Conversávamos bastante (claro que nada de profundo) e ele estava curtindo o fato de eu estar *magrinha* do jeito que ele gosta. Arrisco dizer que nos tornamos mais próximos e ele estava realmente passando menos tempo com a "outra".

Tínhamos altos e baixos, me esforçava para não imaginar os dois juntos, nem perto um do outro, mas os pensamentos voltavam com intensidade cada vez que dormíamos juntos.

Fico tentando buscar respostas para tudo isso que tenho passado, e a que mais me convence tem a ver com o fato de nos últimos anos a nossa vida sexual ter esfriado. Eu me esforçava para ter vontade e ele não me procurava como antes. Acredito que desde que me tornei mãe e esse meu papel passou para "período integral", minhas energias praticamente se esgotavam à noite. Quando eu pegava no sono, ai dele se chegasse perto... eu virava uma *onça*. Estranhei sim o fato da diminuição de sua procura, mas acreditava que fosse natural da fase que estávamos vivendo. Talvez aí estivesse nosso problema. "O Toni resolveu experimentar outra, só para comparar", pensei, remoendo meus pensamentos.

Essas reflexões me faziam me sentir mais culpada e um *lixo* também. "Devia ter me esforçado mais nesse quesito", me recriminei. Hoje, luto entre a culpa que sinto por não ter sido boa o suficiente e a força para retomar meu território.

Em assuntos íntimos, como a minha vida sexual, para mim é difícil me sentir à vontade para me expor entre as minhas amigas. Em nosso círculo de amizades, não há ninguém separado nem "quase" separado. Todos os casais são formados pelo primeiro casamento ou pelo segundo, e os maridos são amigos do Toni. Prefiro não correr o risco de virar uma fofoca espalhada entre todos.

Os casais que já estão sabendo da nossa situação atual tentam me incentivar a sair, comprar roupas novas, me maquiar... Em todos os momentos, alguém tem alguma sugestão a fazer, uma história para me espelhar (normalmente pior do que a minha), nunca suas próprias histórias; se são, disfarçam bem, narrando como se fossem sobre terceiros. Difícil acreditar em relatos que parecem ter sido inventados só para me consolar. Acredito neles, mas talvez deva aceitar a oferta da Dra. Beatriz e procurar ajuda especializada.

O meu aniversário aconteceria dali a três dias, os dez dias limites se passaram *voando*, mas nunca mais tocamos nesse assunto de contagem dos dias. Acho que o Toni gostou disso. Para ele, estava bem confortável com a família inteira ao seu lado e, pelo jeito, a amante também.

Sinto que chegou o momento de contar a verdade para as crianças, a nossa relação estava cada dia mais difícil de sustentar, mas só de pensar nisso meu estômago embrulhava e uma ponta de raiva aparecia, subindo dos meus pés à cabeça, fazendo voltar todas as lembranças e a incerteza de como minha família iria receber essa notícia...

Entrei no closet onde o Toni estava se trocando e me limitei a dizer grosseiramente:

— Hoje iremos conversar com os quatro.

— Sobre o quê? — perguntou ele, vestindo a camisa de corrida.

— Sobre o que estamos passando, a fase difícil que pode ocorrer em um casamento — respondi, penteando meus cabelos com a escova que ele largou no armário.

O Toni me olhou como se eu estivesse "inventando" novamente (é assim que ele sempre diz, quando lanço alguma ideia diferente do que ele gostaria de ouvir). Colocou seus fones de ouvido e saiu em direção à porta...

— Se quiser — disse ele. — Conta você.

E saiu...

Agora sim meu sangue ferveu. Incrível como ele sempre foge quando o assunto aperta. Eu não aguento mais disfarçar e fingir para as crianças que "nada está acontecendo".

Pelo jeito o Toni vive há anos no melhor dos "dois mundos": de um lado, a casa feita, arrumada, filhos criados e a esposa fiel; por outro lado, a aventura, o "desconhecido", a conquista e o "prazer". Para mim, isso não serve. Ele terá que fazer uma escolha, e enquanto isso não acontece eu mesma decidi que lutaria por nós, pela família que nós mesmos criamos. Para isso, todos deveriam estar juntos nessa "guerra".

Chamei os meninos no meu quarto, e eles sentaram na cama comigo. Marco, com seus nove anos recém-feitos, é uma criança madura e sensível. Os gêmeos também já davam sinais de perceber que algo estranho estava acontecendo dentro de casa. Chegou o momento de lhes contar a verdade. Coloquei o Marco no meu colo e disse:

— Meninos — disse eu, segurando suas mãos. — Preciso contar uma coisa, mas antes quero que saibam, do fundo do meu coração, que não importa o que houver, eu e o papai iremos amá-los da mesma forma. Nada no mundo mudará nosso amor por vocês.

Eles assentiram juntos com a cabeça e olharam fixamente para baixo, acho que já prevendo o que iria dizer.

— Eu e o seu pai nos gostamos demais, mas nosso casamento está passando por um período muito difícil, por isso vocês estão me vendo mais triste e quieta nos últimos dias — falei, segurando a minha emoção em revelar algo que poderia abalar para sempre a nossa família e sem saber qual seria a reação deles.

O Carlo olhou para mim e disse:

— O papai tem outra?

"Por essa eu não esperava", pensei, sentindo uma cutucada em meu coração. Respirei fundo e respondi:

— Sim. Ele teve ou tem ainda outra mulher, mas estamos juntos para resolver isso tudo.

— Eu sabia — falou ele, atropelando minha fala.

— Como? — perguntei, assustada.

— Ele nunca sai do celular, e quando eu perguntava com quem ele falava tanto, ele me respondia que estava falando com um tal de Claudio do trabalho. Sei que ele estava me enganando. Um dia li, sem que ele percebesse, uma mensagem de uma tal "Samanta".

O Lucca concordou com seu irmão revirando seus olhos e fazendo uma careta.

"Como assim?", pensei. "Como uma criança de 13 anos pode ter tamanho discernimento? Provavelmente ele já soubesse bem antes de mim."

— E agora, mãe? Foi por isso que a nossa viagem de esqui foi tão esquisita? — perguntou o Marco, me trazendo de volta dos meus pensamentos.

— Sim — respondi, acariciando seu rosto carinhosamente. — Foi por isso. Agora venham aqui me dar um abraço bem apertado, amo muito vocês. Vamos conseguir sair dessa, vocês vão ver.

Enquanto nos abraçávamos, a Elena entrou no quarto, e pelo clima que estava lá dentro, perguntou, preocupada:

— O que houve?

Os meninos me olharam e eu a chamei para se sentar. Então contei da mesma forma que contei para eles, e a reação dela também foi inesperada:

— Ele te traiu? — perguntou, secamente.

Não poderia sequer imaginar que meus filhos me questionassem tão diretamente, como fizeram. Respondi a verdade:

— Sim... ele me traiu.

Ela repentinamente pulou em meu colo e me puxou forte para um abraço, sussurrando em meu ouvido:

— Então ele me traiu também.

— Não, Lelê. Seu pai te ama e nunca te trairia, ele é seu pai, e não o seu marido — disse, enfaticamente.

— Sim, mamãe. Se ele te traiu, eu também me sinto traída. Ele mentiu para todos nós e nos enganou — explicou seu ponto de vista.

Conhecendo a minha filha do jeito que a conheço, dificilmente ela mudaria de ideia.

— Estou do seu lado, mamãe— disse ela.

— Não há lado nessa história. Vocês quatro serão sempre o meio de campo, e eu e o seu pai jogaremos sempre no mesmo time quando o assunto se refere a vocês. Aconteça o que acontecer, estaremos todos juntos. Vocês são o que de mais lindo e precioso surgiu dessa nossa união — disse eu. — Agora vão brincar, ficará tudo bem.

O Toni subiu para nosso apartamento mais rápido do que de costume, bastante suado. Ele corre sempre que deseja "esquecer" algum problema.

Cumprimentou as crianças, e elas sabiamente se mantiveram em silêncio. Foi tomar banho. Enquanto se enxugava, contei a ele como havia sido nossa conversa. Ele sorriu e falou, debochando:

— Nossos filhos são espertos!

Foi para a sala de TV e mergulhou no sofá com uma criança de cada lado dos seus braços. Mais uma vez, fiz o papel mais difícil e ele agiu como se nada houvesse.

Pedi ao Toni um presente: uma viagem para que eu pudesse descansar da loucura dos meses que se passaram. Para a minha surpresa, ele concordou. Combinamos então que eu escolheria o destino e sairia uma semana após meu aniversário, enquanto ele ficaria com as crianças. Antes de decidir o lugar, convidei-o para ir comigo, mas ele recusou com a desculpa de ter que trabalhar.

Chegou o dia do meu aniversário. O Toni acordou e somente me desejou os parabéns. Eu tinha a esperança de que esse ano seria diferente, algo especial, com surpresas ou até mesmo ser presenteada com flores ou joias, afinal agora já poderia ganhá-las. Porém, a realidade foi outra: nada havia mudado.

Minhas amigas, pelo contrário, prepararam um delicioso café da manhã na casa da Lara. Lá estavam a Maria Luiza, a Estela, a Ana Maria e algumas outras conhecidas. Poucas sabiam do último acontecimento, me mantive o mais discreta possível. A Lara comentou que iria até a sua casa em Nova Iorque resolver alguns assuntos de trabalho. Por coincidência, seria bem na época em que eu poderia viajar.

"Quem sabe não vou com ela", pensei.

O café da manhã foi delicioso, a mesa decorada com pratos coloridos e muitas flores. "Já que não recebo flores do meu marido, ganho das amigas", pensei. Tive uma manhã tão divertida e descontraída que consegui esquecer por algumas horas o que se passava em casa.

À noite, cantamos parabéns somente com a nossa família mais íntima, e o Toni estava bem carinhoso comigo. Dormimos nós seis no mesmo quarto, bem juntinhos.

Lara ficou contente em ter a minha companhia em sua viagem, porém disse-me que estaria grande parte do tempo trabalhando, mas que eu poderia ficar à vontade em seu apartamento e que com certeza faríamos alguns passeios e jantaríamos juntas.

Katie, minha amiga canadense que também mora em Nova Iorque desde nosso intercâmbio, havia se tornado médica geriatra e se casado com Mark, seu antigo namorado, bem mais velho do que ela, também médico, porém cardiologista. Ela dizia que ele cuidava de todas as formas de seu "coração", que batia sempre apaixonado! Eles tiveram dois filhos, John de 8 anos, e Matthew, de 6. O Toni gostava muito do Mark; em nossas viagens para lá, sempre programávamos jantares e passeios. Chegamos a apresentar a Lara e o João, e os dois casais se tornaram também muito amigos. Nova Iorque se tornou um dos nossos destinos prediletos.

Liguei para contar o que estava acontecendo comigo e saber se poderíamos nos encontrar na viagem, assim não me sentiria tão *sozinha*. Ela seria uma ótima companhia.

— Katie, tudo bem? Pode falar rapidinho? — perguntei pelo telefone.

— Posso sim, estou saindo do hospital e tenho um tempinho — disse ela.

— Então... Eu nem sei como começar — falei com a voz um pouco enrolada —... Eu e o Toni... — suspirei — Acho que iremos nos separar — terminei a frase como uma faísca, de tão rápido que as palavras saíram da minha boca.

Ela ficou em silêncio e soltou:

— Como assim? Vocês seriam o último casal que eu poderia imaginar passar por algum problema na vida. Você me ligou porque já ficou sabendo, né?

— Sabendo do quê? — perguntei, sem compreender.

— Que já tirei as coisas do Mark da nossa casa. Nos separamos há duas semanas, mas ainda não tive coragem de contar a ninguém — disse ela, quase chorando.

— COMO? — perguntei, assustada. — Não pode ser! Vocês também seriam o último casal que eu poderia imaginar separado. Vou para Nova Iorque com a Lara daqui a quatro dias e quero te encontrar.

— Que boa notícia, preciso mesmo me encontrar com amigas antigas e verdadeiras. Depois do trabalho, nem ficar com as crianças estou conseguindo. Está muito difícil para mim lidar com isso tudo — falou, com tristeza em sua voz. — E o pior é que esbarro com ele praticamente todos os dias dentro do hospital.

— Entendo — falei. — Vamos nos encontrar e aí conversamos sobre isso.

— Ótimo, te espero chegar, então! — despediu-se, e desligamos.

Na noite anterior à minha partida, novamente as crianças quiseram dormir comigo, e logo cedo segui para o aeroporto. Meu voo foi tranquilo, assim como a minha chegada na casa da Lara.

Ao abrir a porta, senti uma pontada de angústia em meu peito. Todas as lembranças das viagens em família que passamos aqui vieram à tona, e eu caí no choro alto e profundo. Estava sozinha, o voo da Lara chegaria somente no dia seguinte à noite. Chorei, chorei, chorei, até minhas lágrimas quase se esgotarem.

— Você consegue tomar um chá agora? — perguntou a Katie com a voz aflita no telefone. — Na verdade, eu acabei de atender meu último paciente de hoje e estou indo para casa, pois não estava me sentindo muito bem. Estou muito triste. Me encontra na esquina da minha casa, lá tem um restaurantezinho que normalmente é vazio durante a tarde. Nos vemos lá, pode ser?

— Claro — respondi, ainda sem acreditar no que estávamos passando. — Já estou a caminho.

Em menos de dez minutos, cheguei no lugar combinado e encontrei a Katie sentada em uma mesa no canto mais escuro e reservado. Realmente o restaurante estava vazio, só havíamos nós e outra mesa bem distante.

Cumprimentei a Katie com um abraço e ela disparou a falar:

— Achei que você estava de brincadeira comigo, como se estivesse "jogando verde para colher maduro".

— E colhi — respondi com um leve sorriso no rosto. — Mas infelizmente — falei puxando a minha cadeira para sentar — não estava de brincadeira, não. Descobri no final das férias que o Toni tem amante.

— Ele ainda está na sua casa? — perguntou, como se eu fosse algo de outro mundo.

— Sim, está. Estamos tentando solucionar juntos esse problema. Decidi fazer essa viagem para descansar um pouco dessa loucura toda e ele prometeu que não se encontraria com ela para não abalar ainda mais as crianças — disse com pouca firmeza em meu discurso.

— Você não existe — sorriu para mim. — Eu também soube que o Mark me traiu, ele mesmo me contou jurando de pés juntos que haviam terminado e que nada significou na vida dele. Mas isso não mudou nada para mim, foi como eu ter recebido uma facada bem no centro do meu coração. Eu o expulsei de casa como em uma cena de novela mexicana daquelas bem dramáticas — o sorriso desapareceu de seu rosto, abrindo espaço para as lágrimas, que escorriam como uma cachoeira.

— Meu Deus! — exclamei. — Nunca poderia imaginar...Mas e se realmente não significou nada para ele, você não o perdoaria? Seria um sonho para mim ver o Toni arrependido... Não pensaria duas vezes em agarrá-lo.

Tomei um gole do meu cappuccino, que estava melhor que os da Itália, e continuei:

— Te contei que durante a festa de Réveillon estava tudo bem entre nós, porém me arrependi profundamente de ter colocado uma blusa cor de laranja neon desejando "mudança"... Acho que eu deveria ter especificado melhor o meu pedido para o Universo...

Katie esboçou um sorriso com a minha descrição sobre por que escolhi a cor de laranja e principalmente quando mostrei a foto de todos nós e o meu destaque entre todos os meus amigos.

— Pois é... Ela veio, né? E que mudança! Acho que a cor que usou era tão "acesa" que pegou na gente também! Chegou até Nova Iorque! Um choque global! — sorriu ela, enxugando suas lágrimas.

— Verdade... Nem me lembra dessa possibilidade...

— E a Felicia e a Maria Ignês, estão sabendo? — perguntei. — Eu mesma ainda não tive coragem de contar. Será que meu pedido do Réveillon também as atingiu? — questionei, fazendo uma careta de espanto. — Ainda bem que a Maria Ignês não se casou, essa não terá marido tão cedo depois que souber de nós duas.

— Eu também não contei nem para a Felicia — respondeu ela. — Na verdade, semana passada o Juan ligou para o Mark para fazer uma consulta por vídeo, ele havia feito alguns exames de rotina e queria a interpretação do Mark para os resultados. Talvez ela já saiba de algo...

Passamos alguns segundos em silêncio, tentando nos recompor, e ao mesmo tempo falamos:

— Vamos ligar para elas? Precisamos contar!

Deixamos uma mensagem no nosso grupo no celular naquele instante e combinamos uma ligação por vídeo para o dia seguinte. Não comentamos nada sobre o assunto. Elas aceitaram nosso convite.

Saí do restaurante e liguei imediatamente para o Toni. Ele e o Mark se tornaram amigos próximos; ou ele já sabia do que aconteceu entre os dois, ou ficaria com certeza muito surpreso.

— Toni, tudo bem? Estive agorinha mesmo com a Katie, você tem noticias do Mark? — perguntei, investigando.

— Eu, não! O que aconteceu? — pela preocupação em sua voz, percebi que ele não sabia ainda de nada.

— Eles também se separaram... O Mark aprontou como você, mas a Katie o expulsou de casa. Acho que ela foi mais corajosa do que eu — disse, com uma pontinha de provocação.

— Engraçadinha — disse ele. — Você só pode estar de brincadeira, eles seriam o último casal que eu poderia imaginar se separar.

— Pois é, foi o que também imaginei e o que ela imaginou sobre nós. Sei que não estamos separados, mas também não estamos juntos... — ressaltei, porém antes que ele se esquivasse como de costume, continuei — Marcamos uma conversa por videoconferência amanhã com a Maria Ignês e com a Felicia. Iremos contar a elas, provavelmente não vão acreditar que dos três casais formados em nossa turma, dois estão separados pelo mesmo motivo, ao mesmo tempo. Espero que ela também não esteja escondendo nada de nós. Amanhã saberemos. Beijos.

— Beijos.

Desligamos.

Fizemos o call; a Maria Ignês e eu fomos as primeiras a entrar, em seguida a Felicia, mas nem sinal da Katie (como sempre, ela deve ter se enrolado no consultório). Combinamos ontem que nada falaríamos sem a presença uma da outra.

— Aconteceu alguma coisa? — perguntou a Felicia, parecendo preocupada. — Nossos maridos também marcaram uma videoconferência hoje sem a gente estar incluída. Fico preocupada com os exames do Juan que o Mark analisou... Será que estão me escondendo algo?

— Marcaram? — indaguei, surpresa. — Não estou sabendo, o Toni não comentou nada comigo.

— Sim, parece que o Toni e o Mark o chamaram para uma conversa. Esquisito, né? — disse ela.

Ainda bem que a Katie acabara de entrar na sala, eu não sabia mais como disfarçar. Vi pela câmera ela ainda vestindo seu jaleco de médica.

— Você emagreceu bastante, né? — perguntou Maria Ignês, calada até o momento, só me observando. — Qual dieta fez?

Nesse momento parei a conversa para cumprimentar a Katie, que falava com a gente sem perceber que seu microfone estava fechado.

— Katie, abra seu microfone! Está no mudo! Tudo bem com você?

Antes de ela responder, continuei:

— Querem mesmo saber da minha dieta? Já adianto que não recomendo a ninguém.

A Katie nessa hora já estava com seus olhos bem arregalados esperando como eu iria contar a nossa trágica notícia. Tomei coragem e falei:

— Fui traída pelo Toni —saiu de supetão. — Não sabemos ainda como ficará nosso casamento.

— O quê? Como assim? Você só pode estar de brincadeira com a gente, né? — a Maria Ignês olhou para a Katie buscando apoio, enquanto a Felicia parecia estar em choque. Estava mesmo atordoada.

— Não posso acreditar! É o último casal que eu poderia imaginar... Aliás — completou — vocês duas têm famílias exemplares e perfeitas, não é Katie? — nos elogiou.

— Pois é... — interrompeu a Katie. — Eu também tenho algo para lhes contar...

— Ai meu Deus, o que foi com você? — perguntou, apavorada.

— Então... — suspirou em um longo intervalo, buscando forças para relatar. — Eu e o Mark nos separamos... — suspirou novamente, enquanto a boca da Maria Ignês caía aberta no chão e a Felicia quase desmaiava de tanto segurar a sua respiração. — Ele teve uma amante e eu o expulsei de casa.

— Não. Vocês duas parem já com isso. Essa brincadeira já está muito sem graça e estamos bem longe do dia 1º de abril — Maria Ignês estava extremamente nervosa. — Isso não irei aguentar sozinha aqui do *outro lado do mundo...* — complementou.

— Então foi por isso? — disse em um sobressalto, finalmente um sinal da Felicia de que estava viva. — Por isso nossos maridos também estão juntos? Para contar para o meu?

— Como? — a Katie perguntou, surpresa.

— Sim — respondi. — Soube agora que eles também marcaram uma videoconferência neste exato momento, provavelmente fazendo o mesmo que a gente com o Juan.

— Coitado do Juan — a Katie pensou em voz alta.

— Coitado mesmo! — exclamou Felicia. — Não temos estrutura psicológica para aguentar duas notícias péssimas ao mesmo tempo. O Juan deve estar desesperado, se já não teve nenhum ataque cardíaco. Vou ligar já para ele.

Ela se levantou e foi ao banheiro com o celular na mão, sumindo pela câmera, mas voltou rapidamente com o astral um pouco mais renovado.

— Falei com ele — disse ela, já segurando sua bolsa. — Ele está também abismado e virá me buscar aqui em casa para conversarmos no caminho do escritório. Vocês acabaram de soltar a maior bomba das nossas vidas.

— Ainda bem que não casei — comentou Maria Ignês.

— Pois é — Katie falou. — Você não pode imaginar como é sentir a dor de uma separação.

— E vocês, estão bem? — perguntei para Felicia de uma forma sincera. — Digo, o casal está bem?

— Olha — disse ela sem se sentar. — Sempre passamos por altos e baixos, mas sim: estamos bem. Buscamos resolver nossos problemas assim que surgem. Alguns não são fáceis, mas nunca chegamos a pensar em nos separar.

— Que bom — disse eu. — Alguém precisa se manter firme para nos amparar.

— Maria Ignês, e você? Alguma novidade? Se tiver, fala logo que meu assunto com o Juan irá render — disse Felicia, apressada. — Tenho mais dois minutos de conversa.

Maria Ignês respirou profundamente, deve ter demorado quase 30 segundos para começar a falar:

— Olha... Eu estou bem por aqui. Lembram da Joana?

— Sim — respondi. — Aquela sua amiga de Lisboa que tem um apartamento super charmoso em Cascais.

— Essa mesma — disse ela. — Viajamos juntas por quase um mês depois que ela resolveu se separar do marido. Ela veio morar comigo. O coitado está desesperado atrás dela, é ele quem mais sofre.

— Nossa! E por que ela se separou? — perguntei.

A Katie fez uma expressão do tipo "que pergunta idiota a sua".

— Porque ela resolveu "jogar no outro time"... No meu time — falou, envergonhada.

Agora eu entendi a cara da Katie. Nós três ficamos em silêncio e deveríamos estar pensando a mesma coisa, porque pela primeira vez a Maria Ignês nos revelou em voz alta sua preferência por mulheres. Desde nosso intercâmbio, já desconfiávamos. Ela sempre muito reservada, andava muito na época com a Andrea, uma das suas colegas de quarto. Ela nunca nos apresentou nenhum namorado. Acredito que diante de tantas revelações em nosso encontro virtual ela criou coragem também para nos contar.

Foi a vez da Felicia quebrar o silêncio entre a gente:

— Que boa notícia, Maria Ignês! Você salvou meu dia! Dessa vez deve estar sério mesmo para você estar nos contando! Fico super feliz por você e desejo que também seja feliz, com quem decidir viver!

Eu e a Katie concordamos pelo vídeo.

— Quero continuar a nossa conversa, agora ficou boa mesmo — Felicia continuou. — Mas o Juan já chegou e preciso ir. Tchau, meninas!

— Concordo — falou Katie. — Vamos marcar mais vezes! Beijos a todas, vou entrar em atendimento.

— Beijos e, Maria Ignês, também estou muito feliz por você! — falei, me despedindo.

Lara finalmente chegou de viagem e convidou a Katie para jantar em seu apartamento. Rápida como sempre, preparou um delicioso salmão com batatas no forno e foi tomar banho.

Quando a Katie chegou, foi a vez dela chorar. As lembranças que esse apartamento também trouxera para ela eram infindáveis... Nos olhávamos e chorávamos juntas, misturado com risadas desesperadoras. Que situação patética era a nossa.

Lara apareceu na sala com a toalha enrolada na cabeça, tentou sem sucesso nos consolar, serviu uns aperitivos, mas a Katie, assim como eu, também não tinha apetite algum, Lara jantou praticamente sozinha e conversamos até a madrugada. Convidei a Katie para dormir com a gente, mas ela precisou voltar para o apartamento, pois as crianças não poderiam ficar sozinhas a noite inteira.

A Elisabeth, uma das vizinhas do apartamento da Lara, tornou-se uma grande amiga, quase *avó moderninha*, para as crianças quando estamos em Nova Iorque. Ao saber que estávamos na cidade, marcou um café com a gente. Lara não pôde ir, mas a Katie fez questão de desmarcar dois pacientes para não perder a oportunidade de encontrar com a Beth. Mesmo morando na mesma cidade, raramente se veem.

Beth é bem mais velha que nós, com quase 75 anos de idade, mas ao mesmo tempo parece ser bem mais *nova*. Tem uma aparência bem interessante, provavelmente ela já experimentou (e continua) todos os cremes e tratamentos estéticos que existem no planeta. Tem silicone tanto nos seios como nas nádegas e faz ginástica praticamente em todas as suas horas vagas do dia, que, diga-se de passagem, parecem ser muitas! Possui aplique nos cabelos, de forma que parecem bem cheios, compridos, de cor loiro platinado. Veste roupas do tamanho da Lelê, em um corpo de adulto. Com seus lábios preenchidos, olhos esticados, todo o seu corpo é repuxado. Ela fez tanta harmonização em seu rosto que o desarmonizou totalmente, além da maquiagem carregada e colorida que usa todos os dias. Quem a vê acha-a parecida com uma caricatura. Em sua juventude, trabalhou e posou nua muitas vezes para revistas masculinas. Mas, ao conhecê-la, o estereótipo preconceituoso criado em nossa fantasia se quebra: ela é a pessoa mais amorosa e carinhosa do mundo, é alegre e de bem com a vida. Atualmente trabalha como recepcionista em uma renomada clínica de estética, que a contratou por ter ficado conhecida internacionalmente. Os clientes da clínica a adoram; ela se tornou praticamente um *cartão de visitas* ambulante. Os ricos e famosos dos Estados Unidos inteiro frequentam esse lugar.

A Beth é festeira, e todo esse glamour a tornou uma das maiores conhecedoras de lugares bacanas e descolados de Nova Iorque. Ela havia se separado do seu primeiro marido porque não aguentou lidar tantos anos com a depressão dele e principalmente com o sentimento de ciúmes do trabalho dela como modelo. E assim fez também com os outros quatro maridos, tirando o fato de que os outros não tinham depressão e que um deles, acho que o número três, faleceu de infarto fulminante. Ela namora atualmente com um cara dezesseis anos mais novo, que a expõe como um prêmio ganhado na loteria. A Beth decidiu não ter filhos, mas possui três enteados que a adoram. Essa mulher é totalmente diferente de nós duas, que parecemos tão *sem graça* perto dela. Incrível o poder que ela tem de conquistar as pessoas que a cercam, é encantadoramente divertida.

Estávamos apenas havia vinte minutos no café e a Beth já havia cumprimentado praticamente todas as mesas, além das atendentes. Nunca estive em um café tão charmoso, decorado com muito bom gosto.

— Vocês vão gostar desse restaurante — disse a Elisabeth mostrando uma lista de lugares da moda em seu celular. — Se quiserem jantar lá hoje, depois podem seguir para uma balada a dois quarteirões de distância. Quinta-feira é um bom dia para vocês saírem, esquecerem as mágoas e se divertirem.

"Eu não curto baladas nem lugares fechados cheios de gente dançando com música alta e eletrônica, e com mulheres vestidas com roupas agarradas e coladas no corpo, competindo pela atenção dos homens", pensei.

— Eu topo! — respondeu Katie, estranhamente animada.

— Balada aqui? — perguntei, apavorada com a resposta da Katie. — Estou fora! Você se lembra da última vez que fomos?

— Sim — respondeu a Katie dando uma risada gostosa que há tempos eu não via — Nos divertimos muito!

— Só se *vocês* se divertiram, porque eu e o Toni...

Olhei para a Beth e continuei:

— Vou te contar a história de como foi. Há uns quatro anos, estávamos hospedados na casa da Katie. Por insistência de um grupo de amigos, incluindo o Mark, fomos para uma balada no mesmo bairro que você está nos indicando. A decoração do lugar era vermelho vivo, era muito escuro, as poucas luzes que havia eram vermelhas também, pessoas se agarrando quase peladas, bebidas alcoólicas e outras coisas mais por todos os lados. Nem eu nem meu marido, ou melhor, 'ex' — suspirei profundamente — somos de beber muito ou de frequentar lugares cheios de gente à noite. Talvez seja por isso que nos espantamos tanto com o lugar.

— A expressão deles de espanto estava simplesmente hilária — interrompeu a Katie, rindo cada vez mais alto.

— Calma, deixa eu continuar — falei. —O Toni, com seus olhos arregalados, segurou na minha mão e se limitou a dizer: "Vamos embora? Cheguei no inferno!" Nossos amigos riram e, enfim, conseguiram nos segurar naquele local por vinte minutos até ele me puxar e escapulirmos correndo de lá.

— Nós vimos os dois saindo escondidos, e rimos tanto do jeito do Toni que até sentimos pena de a Alice não ter aproveitado. A gente ficou lá dançando até de madrugada — disse a Katie.

— Pois é... Até hoje somos motivos de chacota — completei. — Beth — continuei — você não está indicando "o inferninho", né?

— Ha, ha, ha — divertiu-se ela. — É óbvio que não! Eu conheço o lugar a que você está se referindo, já saiu de moda e não tem nada a ver com o perfil de vocês duas.

— Nosso perfil? — perguntei, de supetão. — Acho que nenhuma balada terá: duas mulheres, mães de família, recém-traídas, tentando quase sem sucesso se recuperar desse turbilhão... Melhor jantarmos em algum lugar gostoso e voltarmos para casa — propus, um pouco apreensiva.

— Nada disso — interrompeu a Katie — Eu quero ir, SIM — enfatizou. — O Mark está fora de casa, aprontou tudo o que queria, deve estar na balada nesse exato momento — exagerou ela. — Essa noite as crianças estarão com ele. Estou livre! — disse ela olhando no relógio. — Vou desmarcar todos os meus pacientes de hoje! Agora é a minha vez de experimentar. Alice, nós vamos, sim.

— Aiiiiii... — suspirei. — Eu não gosto nada disso. Certamente terei confusão com o Toni.

— Confusão? — a Beth debochou. — Minhas queridas, confusão é o que eles fizeram com a vida de vocês duas.

— Vamos, sim. Precisamos conhecer novos locais, viver um pouco o que o Mark deve ter vivido escondido. Você me acompanha, né? — perguntou Katie.

— Nem roupa arrumada para a noite eu tinha antes de emagrecer, imagina agora — disse a elas. — Sem chance!

— Isso não é problema! Assim que terminarmos esse café, iremos direto para o shopping, lá encontraremos algo adequado. Além do mais, tudo ficará perfeito em você com esse corpo de manequim — propôs a Katie. — Eu tenho vestidos guardados que usava na minha época de bailarina e baladeira, vamos sair sim!

Pelo jeito que ela falou, estava realmente decidida. "Katie e seus pensamentos vingativos contra o seu marido, ou melhor, contra o ex-marido", pensei. Ela, que sempre foi mais quieta e reservada do que eu, revelara-se uma "outra" mulher, totalmente diferente da Katie que eu conhecia.

— Faremos o seguinte — disse eu, querendo logo finalizar esse assunto. — Vamos às compras, você me deixa no apartamento da Lara, para me arrumar, e saímos nós três para jantar no local gostoso e animado que a Beth propôs. Depois do jantar, resolvemos se vamos ou não para a balada. Pode ser assim? — perguntei.

— Duvido que Lara vai aceitar ir para a balada com a gente, ela está no *modo trabalho* nessa viagem. Depois do shopping você se troca no apartamento dela e eu te busco. Beth? — Katie chamou — Você irá com a gente, né?

— Meninas, eu adoraria estar com vocês, mas amanhã bem cedo marquei um novo procedimento estético para o qual preciso me preparar. Se estiverem por aqui no sábado, acompanharei vocês com o maior prazer — disse ela.

— Sábado estarei fora da cidade em uma conferência de médicos em Chicago — respondeu a Katie. — Mas com certeza, depois dessa balada, oportunidades não vão faltar.

— Claro — sorriu a Beth. — Estarei pronta para quando retornarem. Agora preciso ir, o trabalho me chama.

A conta do nosso café já havia sido posta no canto da mesa antes mesmo de terminarmos de comer. Incrível esse costume do americano, tão diferente do Brasil, onde os garçons nos aguardam pedir a conta sem nos apressar, e principalmente da Itália, onde a vida de todos acontece em volta de uma mesa. Isso me incomoda tanto... Parece que querem nos expulsar logo do restaurante.

Durante o trajeto até o shopping, a Katie, com seu moderno aparelho celular, começou a disparar mensagens para as suas amigas que se vestem bem nos darem dicas e referências de lojas e de qual tipo de roupas deveríamos comprar. E eu com o meu, baratinho, pré-pago, que comprei na loja de eletrônicos da rua do café onde estávamos, quase descartável. Daqueles que só possuem as opções de fazer e receber ligações e mensagens bem curtas; a tela é minúscula, com um visor arcaico, mas serve para me comunicar. O Toni sempre diz que esse modelo de celular é suficiente para o que necessito durante a viagem.

A Katie continuava animada, contando para todas que iríamos nos aventurar naquela noite. Recebemos apoio de 100% delas, mas eu estava mesmo era preocupada com a reação do Toni. "Quando ele souber..." pensei. Senti encurralada e sem saída.

— Pára de pensar no Toni — disse ela, lendo meus pensamentos. — Não faremos nada de mais, só iremos conhecer o lugar e nos distrair um pouco. Se voltarmos para meu apartamento, irei cair no choro novamente. Vamos sair!

Ela estava tão animada e decidida que resolvi abraçar a ideia.

— Depois — disse ela — você fala para ele que iremos jantar juntas e que ele não precisa ligar nem se preocupar porque você estará comigo.

Olhei para ela ressabiada e falei:

— Soube que ele conversa todos os dias com o Mark. Estão combinando que, no dia em que nós quatro reatarmos, iremos sair para comemorar e ainda daremos risadas disso tudo.

— Mal sabem eles que isso nunca chegará a acontecer — disse ela, enfaticamente.

Chegamos ao estacionamento e, enquanto buscávamos uma vaga, o celular da Katie apitou mais uma vez, mostrando que recebera mensagem.

— Olha, acabei de receber uma mensagem da Lara — disse ela. — Ela fez uma nova lista de lojas para nós duas, mas deixou bem claro que é para você passar longe das lojas em que costuma comprar. Ela disse que você precisa começar a se valorizar como mulher e não mais como a *menininha* que aparenta ser. Ela disse também que não poderá jantar com a gente, mas que vai querer te ver arrumada, nem que seja por foto.

— Afe — reclamei.

— E acho que essa parte da mensagem serve para mim também — continuou ela. — Para comprarmos maquiagem e usá-las, é claro, e não esquecermos do salto alto. Aqui listou também os itens básicos que deverão preencher seu novo estilo de se vestir.

Lara é uma figura que parece ter saído de dentro de uma revista de moda. Está sempre vestida impecavelmente e usa muito a cor preta para valorizar seu corpo e combinar com seus longos e cacheados cabelos. É uma mulher bem-sucedida profissionalmente, organiza festas de casamentos e é requisitada no Brasil todo. Em sua casa nunca faltam flores. É casada com o João e tem uma filha da idade da Elena; elas se tornaram melhores amigas. Sempre que tenho algum evento mais chique, recorro aos seus palpites, e muitas vezes ela me empresta roupas, bolsas e sapatos seus. Ela sabe o tipo de roupa que costumo usar e conhece bem meu closet. O sonho dela é um dia me ver transformada, como naqueles *reality shows* que mudam totalmente a aparência da pessoa do dia para noite. Mal sabe ela que hoje estou disposta, mesmo que na marra, a transformar seu sonho em realidade, mas só por uma noite! Ela irá se surpreender com a minha aparência.

— Aqui está — disse a Katie, apontando para a vitrine da loja indicada por suas amigas. — Vamos entrar logo!

Respirei fundo e entrei atrás dela. A loja era tão enorme que parecia um shopping dentro de outro shopping; até restaurante encontramos perto do departamento de bolsas. Os valores eram exorbitantes, mas, como eu havia dito ao Toni que precisaria renovar meu guarda-roupa por ter emagrecido 11 quilos, e por ele provavelmente estar se sentindo culpado, pela primeira vez na história do nosso relacionamento ele me entregou uma boa quantia de dólares para gastar.

A Katie tirou um *print* da tela do celular com a lista que a Lara fez para comprarmos e começamos a pegar tudo o que encontrávamos pela frente. Até a calça de couro, indicada na lista como um dos primeiros itens que não podem faltar em um guarda-roupa, encontramos.

Enquanto olhávamos as araras cheias de roupas de marcas chiques, observei a Katie, que mesmo triste parecia confiante na sua decisão de manter o Mark afastado da vida dela. Lembrei da nossa conversa dentro do carro, sei que ele está arrependido e que fica atrás dela o tempo todo pedindo perdão. Torço bastante para eles logo reatarem, mas ela é cabeça dura, acredita que quando um vaso quebra não há conserto. Já eu encaro a minha situação de uma maneira diferente. Terei que ter muita paciência, persistência e muito amor envolvido para conquistar o Toni de volta. Talvez esse seja o motivo da minha preocupação em sair esta noite com a Katie. Não sei prever qual será a reação dele e o quanto esse episódio poderá atrapalhar a nossa relação.

— Venha, vamos ao provador. Pedi a Jackie, nossa vendedora, para separar as peças na nossa numeração e colocá-las lá dentro — disse ela carregando mais umas quinze peças de roupa em seus braços.

— Isso tudo é para mim? — perguntei, alarmada.

— Enquanto você ficou enrolando de propósito entre as araras, peguei quase a lista toda. Faltam ainda os sapatos, acessórios e bolsas, que ficam no andar de baixo. Acho que as maquiagens também, senão vamos em outra loja. Vou também experimentar algumas — disse ela.

— Mas você me disse que já tem roupa para vestir essa noite, não é mesmo? —perguntei.

— Tenho sim, mas pelo jeito terei muitas *outras noites* de baladas animadas, sem filhos por perto. Vou mesmo aproveitar como o Mark — falou, ainda com tom vingativo em sua voz.

Entramos no provador e comecei a separar o que eu gostaria de experimentar primeiro. Não gosto de perder muito tempo escolhendo, mas pelo jeito nada daquele bolo de roupas me interessou. Até estampa de oncinha tinha em um vestido longo que a Katie separou.

— Calça de couro? — perguntei, abismada. — Sei que está na lista da Lara, mas eu nunca irei usar isso na vida.

— Experimenta logo, é couro ecológico! — disse a Katie do outro lado da cortina. — Estará politicamente correta, não custa nada se olhar no espelho. Experimenta e saia para fora para eu ver como ficou.

Vesti a calça e a camisa de seda e, ao me olhar no espelho, me surpreendi. Parecia uma modelo, quase como aquela tal gerente do banco que mora em Miami e fora ao Brasil para nos atender.

Quando abri a minha cortina, Katie e a tal da Jackie estavam de prontidão me aguardando. A Katie estava com um vestido lindo curto e esvoaçante.

— UAU! — exclamaram em coro.

— Pode separar já esse modelo — falou Katie.

— Vou buscar um salto alto que deixamos para as clientes provarem e se imaginarem prontas — disse a Jackie, já sumindo de vista.

Voltei ao meu posto e resolvi provar todas as outras roupas que estavam lá. Incrivelmente, couberam certinho; sem exceção, todas ficaram boas em mim. Em meu corpo magro, tudo caiu muito bem, e eu estava começando a gostar do que via refletido no espelho: uma mulher madura, bonita, e até mesmo sensual. O Toni iria pirar com a minha aparência, certamente não me reconheceria caso esbarrasse comigo caminhando na rua.

Deixei a calça de couro para experimentar novamente por último com o salto alto que a vendedora me trouxe. Ele era uns dois números maior do que meus pés, mas segundo ela seria só para eu ter uma ideia de como ficarei com o modelo completo.

Ao vesti-la dessa vez, meu queixo caiu, me senti deslumbrante. "Como pode o sapato fazer tanta diferença?", pensei. Demorei algum tempo me contemplando no espelho até ouvir a Katie reclamar:

— Vai logo, estou curiosa! Quero ver como ficou.

Abri novamente a cortina me equilibrando no salto alto que caía do meu pé a cada passo. A Katie simplesmente caiu na gargalhada.

— Quero só ver você não levar essas peças. Você viu como ficou sexy e com uma bunda gostosa? Se eu fosse um homem, te chamaria agora mesmo para sair — falou, sem parar de rir.

— Só você mesmo, Katie, para caçoar de mim em uma hora dessas... — falei sorrindo, contagiada por sua reação inesperada. — Por acaso você tem calça de couro no seu armário? — perguntei em tom provocativo.

— Eu não, mas também não estou com esse corpão que você está agora — respondeu ela. — Prefiro usar os vestidos mais soltinhos e esvoaçantes. Mas saiba você que não descarto a possibilidade de adquirir uma dessas calças!

Voltei para o provador e, enquanto eu tirava a calça, que valia uma pequena fortuna, meus pensamentos e dúvidas voltaram a me atacar, como se o Antonio estivesse lá dentro falando para mim: "Você não vai comprar isso, né? Vai estar escrito na sua testa que você está desesperada para encontrar outro homem". Vou me sentir muito chamativa e poderia realmente atrair a atenção de muitas pessoas na balada. Para evitar minha exposição, resolvi pegar todas as outras peças de roupas que provei e deixar para trás a única peça que poderia prejudicar ainda mais a minha relação com o Toni. Estaria agindo de forma errada se me rendesse àquele estilo; calça de couro definitivamente não seria para mim.

Encontrei a Katie já no caixa pagando o vestido lindo que ela escolhera. Coloquei as peças de roupa todas de uma vez no balcão e a Katie ficou sem desviar os olhos das mãos da vendedora, que começou a mover peça por peça do bolo de roupas, organizando para cobrar. Franzindo a sua testa, a Katie falou em um tom que a loja inteira poderia escutar:

— Cadê a CALÇA DE COURO?

— Achei melhor e mais prudente deixá-la no provador — respondi, com meus olhos voltados para o chão, sem coragem de encará-la.

— Se você não levar, eu mesma comprarei para você — disse ela, enfaticamente.

— Não vai não, é muito cara também — falei.

— E daí? — debochou ela. — Pense que é um investimento, você poderá usá-la hoje mesmo, vou sim te dar de presente.

A Katie saiu rapidamente em busca de resgatar a calça dentro do provador. A vendedora paralisou o caixa, entendendo que deveria esperar nosso impasse se resolver. Quando estou com a Katie, falo em inglês como se eu fosse a própria americana, porém quando fico nervosa meu sangue italiano sobe e meu inglês volta a ter forte sotaque. Faço tantos gestos com as minhas mãos que chego às vezes até a acertar a parede ou alguém que estiver ao meu lado.

Falei para a Jackie continuar seu trabalho, mas ela parecia escanear as peças em câmera lenta, estava ainda na terceira quando a Katie surgiu com a calça na mão, entrando na fila novamente e aguardando a sua vez. Percebi que ela não estava mesmo de brincadeira, e eu não a deixaria pagar aquela quantia toda para mim.

Rapidamente, sem olhar em seus olhos, fui até o final da fila, que já estava ficando impaciente com o nosso pequeno show, puxei a calça de seus braços e enfiei no monte de roupas que a vendedora ainda não havia escaneado. Não consegui ver a expressão da Katie, mas vi a Jackie olhando para ela e sorrindo com cumplicidade.

Seguimos para outro departamento e encontrei um vestido lindo com um pouco de brilhos. "Esse sim usarei essa noite", pensei. Chegamos aos sapatos, e a altura dos saltos que encontramos era muito maior do que eu imaginei. Certamente teria dificuldades em me manter em pé o tempo todo durante a noite. Sem tempo de escolher, adquiri um parecido com o que a Jackie me emprestara no provador, de cor nude, que combina com tudo.

Achei prudente comprar as maquiagens na mesma loja em que estávamos, pois se fôssemos passear no shopping ficaria tentada a entrar nas lojas proibidas da lista da Lara. As vendedoras do departamento de cosméticos enlouqueceram quando viram nós duas.

— Sentem-se aqui. Vou maquiar vocês — convidou uma delas.

Katie sentou rapidamente, e eu em seguida. Pendurei as minhas sacolas de compras nos ganchos próximos ao balcão de exposição dos produtos e outra vendedora apareceu para ajudar a primeira. Elas foram logo limpando nossos rostos com algodão e água micelar da marca que elas representavam.

— Por favor — disse eu, com meus olhos fechados, enquanto ainda esfregavam o algodão. — Raramente uso maquiagem, então peço para que coloque o mínimo possível. E, se puder me ensinar como usar os produtos, agradeço.

— Claro, pode deixar comigo — falou a minha vendedora. — Pode abrir os olhos para ver os pincéis. Esse aqui é para espalhar o *prime*, que você deve fazer assim... — demonstrou, passo a passo.

Ela me explicou também como deveria fazer a limpeza dos pincéis. Quando terminamos, olhei para a Katie e perguntei:

— Nossa, será que podemos voltar hoje à noite para nos maquiar?

— Não sei você, mas eu vou tomar banho sem molhar meu rosto - disse ela, satisfeita com a sua imagem perante o espelho.

— Ainda bem que já lavei meus cabelos hoje — respondi, sorrindo.

Minha maquiagem ficou mesmo leve, delicada e de muito bom gosto. Tentarei fazer igual nos próximos dias e não deixarei os produtos vencerem, como normalmente acontece em casa.

— Vamos? — perguntou a Katie olhando as horas.

— Temos pouco tempo para nos vestir antes do jantar. Acabei de fazer a reserva no restaurante que a Beth nos indicou.

No apartamento da Lara, tive tempo suficiente para um banho rápido, para me vestir e ajeitar meus cabelos. Enquanto me trocava, liguei para o Toni para saber das crianças. Disse a ele como foi meu dia e que havia feito compras para o meu novo guarda-roupa, sem entrar em detalhes sobre as peças que adquiri. Sorte minha ele não se interessar por esse assunto, assim me poupou de responder a perguntas. Disse a ele que iríamos jantar fora e que ele não precisaria me ligar durante a noite, pois eu iria deixar meu *super celular* na casa da Lara. Avisei que caso ele precisasse falar comigo com urgência, poderia ligar no número da Katie ou da Lara, que saberia exatamente onde nós estaríamos.

Me senti como uma criança desobedecendo a seus pais. Racionalmente eu não estava fazendo nada errado, visto que quem aprontou foi ele, e não eu. Mas a sensação embrulhava meu estômago.

Maquiada, com meu vestido novo e sapatos altos, tirei uma foto para enviar à Lara, que ainda não havia voltado para o apartamento. Katie havia chegado deslumbrante, e seguimos direto para o restaurante.

O restaurante indicado ficava dentro de um hotel super badalado, estava lotado de gente, e a música super alta. Já me senti satisfeita como se estivéssemos na balada. Katie, animada, foi para o bar pedir uns drinks e voltou com dois copos coloridos e enfeitados pelo barman.

— Eu não bebo — falei para ela.

— Eu sei — respondeu me entregando um dos copos com uma piscadinha. — Finja!

Enfim sentamos à mesa em um lugar razoavelmente agradável. Em meio ao caos e ao barulho, mal conseguimos conversar. Pedimos alguns aperitivos, já que a fome de nós duas ainda não havia voltado totalmente, e decidi observar a movimentação das pessoas.

"Realmente me sinto como um peixe fora d'água", pensei enquanto a Katie olhava para as pessoas e sorria como se estivesse se sentindo à vontade. Se eu não a conhecesse tão bem, não perceberia que ela disfarçava sua tristeza para não ceder em sua decisão.

Katie havia tomado os dois drinks, o meu e o dela, e começou a se alegrar mais do que de costume. A balada a que iríamos se localizava a dois quarteirões do restaurante que estávamos.

Seguimos a pé para o endereço informado, eu caminhando desengonçada com meu salto alto. As ruas estavam estranhamente desertas para os padrões de Nova Iorque, e não encontramos nenhuma indicação que sinalizasse o local. No número mencionado, encontramos uma porta escura com um segurança postado em frente.

— Acho que deve ser mais para lá — disse ela, passando reto pelo homem.

Andamos mais alguns quarteirões e nada; resolvemos voltar, com meus pés já em frangalhos. Avistamos o tal segurança de longe.

— Acho que a Beth nos indicou o endereço errado — falei apreensiva, desejando sumir daquele lugar. — Vamos embora, não aguento mais caminhar.

— Calma, vamos perguntar para aquele homem. Se ele não souber onde é, tudo bem, voltamos para casa — disse ela, apertando seu passo.

Uma pontada de esperança atingiu meu coração. Chegamos perto do segurança, o lugar parecia escuro e macabro para o meu gosto. Katie perguntou:

— Por favor, você poderia nos informar onde fica esse endereço? — e apontou para a tela do celular.

O segurança sorriu e, em tom de deboche, falou:

— É aqui mesmo. Vi que passaram reto. Se tivessem me perguntado antes, poupariam a caminhada.

— Aqui? — perguntei assustada, olhando para a Katie, e continuei — Você tem coragem de entrar em um lugar como esse? Não há nada indicando que aqui é uma balada. E se o cara estiver mentindo e cairmos em uma roubada? — eu estava mesmo em pânico, imaginando ser um cabaré, e a gente, a *carne nova* do pedaço.

— Alice, para já com isso! — Katie me repreendeu. — Vamos entrar e conhecer. Se for chato, saímos logo. Não podemos vir até a porta e não entrar. Venha.

Ela se voltou novamente para o segurança e, com a mão pegando a carteira, perguntou:

— Quanto custa a entrada?

Mais uma vez aquele homem gigante e robusto sorriu, debochando da gente.

— Vocês não são do ramo mesmo, né? — perguntou ele, tentando se conter. — Mulher não paga, só o que consumir!

— Ufa! — suspirei. — Pelo menos o meu cartão de crédito não ficará carimbado.

Assim que o segurança abriu a porta, meus olhos se arregalaram, espantados com a quantidade de pessoas que estavam lá dentro.

— De onde eles surgiram? A rua estava tão deserta... — comentei com a Katie.

— Sei lá — ela deu de ombros. — Venha aqui, vamos tirar uma selfie!

Katie me puxou para perto dela e, mal deu o clique da foto, enviou direto para o Mark. Queria provocá-lo de qualquer forma.

Fomos para o bar e ela pegou uma bebida, fazendo questão de pagar com o seu cartão de crédito. Quanto mais eu tentava me esconder, mais ela queria aparecer. Não peguei nada, nem para fingir. Contava os minutos para sair de lá...

Senti minha bolsa vibrar. Quando olhei o número no visor do celular mixuruca, era o Toni. Quase atendi o telefone, até me lembrar que eu havia dito a ele que não levaria o celular comigo e que somente iríamos jantar.

Senti meu estômago embrulhar de uma vez. Certamente o Mark enviaria a foto para o Toni e eu estava ferrada. Ele teria todos os motivos para brigar comigo... Eu havia mentido.

Mostrei a ligação perdida para a Katie e ela deu de ombros:

— Bem feito! Azar o dele.

A partir daí, meu telefone não parou mais de pipocar. Se eu desligasse, ele saberia que o celular estava comigo. Então precisei sentir a vibração dentro da minha bolsa todas as vezes que ele ligou para mim.

Cheguei a mencionar à Katie sobre atender e terminar logo com a angústia que ele devia estar sentido, mas ela falou em tom vingativo e maldoso:

— Deixa eles sentirem um pouco na pele um gostinho do que passamos com a atitude deles.

Por dentro eu tremia inteira de medo das consequências com que teria que lidar.

— Vamos embora? — arrisquei antes de pagarmos a conta da balada. — Acho que ele já sofreu o suficiente.

— Ah, não! Quero conhecer esse lugar. Vou dançar até o dia raiar, conhecer gente nova, beijar e me esbaldar por aqui.

Ao olharmos para a pista de dança, tudo o que vimos foram mulheres com roupas insinuantes que se esfregavam (aquilo não poderia ser dança) enrolando seus corpos nos poucos homens que havia por lá. Pelas minhas contas, devia haver um homem para cada seis mulheres. Não teríamos chance nenhuma de aproximação, nem se quiséssemos.

Finalmente a Katie caiu em si e começou a se sentir mal, não pelas bebidas que tomou, mas porque a tristeza voltou a pegá-la de jeito.

— Agora vamos? — tornei a fazer a pergunta.

E dessa vez ela aceitou.

No caminho de volta, fui dirigindo para não corrermos o risco de terminar a noite na cadeia, já que ela havia bebido e nos Estados Unidos a lei é bem clara. Katie começou a chorar. A minha bolsa continuava a vibrar, e seu choro virou uma gargalhada desesperada.

— Não é possível — disse ela. — O Toni ainda não parou? Não atende, deixe ele sofrer, se fosse algo urgente ele me ligaria. Você pode dormir hoje no meu apartamento?

Senti sua aflição de ficar sozinha durante a noite e concordei. Pedi para ela avisar a Lara, que provavelmente já estaria dormido.

Ainda era cedo quando chegamos ao apartamento da Katie, por volta da meia noite e meia. No meu celular havia 67 ligações perdidas do Toni até aquele momento, e ele não teve coragem de ligar no da Katie, onde eu disse que o atenderia. Fui dormir com o celular tocando... Terei que ser firme com ele amanhã para ele não perceber a minha fraqueza.

Ao acordar, peguei o celular; tinha acabado a bateria e coloquei para carregar. Ao todo foram 93 ligações perdidas. A bronca viria certeira. Dessa vez agradeci o fato de estar com meu aparelho de celular *tranqueira*, pois o Toni não saberia identificar se eu estava na casa da Katie ou da Lara.

Respirei fundo e criei coragem: liguei e o Antonio atendeu no primeiro toque.

— Oi, Toni, como está? — minha voz saiu um pouco trêmula. — Vi que você me ligou ontem algumas vezes. Deixei meu telefone para vibrar na cozinha e acabou a bateria. Aconteceu alguma coisa? — perguntei com o coração disparado, quase saltando pela boca.

— Passei a noite e a madrugada te ligando. Fui dormir mais de 3:30 da manhã. Só sosseguei — disse ele, atropelando as palavras — quando consegui ligar para o Mark e ele se certificou pela portaria do prédio de que a Katie já estava em casa.

“Nossa, ainda bem que não chegamos tarde”, pensei. Estávamos sendo perseguidas e monitoradas sem saber. Respirei fundo e, com a maior cara de pau, perguntei:

— Ué? Eu não havia te dito que iria jantar com a Katie? Nós nunca demos motivos para vocês se preocuparem. Outra coisa — emendei antes de sua defesa — te disse que não levaria o celular e para você ligar para o dela, por que não fez isso? — enfrentei.

— Você não atendeu a nenhuma das minhas ligações... — respondeu ele, fugindo do assunto. — Fiquei preocupado, você não entende? Agora deixa eu trabalhar, que não dormi nada essa noite.

Desligou.

Para mim ficou evidente que, além de sua preocupação, também havia muito ciúme da parte dele envolvido. O Toni sente que eu sou propriedade dele e que nunca pode perder... Talvez eu também me sinta assim...

Katie levantou de ressaca, caminhando cambaleante até a cozinha. Ao vê-la naquele estado, me perguntei: “Será que vale a pena? Estamos realmente perdidas em nossas decisões, agimos por impulso... Que situação difícil estamos enfrentando”, pensei, sentindo dó de mim mesma.

Sem dizer uma única palavra, Katie se sentou. Eu já havia colocado a mesa do café da manhã e, acelerada após a minha conversa com o Toni, queria explodir e contar para ela, mas ela parecia tão mal que respeitei o tempo dela. Katie chorava em silêncio enquanto lutava para mastigar um pequeno pedaço de pão.

Cheguei no apartamento da Lara perto do horário do almoço. Ela já estava com as malas prontas para voltar ao Brasil, eu ainda tinha mais três dias de viagem e ficaria por lá.

— O que você está fazendo com as malas? — perguntei. — Você só vai para o aeroporto após o almoço.

— Mas já é horário do almoço — disse ela. — Estou terminando de fazer um macarrão, senta aqui e me conta como foi ontem.

Sentamos e contei detalhe por detalhe para a Lara, que me ouviu atentamente e até sorriu do nosso desespero.

— Espero que esses dias em que você estará sozinha por aqui você aproveite para colocar as suas ideias no lugar — falou, já se levantando.

— Deixa comigo — interrompi ela, que já estava abrindo a máquina para lavar a nossa louça. — Eu limparei a cozinha, acho melhor você ir para o aeroporto, porque o trânsito aqui é simplesmente maluco.

Lara me agradeceu; em seguida, partiu de táxi rumo ao aeroporto.

Para me distrair, limpei todo o apartamento, incluindo o quarto da Lara. À noite desci a pé dois quarteirões até uma pizzaria, fiz o pedido e acabei conseguindo comer um pedacinho dela. Entreguei o restante para um mendigo no caminho de volta. Exausta, caí na cama e adormeci.

No dia seguinte, marquei um passeio de bicicleta com um grupo de seis turistas colombianos e dois americanos até a Estátua da Liberdade. Pedalamos por um bom pedaço de Nova Iorque até deixarmos as bicicletas dentro da van da agência de turismo. Passeamos próximo à estatua de barco, e na volta peguei o metrô para o apartamento. Foi muito gostoso o dia, consegui me distrair bastante.

À noite dormi cedo, já que a Katie havia ido para a conferência dos médicos em Chicago.

A proximidade com a minha volta para o Brasil estava me deixando apreensiva. O Toni estava falando de forma seca e dura comigo, e as crianças pedindo para eu voltar logo.

Meu último dia em Nova Iorque passei caminhando no Central Park. A natureza é onde me sinto mais calma e serena. Caminhei na chuva pedindo que cada pingo levasse embora a minha tristeza...

Na entrada de casa fui surpreendida com uma faixa feita pelas crianças (acredito que foi ideia da criativa da Lelê), com folhas sulfite coladas como bandeirinhas em um fio amarrado em dois pregos colocados nas laterais da porta, escrito: "Bem-vinda, Mamãe".

Abri a porta e os quatro vieram correndo me abraçar. Amo tanto meus filhos que por eles enfrentaria o que fosse para protegê-los.

Entreguei os presentes que eu trouxe da viagem para cada um e também para os meus funcionários. Após um merecido banho, fomos até a sala.

— Mãe — disse o Marco — jogamos muito esse jogo de tabuleiro com o papai. Aprendemos a jogar na casa do tio João.

— Sabia que fomos para lá? — perguntou a Elena, empolgada.

— Eles rezam antes de comer e tivemos que rezar também — disse o Lucca.

— Até o papai fechou os olhos e rezou para você e para a Lara voltarem logo de viagem — Marco completou.

— O papai rezou? — perguntei, impressionada. — Ele nem sabe rezar e disse que não acredita em nada.

— Pois é... — a Lelê respondeu. — Acho que ele ficou sem graça com o tio João e aceitou fechar os olhos e nos dar as mãos.

— Se rezou de verdade, nunca saberemos! — falou Carlo.

— Mãe, quando o papai chegar, vamos jogar esse jogo juntos? — perguntou o Marco.

— Pode ser — respondi. — Vamos esperar para ver se ele vai querer. Vocês precisam me ensinar!

Fui até meu quarto ligar o computador. Por alguns instantes senti aquela sensação de frio na espinha, estômago embrulhado, garganta com um nó e coração disparado. "Será que olho a caixa de entrada do Toni?", me perguntei. "Melhor não... Faz muito tempo que não faço isso e disse a mim mesma que pararia de desconfiar dele." Enquanto meu coração discutia com a minha mente, resolvi me levantar e tomar um pouco de ar. Saí no terraço do meu quarto, mas o calor intenso e abafado me fez rapidamente voltar para o conforto do ar-condicionado ligado.

A vontade de clicar no e-mail dele se intensificou. Ele combinou comigo que não encontraria com ela enquanto eu estivesse viajando, e para que eu ficasse tranquila disse que nem mudaria a sua senha de acesso. "Bom, já que me deu a senha dele, não estou fazendo nada errado", pensei. Criei coragem e cliquei.

Meus olhos correram rapidamente pela tela e senti grande alívio por não encontrar nada além de comunicação de trabalhos. Resolvi me certificar e cliquei nas mensagens enviadas. Respirei novamente aliviada, não havia nenhuma mensagem dele para ela. Até o momento em que inventei de olhar no lixo eletrônico: aquele ditado "quem procura, acha" é certeiro... Havia duas trocas de mensagens entre eles disfarçando ser de trabalho, marcando reuniões. Estava claro que eram fictícias, porque no e-mail com o chefe dela ele tinha outra reunião agendada em local diferente. E no invite de confirmação da reunião, assim que cliquei apareceu uma foto deles juntos esquiando na Argentina... Ou seja: ele não foi comprar a fazenda naquela viagem enquanto eu estava na Itália, e sim fazer uma viagem romântica de esqui...

Senti uma raiva gigante subir pela minha coluna, foi a primeira vez que vi o rosto dela. Ela era como um bibelô, uns dez ou quinze anos mais nova que a gente, magra, alta como o Toni, e usava brincos grandes e colares de brilhantes. Suas unhas das mãos eram pintadas de vermelho, e com certeza usava maquiagem, pois seus cílios e contorno dos olhos não me deixaram dúvidas... Exatamente o que o Antonio nunca gostou de ver em mim.

O Toni chegou e foi direto para nosso quarto. Ele me cumprimentou secamente, e eu retribuí da mesma forma. Perguntou:

— O que você aprontou com a Katie?

— Já te falei que não aprontamos nada, que essa parte é somente do seu feitio — repliquei, irritada.

— Pensei bastante nesses dias e decidi que vou sair de casa daqui a alguns dias, não consigo ficar com alguém que mente para mim — disse ele.

— Você está se referindo a si próprio? Pois se tentou me pôr a carapuça, ela não serviu. Acho melhor você sair hoje mesmo, já que escolheu o *outro lado*, ou melhor — corrigi — <u>*a outra*</u> do lado... Você mais uma vez não foi verdadeiro comigo, quem sabe de longe você dará o devido valor ao que perdeu. Pode fazer sua mala e ir. Se quiser, eu mesma faço para facilitar seu serviço.

O Antonio nunca esperou essa minha atitude e ficou por um tempo desnorteado. Tampouco eu esperava me ver tão determinada e segura. Por dentro eu estava gelada, mole e acelerada. Consegui não sei como me manter de pé.

Ele fez uma mochila e, passando pela sala, encontramos as crianças prontas com o tabuleiro do jogo aberto.

— Vamos jogar? — perguntou Elena.

— O papai está de saída — falei. — Outro dia será melhor.

Vi as crianças se olhando. Certamente perceberam o que estava acontecendo entre nós. O Carlo, em um ímpeto, levantou e falou:

— Vamos jogar uma vez só, o nosso último jogo com toda a família junta.

Ele é um menino maduro e sensível para a idade dele. Aceitamos e sentamos em volta do tabuleiro. Jogamos por quase uma hora. As crianças pareciam demorar de propósito para jogar o dado e virar a roleta, só para o jogo não terminar.

Assim que terminamos a partida, falei:

— Pronto, agora o papai pode ir.

O Antonio levantou, pegou sua mochila, se despediu e saiu.

A Elena me abraçou forte e disse:

— Mãe, o papai volta, né?

— Ainda não sei... — respondi. — Vamos esperar ele decidir. Mas saibam que as portas de casa sempre estarão abertas para ele entrar. Agora vão vestir seus pijamas que está na hora de deitar!

Chegou o dia de eu entrar no escritório do Toni para buscar os documentos que eu mesma arquivei e que os advogados me pediram. Seria muito difícil burlar a segurança do prédio, além de passar pela secretária dele sem ela perceber. Então, tive uma ideia:

Peguei uma bolsa grande que uso para ir à academia e me vesti com roupa de ginástica. Liguei para o Toni para dizer que precisava falar com ele pessoalmente.

— Podemos nos encontrar no escritório? Vou sair da academia e passo por lá após o almoço. Não vou demorar, tá bom? — disse no telefone.

— Fala o que quer por mensagem — dizia ele.

— Não dá, preciso te encontrar pessoalmente — enfatizei.

Ele não gostou muito da ideia, mas concordou.

Aproveitei o horário de saída do almoço e cheguei com antecedência. Eu tremia bastante, mas consegui disfarçar ao encontrar a sua secretária.

— Olá, dona Alice, achei que a senhora chegaria após o almoço. O sr. Antonio já saiu para almoçar, e estávamos de saída — ela falou.

— Tânia, não se preocupe comigo — falei, sentando no sofá em frente a sua mesa. — Pode ir almoçar, eu trouxe meu sanduíche e vou comer aqui tranquila. Espero todos chegarem.

— Tem certeza, senhora? — perguntou ela. — Então é melhor a senhora ficar na sala de reunião, é bem mais confortável.

— Você tem razão — disse, levantando e indo até lá. — Até logo — falei.

Assim que ouvi a porta fechar, larguei meu sanduíche inteiro em cima da mesa, peguei a mala e corri para a sala do Antonio. Com meu coração palpitando rapidamente, comecei a vasculhar todas as suas pastas de documentos. Encontrei os arquivos ainda em caixas e mais caixas que eu mesma havia ajudado o Toni a etiquetar. Hesitei por alguns instantes em tocá-los. Seria roubo? Me senti muito mal, como se nada que estivesse lá dentro fosse meu por direito. Na verdade, pelo regime do meu casamento — comunhão parcial de bens —, tudo aquilo também me pertencia, afinal adquirimos após a data em que casamos.

Tive que pensar rápido, e a imagem dele com a amante na foto que tiraram juntos na Argentina me deu ânimo para enfrentar minha indecisão. Capturei os documentos que achei mais importantes e enfiei tudo de uma vez dentro da mala. O peso chegou ao limite que eu pudesse carregar sem levantar suspeita. Ouvi um estalo na porta e congelei.

Sosseguei ao perceber que foi o vento. Guardei as caixas vazias no lugar, ele um dia iria perceber... "Nesse dia eu já estarei longe daqui", pensei. Peguei a mala e passei correndo pela recepção, largando em cima da mesa da secretária o seguinte bilhete:

Tânia,

Por favor avise o Antonio que tive um imprevisto e precisei sair às pressas.

Marcarei outro dia para falarmos.

Atenciosamente,

Alice.

Desci o elevador e, quando fui entrar no meu carro, os seguranças do prédio se prontificaram em me auxiliar com a minha mala da academia. Eu a protegi com meus braços, agradeci e me enfiei dentro do carro o mais rápido que consegui. Se eles a carregassem, sentiriam o peso.

Entrei com meu carro no estacionamento da academia, e ali pude respirar sossegada. Liguei para Dra. Beatriz Soares e segui para seu escritório. Lá os documentos estariam seguros.

A sensação era a de que eu estava sendo perseguida, tamanho medo que sentia de que o Toni chegasse ao escritório e sentisse falta de seus arquivos. Racionalmente pensando, isso não seria possível, pois eram documentos antigos e já arquivados.

Após o trânsito intenso que peguei na cidade, cheguei no escritório dela, deixei a mala carregada com a sua secretária e corri em direção à escola para buscar as crianças.

Durante a noite, peguei a lista dos advogados e continuei a preenchê-la. E me lembrei que a forma mais fácil de demonstrar a nossa qualidade de vida seria com os álbuns de fotos de família, que mostravam as nossas viagens, festas de aniversário, nosso apartamento em Roma e as fazendas do Antonio.

Passei a madrugada separando esses documentos, e na manhã seguinte marquei uma nova consulta com a Dra. Beatriz.

Chegando em seu escritório, cumprimentei-a.

— Que aventura a sua ontem — falou ela, encantada com a minha coragem. — Soube pela minha secretária que você conseguiu pegar o que precisava.

— Verdade, nem acreditei que deu certo — falei. — O problema será quando o Antonio descobrir... Estou torcendo para reatarmos logo para devolver tudo no lugar e ele nunca perceber.

— Imagino... — ela falou, enquanto observei a mala da academia fechada intacta, encostada no canto da sua sala.

— Trouxe a lista preenchida com os dados que eu sei. Outros deixei em branco pois realmente não faço ideia, e o que eu estaria escrevendo não seria real — mostrei a lista. — Para completar, pensei em te mostrar algumas fotos da nossa família que podem ajudar a demonstrar nosso elevado padrão de vida.

— Perfeito — ela falou enquanto via as fotos. — Elas serão de grande ajuda. Que pena essa família estar se desmontando. Vocês são tão bonitos juntos... Por acaso você encontrou um psicólogo?

— Ainda não tive tempo, mas marquei consulta com alguns para decidir com qual ficarei. Dificilmente o Antonio aceitará fazer terapia... — disse, com tom melancólico.

— Não custa nada tentar, né? — falou. — Vou analisar com calma tudo isso que me entregou e voltamos a nos falar. Até lá, se cuida para que tenha forças para lidar com a situação que ainda virá.

Passei o restante da semana em função de conhecer os psicólogos que me indicaram. Um deles atende também a Maria Luiza.

O primeiro em que passei foi um homem. Ao relatar parte da minha história, ele se adiantou e começou a descrever detalhadamente todas as atitudes do Toni, parecia que se conheciam.

— Nossa! — exclamei, alarmada. — Por acaso meu marido também passou por aqui?

Ele sorriu e disse:

— Esse é o padrão de comportamento da maior parte dos homens que se separam. Vocês já entraram com advogados? — perguntou.

— *Oficialmente* ainda não — respondi.

— Então se prepara para conhecer um homem que você nunca viu antes. Seu marido virará um verdadeiro monstro! — sorriu.

— Espero resolver tudo antes — respondi em tom irônico. — Não pretendo conhecê-lo assim.

— Se precisar, já sabe onde me encontrar — finalizou a sua consulta.

Eu não aguentava mais contar a minha história para cada psicólogo a que fui, e até agora não achei ninguém com quem me sentisse realmente à vontade e atendida. Até que, na quarta consulta, o consultório da psicóloga mais perto da minha residência parecia ideal. Sem conhecê-la ainda, em sua sala havia diversos cristais, velas e incensos, peças de arte e muitas cores vibrantes. A psicóloga era uma moça que aparentava ser um pouco mais moça do que eu, com os olhos pretos igual a duas jabuticabas. Vestia roupas soltas e coloridas de muito bom gosto.

Durante a consulta, ela me falou muito sobre espiritualidade, e eu me encantei com a energia daquele lugar. Me senti à vontade para relatar cada detalhe que omiti para os psicólogos anteriores, e naquele momento me decidi: "é ela!"

À noite, o Toni chegou em casa para visitar as crianças e, quando me encontrou, perguntou:

— O que você queria me dizer pessoalmente na semana passada no escritório? A Tânia falou que você saiu tão correndo que deixou seu sanduíche inteiro na sala de reunião.

"Meu Deus! Deixei vestígios do meu crime!" Um álibi apareceu como uma flecha em meus pensamentos, e respondi quase gaguejando:

— Ah! Aquele dia tive uma dor de barriga repentina e não quis empestear o escritório com a diarreia. Saí correndo mesmo de lá — segurei minha gargalhada interna com a desculpa que inventei.

— Ha, ha, ha — riu ele. — Ainda bem que não deixou nenhum *presentinho* para nós, conheço bem o seu cheirinho!

Como amo seu sorriso, me peguei quase dando um beijo em sua boca.

— Mas sobre o que você queria falar?

"Pronto... Agora lascou", pensei. "Como vou sair dessa agora?"

— Então, queria te falar que resolvi fazer terapia — omiti que somente hoje encontrara a pessoa certa — e quero te convidar para fazer o mesmo. Fui em alguns psicólogos e achei uma que amei.

— Pode ser — ele respondeu. — Mas vou querer ir em algum homem.

— Você aceita? — perguntei, quase soltando fogos de artifício de felicidade.

— Não sei não, mas se você insiste vou experimentar — falou.

Por essa resposta eu nunca poderia esperar. Seja onde ele estiver hospedado, deve estar sentindo falta de mim. Ele nunca concordaria comigo. E, para não perder o embalo, disse:

— Já vou marcar uma consulta então. Se quiser, te acompanho na sessão, tenho certeza de que irão se dar muito bem.

Ele agradeceu, e as crianças chegaram fazendo a maior festa para ele. Saí da sala e os deixei curtindo o momento.

Esperançosa, marquei uma consulta para o dia seguinte com o terapeuta homem com quem eu havia me consultado. Eu o acompanhei em sua primeira sessão, mas aguardei na sala de espera.

Na saída, o Toni saiu animado e marcou sozinho a sua segunda consulta para a semana seguinte.

— Que bom que que você aceitou, meu lindo. Terapia fará muito bem para todos nós — falei, abraçando-o.

Ele compareceu a mais uma ou duas sessões até desistir.

— Terapia não serve para nada — disse ele no celular, levando minhas novas expectativas por água abaixo.

Fui almoçar com a Marta, uma amiga que a Maria Luísa quis que eu conhecesse pois ela havia se separado dois anos antes de mim e poderia me dar uns bons toques. Parece, segundo ela, que a história dela é bem mais cabeluda que a minha.

Marta mora em São Paulo. Como a Maria Luísa não poderia ir, convidei a Anna para passar o dia na cidade e visitar uma exposição de arte na Pinacoteca do Estado, que ela estava louca para conhecer.

Marta chegou um pouco antes da gente e escolheu uma mesa reservada no restaurante charmoso no centro da cidade. Quando nos encontramos, já senti uma afinidade instantânea, como se fôssemos amigas a vida inteira. Uma pessoa muito simpática e com um sorriso leve e agradável, que começou a destoar enquanto ela nos contava a sua história:

— O Renato bebia demais e acabava se tornando agressivo, como um grande urso atacando suas presas. Ele nunca partiu para cima de mim com violência corporal, mas gritava e chegou a me ameaçar algumas vezes, de forma que cheguei a fugir e me esconder por duas semanas na casa da minha irmã. E o pior não foi isso, ele jogava muito à noite e chegamos a perder tudo o que tínhamos. Meus pais nos fizeram nos separar judicialmente para que eu ficasse protegida das confusões dele.

Nós ficamos caladas ouvindo o seu relato. A Anna perdia algumas partes por não compreender tanto o português, e eu incrédula traduzia para ela.

— Eu cheguei a ter três abortos espontâneos, que acredito que foi meu inconsciente me protegendo. Hoje não possuo vínculo nenhum com ele. E encontrei o amor da minha vida, uma mulher maravilhosa que veio me completar — falou. — Tenho trauma de qualquer homem que se aproxime de mim.

A Anna fez uma expressão esquisita em seu rosto tentando compreender realmente o que ela dizia.

— Mulher? — perguntei. — Que interessante. Eu tenho um irmão homossexual que mora hoje com meu cunhado em San Francisco. Sou muito aberta para compreender que o amor não escolhe o sexo, mas ao mesmo tempo sei bem do que gosto: no meu caso de homem mesmo!

—Acho que, se eu tenho uma história como o seu, também escolher ficar com mulher — disse Anna com seu forte sotaque.

Contamos também a nossa história, já que a história da Anna com seu primeiro marido tinha similaridades com a dela, porém bem mais leve. Ainda bem que encontrou o Júlio, uma pessoa amorosa e de bem com a vida.

Terminamos nosso almoço e uma forte chuva começou a armar no céu. Decidimos voltar mais cedo para Campinas, por conta dos alagamentos que ocorrem na cidade, e a Anna ficou sem conhecer a Pinacoteca.

Nos despedimos da Marta e a convidamos para nos visitar em casa. Acho que ainda teríamos muitos assuntos para falar. Incrível a conexão que a

Maria Luísa fez entre a gente. Ouvir a história dos outros, por mais diferente que seja da minha, me faz sentir que não estou sozinha. Gostei da ideia de conhecer pessoas novas por meio de suas histórias.

Combinei com a Katie de falarmos por vídeo. Desde que saí de Nova Iorque, ela havia ido até Toronto, após a conferência de Chicago, visitar a sua família, e acabamos não nos falando mais. Dessa vez não incluímos a Felicia nem a Maria Ignês. Como nós duas havíamos nos tornado *cúmplices de um crime* (não de verdade, é claro), ninguém entenderia nossos sentimentos.

No início da ligação, ela me pareceu anestesiada. Falou devagar, parecendo estar sonolenta. Katie contou a novidade que encontrara com um amigo de infância quando passou por Toronto e que estão se comunicando por celular todos os dias.

— Katie, já? — perguntei, assustada. — E o Mark?

— Já te disse que o Mark já era. Estou me organizando para retornar ao Canadá assim que as férias das crianças começarem — disse ela, com o olhar caidinho.

— Meu Deus! — exclamei. — Ele vai morrer de desgosto quando souber... Você está bem? — perguntei. —Está parecendo um pouco "aérea", desligada da vida... Cadê a Katie *debochada* que conheço?

Foi então que ela soltou a maior bomba de todos os tempos sobre o seu casamento:

— Eu quero te contar uma coisa, mas que você prometa não comentar com mais ninguém.

— Claro, Katie, o que aconteceu? — perguntei alarmada, nunca tinha visto ela tão derrubada.

— Eu não vou voltar com o Mark porque não quero — disse ela. — Descobri que a mulher com quem ele me traiu está gravida e eles vão se casar assim que sair nosso divórcio.

Katie começou a chorar de soluçar, e meu coração apertou tão forte que chegou a doer.

— Como assim? Isso não pode estar certo... — falei chorando junto com a minha amiga. — O Mark sempre foi tão certinho....

— Pois é... Ele escolheu ficar com ela, que é "carne nova". Que graça tenho, uma canadense branquela... — disse ela se desvalorizando.

— Katie, você é uma mulher incrível. Talvez seja bom você conhecer alguma terapeuta — falei, tentando acalmá-la. — Uma orientação profissional poderá ajudá-la.

— Estou tomando remédio para me acalmar — falou.

"Agora entendi de onde veio essa sonolência", pensei.

— Não adianta se automedicar só porque é médica. Você não é psiquiatra e precisa de um acompanhamento para lidar com tudo isso. Que difícil, amiga... Se eu não estivesse precisando lidar com tantos problemas por aqui, pegaria agora um avião para ficar com você. Me liga sempre que quiser e saiba que torço muito para que reencontre a felicidade.

Deixei a Katie com os suspiros e soluços de seu choro. Coitadas das crianças... "Que história", pensei.

Caí exausta na minha cama agradecendo por minha vida ser tão mais simples que as duas histórias que ouvi hoje...

Tenho tido poucas notícias do Antonio. Até hoje não sei onde ele mora e se está ainda se encontrando com a tal Samanta. A Dra. Beatriz Soares, depois de analisar toda a documentação que deixei em seu escritório, marcou uma nova reunião para quinta-feira às 16h.

— Boa tarde, Dra. Beatriz — cumprimentei-a, entrando em sua sala.

— Oi, Alice, como vai? Sente-se aqui — disse ela, indicando a cadeira à sua frente. — Tenho boas notícias.

— Ai, que bom, no meio desse turbilhão estou precisando de boas notícias — falei, cruzando minhas pernas debaixo de sua mesa.

— Então, analisei toda a documentação que você trouxe para mim e algumas me servirão muito bem, porém já te adianto que não será fácil porque me parece que o Antonio já vem se preparando há anos para isso acontecer. Ele conseguiu se blindar juridicamente e, com isso, a parte financeira dele vai estar com certeza bloqueada para acessarmos...

Enquanto ela explicava, pensei "Onde está a boa notícia?". Só o que martelava na minha mente era a frase "Antonio já vem se preparando há anos para isso acontecer"... Tentei prestar o máximo de atenção no que ela continuava dizendo. Sei que seria importante compreender a minha situação.

— A boa notícia — continuou ela — é que se você quiser fazer um acordo teremos dados suficientes para pressioná-lo. Caso queira entrar na Justiça, dificilmente terá um divórcio amigável. Para isso precisamos usar uma estratégia, e sugiro você partilhar o mesmo advogado com ele. Na minha opinião, você deve escolher esse advogado, senão ficará totalmente nas mãos dele, e pelo que pude ver — disse ela, olhando para os arquivos separados em sua mesa — você não terá muita chance de sucesso, ele é muito esperto.

— Só um minuto — pedi que ela pausasse as muitas informações novas que recebi. — Deixa eu ver se entendi direito: você está dizendo que devo primeiro tentar um acordo com ele antes de entrar na Justiça e que eu peça a ele para usarmos o mesmo advogado escolhido por mim, é isso? Eu e o Antonio ainda não falamos sobre a nossa separação, acredito verdadeiramente que só estamos passando por uma crise.

Ela fez uma expressão esquisita, como se dissesse "coitada, você está errada", e me perguntou:

— Você tem certeza de que conhece seu marido? Terei que ser um pouco mais explícita e a realidade poderá doer bastante em você.

"Lá vai", pensei. "Sabia que não teria boa notícia nisso tudo." A dor que eu já sentia devia estar no grau nove de grau dez da minha escala interna.

— Manda ver — falei. — Terei que enfrentar em algum momento.

— Seu marido se preparou há muito tempo — repetiu ela a frase mais dolorida. — Você não tem notas dos estabelecimentos que frequenta e o limite do seu cartão é relativamente baixo para o seu padrão de vida. Nesse período, você assinou documentos importantes sem ler, não é mesmo?

Agora sim senti a facada. Ele vem me traindo há anos, confiava tanto nele que sempre assinei o que ele pediu, até me lembrei da Daniele, *modelo* gerente do banco de Miami, que veio exclusivamente de lá para nos atender.

— Pois é — falei, cabisbaixa. — Meses atrás ele abriu uma conta em meu nome nos Estados Unidos e assinei sem saber o motivo real de ter mais essa conta, além de outros documentos que não faço a menor ideia do que são.

— Ele pode estar te usando. Como você é italiana, não precisa de visto para entrar nos Estados Unidos, e deve fazer transações por essa conta através de você.

"Filho da mãe", xinguei em meus pensamentos. "Bem que senti que os dois estavam muito juntinhos naquele dia, será que ela também é amante dele?" Meu estômago começou a revirar e pedi com urgência um copo de água. A camareira entrou a jato na sala para me atender.

— Tem mais alguma sugestão sobre o que devo fazer? — perguntei, engolindo seco.

— Com urgência, feche essa conta que você abriu. Antes, converse com o seu *marido* sobre um possível acordo — falou ela. — Se ele não ceder, a nossa última cartada será convidar o Dr. Augusto de Mesquita para entrar em ação, aí a briga ficará feia e provavelmente entrará em litígio.

— Isso, nunca! — disse, apavorada. — Meus filhos sairiam machucados dessa também.

Levantei ainda atordoada, tentando manter a lista de tarefas que eu precisaria fazer, rezando para que o Antonio voltasse logo para casa. Quando eu já estava de saída do escritório, ela lembrou:

— Só mais uma coisa que me lembrei agora: você terá que encontrar um advogado na Itália, pois terá que se divorciar lá também. Pergunte aos seus familiares quais eles indicariam e aí podemos conversar diretamente com quem você escolher. Eu tenho parceiros lá, mas prefiro que me peça caso não encontre nenhum de que goste.

Entrei no carro e não sei nem como cheguei em casa, só sei que entrei direto debaixo das cobertas. "Ainda bem que terei sessão de terapia", pensei.

Durante a noite só tive sonhos perturbadores, onde sofri perseguições e caí em abismos. Acordei diversas vezes com meus batimentos acelerados, até desistir de dormir. Meus pensamentos giravam na minha cabeça como uma roda gigante descontrolada. Tentei entender como pude ter sido tão burra ao ponto de assinar tantos documentos sem ler. Sinto dentro de mim que o Antonio não pode ser assim tão mau a ponto de me prejudicar da pior forma possível. Ele é bem machista e egocêntrico, mas me ama e cuida de todos nós de forma muito carinhosa, isso não pode ser fachada....

Na minha sessão de terapia, relatei tudo o que eu vivi nas últimas dezesseis horas da minha vida. Ela me aconselhou a, antes de conversar com o Antonio sobre acordos, contratos, advogados etc., ficar com ele a sós para que eu pudesse sentir e decidir o que eu iria fazer dali para a frente. Por estar ainda muito machucada e perdida, eu poderia me precipitar e isso aumentaria as chances de fazer escolhas erradas.

Saí de lá um pouco mais animada em pensar em como seria bom estarmos juntos novamente, e comecei a pensar na melhor estratégia para abordá-lo. Uma ideia veio como um *flash* na minha mente: "Vou sequestrar meu marido!"

Passei no shopping, comprei *lingeries* novas, voltei para casa para arrumar uma mala para mim e uma outra para ele (a maioria de suas coisas ainda estavam guardadas em casa). Liguei para a pousada mais charmosa de Campos de Jordão, a mesma que ele havia me convidado meses atrás, e retomei a reserva. Avisei meus funcionários e as crianças, dizendo que faria uma surpresa para o papai. Deixei o telefone e a nossa localização com eles, pois faria parte da minha estratégia não usarmos o celular.

Liguei para o Toni dizendo que eu o buscaria no escritório e que precisávamos conversar. Incrivelmente fácil, ele aceitou.

Assim que ele sentou no banco do passageiro, eu disse, com tom autoritário:

— Toni, é o seguinte: pegue seu celular e envie uma mensagem para a sua amante avisando que você ficará dois dias sem comunicação.

Ele me olhou com uma expressão interrogativa e perguntou:

— Como assim?

— Isso mesmo que você escutou — falei firmemente. — Estou te sequestrando e nossos filhos são cúmplices. Fiz uma mala para você e iremos viajar só nós dois. Precisamos desse tempo sem interferência de ninguém. Se você não quiser ir, pode saltar do carro, mas em movimento, porque eu não vou parar.

Acelerei o motor do carro, entrando por milagre na rodovia sem pegar nenhum semáforo fechado. Deus estava nos amparando e abrindo nossos caminhos.

Ele sorriu parecendo nervoso, mas no fundo estava gostando da ideia.

— Eu não preciso comunicar ninguém, hoje é sexta-feira e lá vamos nós! — disse ele, entrando na *brincadeira*.

"Oba, ponto para mim!", comemorei internamente. "A corda está pendendo para o meu lado!"

A viagem transcorreu tranquila, e ao chegarmos no pé da serra o Toni estava bem à vontade. Senti como se fôssemos adolescentes aventureiros novamente. Dirigi o tempo todo para não dar margem a ele desviar nosso destino.

— Estamos indo para Campos? — perguntou ele se espreguiçando.

— O que você acha? — dei-lhe uma piscadinha de canto do olho. — Retomei a reserva que você havia comprado. Fiquei contente em saber que não usou até hoje.

Antes de ele responder, chegamos ao ponto da viagem em que, desde que nasceram os gêmeos, inventamos uma brincadeira que virou tradição da família. No pé da serra, apostaríamos a temperatura que estaria em cima da montanha, e quem chegasse mais próximo da resposta certa receberia de cada participante cinco minutos de massagem (nossa moeda corrente). Caso acertasse em cheio a temperatura, o montante subiria para dez minutos. Caso empatasse, dividiríamos o total de minutos com os participantes.

— Quantos graus você aposta que vai estar em Campos? — iniciou ele o jogo.

— Se aqui embaixo o termômetro do carro está marcando 22°C, eu aposto que está 17°C para baixo.

— Eu vou de 18° para cima — falou.

— Tem certeza que não quer mudar para 17° para cima? Ainda poderíamos empatar! Te dou essa colher de chá para mudar a sua aposta — disse eu o cutucando com meu cotovelo direito.

Os próximos vinte quilômetros, aproximadamente, de subida de serra seriam decisivos; às vezes a temperatura chega a oscilar 1°C por quilômetro percorrido. O mais legal de tudo é que em algumas retas a temperatura subia novamente. Até o topo o termômetro oscilou entre 20°C e 18°C.

— Ih! — disse ele. — Vou ganhar pelo jeito dez minutos de massagem!

— Vai nada — falei em tom de disputa. — Na reta final tudo pode mudar! — insinuei, com duplo sentido, mas acho que ele não compreendeu a mensagem, estava muito focado em vencer.

Chegamos na reta final e o termômetro marcava 18°C. Meu coração acelerou e meus pés também, talvez o vento feito com a velocidade do carro ajudasse a baixar a temperatura.

Avistamos o portal de entrada da cidade e *zupt*! O termômetro baixou a temperatura milagrosamente para 17,5°C, no momento em que o atravessamos.

— Ganhei!!! — gritei, fazendo junto uma dancinha com as minhas mãos. — Bem que eu te disse: no final tudo pode mudar! E, se você tivesse aceitado a minha oferta, teria ganhado a aposta! Preste atenção que eu sei bem o que faço! — aproveitei a chance para lhe dar o *recado*.

— Não valeu — disse ele, encontrando a sua alternativa para não perder. — Você disse 17°C para baixo e 17,5°C fica para cima. E como eu disse 18°C para cima, nós dois por meio grau empatamos. Nada de trapaça, italianinha!

— Ah, não — falei, fazendo biquinho com meus lábios.

Mesmo sabendo que ele estava com a razão, não queria perder a massagem.

— Vamos fechar então em cinco minutos de massagem cada um — propus.

— Tá bom, italianinha espertinha.

Até agora me senti a melhor sequestradora da face da Terra. E o melhor é que ninguém pagaria resgate.

Na pousada, logo na entrada fomos muito bem recebidos com um chá quentinho e bolinhos caseiros com o cheiro envolvente de uma aconchegante lareira. Em nosso quarto, uma perfeita atmosfera romântica reinava, desde a agradável temperatura da calefação que o esquentava até a suave luz que emanava do lindo abajur em pé atrás da poltrona xadrez, estilo inglês. Havia também pétalas de rosas espalhadas em cima da nossa cama, arrumada com o mais branco de todos os edredons. A minha vontade era de me jogar logo em cima dele, as toalhas de banho dobradas em formato de coração dispostas entre as pétalas em cima da cama.

O Toni entrou primeiro no chuveiro, e por um tempo senti que a nossa intimidade havia desaparecido. O clima entre nós dois de repente pareceu esfriar mais do que a temperatura lá fora. Esperei ele sair do banheiro enrolado na toalha para timidamente entrar. Queria ficar bem limpinha e perfumada, disputar com uma amante solteira, tão mais jovem do que eu, não será fácil —além de que com certeza deve tirado o PhD em sexo.

No banheiro havia um chuveiro e, do lado oposto, uma charmosa janela decorada com cortinas muito delicadas, que escondiam a vista que durante a manhã teríamos, provavelmente dos orvalhos escorrendo no vidro e os pinheiros e araucárias da montanha. Também dispunha de uma enorme banheira, cheia de água, salpicada com mais pétalas de rosas e pequenos barquinhos feitos de velas acesas. *Não vejo a hora de estar aí com o Toni.* Tomei um banho quentinho e revigorante, na intensidade do meu dia de hoje. Enxuguei meu corpo com a toalha macia e felpuda, sequei meus cabelos, passei o perfume que o Toni amava sentir em mim e vesti minha nova lingerie. Enrolada na toalha, caminhei de forma sensual até dentro do quarto.

O Toni já estava já deitado na cama, ainda enrolado na toalha, entre as pétalas de rosas grudadas em suas pernas e costas. Não poderia haver uma cena mais perfeita para me juntar a ele, a não ser pelo fato de eu pegá-lo no celular digitando disfarçadamente para *ela*.

Para quebrar o clima frio entre a gente e não estragar meu humor no primeiro minuto, respirei fundo e falei:

— A sequestradora aqui sou eu. Aproveita e avisa a *figura* com quem está se comunicando que só voltará a trocar mensagens no domingo à noite. Prometo que, se não obedecer, jogo seu telefone dentro da privada.

O Toni tomou um baita susto com a minha investida. Tentou disfarçar mais uma vez, mas resolveu por fim desligar o celular. Ele sabia que eu não estaria brincando e que seria mesmo capaz de fazer o que disse.

— Agora — falei, deixando propositalmente a toalha cair no chão e me aconchegando ao seu lado — quero que pague primeiro a sua dívida. Estou pronta para receber a minha parte da massagem.

Ele começou a massagear minhas costas e em seguida vagarosamente as suas mãos desceram até meus pés e subiram novamente massageando a parte interna das minhas coxas... Sem perceber, o tempo devido havia ultrapassado, mas não ousaria avisá-lo, estava tudo tão gostoso que poderia ficar mais de uma hora naquela posição. Fui sentindo o corpo dele se deitando em cima do meu, e o som da sua respiração cheirando o aroma do meu perfume na minha nuca, meu infalível método de conquista funcionou. Senti o arrepio em cada parte do meu corpo e nem preciso mencionar o quanto foi maravilhoso. Nossa intimidade e o nosso profundo amor, que nos últimos tempos havia sido abafado, brotou com muita intensidade.

Permanecemos deitados em silêncio por um bom tempo nos acariciando e retirando as pétalas de rosas que grudaram como adesivos estampados em nosso corpo.

As horas voaram e os dias se passaram mais rapidamente ainda. Mergulhamos de cabeça nessa experiência e parecíamos adolescentes apaixonados. No domingo à tarde, enquanto tomávamos banho juntos dentro da banheira, toquei no assunto de nossa volta para Campinas. No meu íntimo, eu sabia que ele voltaria a encontrá-la, então propus que, até decidirmos o nosso destino, estabeleceríamos algumas regras entre nós dois, para que não nos machucássemos ainda mais. Ele concordou e prometemos cumpri-las.

— Então — falei, massageando os dedos de seus pés com um pouco de sabão — vamos recapitular as nossas três principais regras de convívio e proteção das crianças. A primeira: não desfilar com a amante em local público; a segunda: respeitar a privacidade dos nossos filhos, sem comentar sobre a vida eles para ela; e... qual é a terceira regra mesmo?

— Acho que era sobre falar com advogados... - respondeu ele, calmamente.

— Isso! — me lembrei. — Não falaremos com advogados antes de um falar com o outro sobre o assunto. Você acha que devemos estipular uma data limite? — perguntei, aconchegando-me ainda mais entre suas pernas.

— Vou pensar! — respondeu ele com um sorriso maroto.

— Nem me venha com essa resposta! — belisquei com força a sua barriga.

— Está bem, vamos deixar rolar alguns dias e voltamos a nos falar.

Ao chegarmos em casa, o Toni entrou, conversou um pouco com as crianças e saiu sem querer jantar. Senti um embrulho no estômago, entendendo que voltar à realidade não seria fácil.

Uma semana se passou e nossa proximidade foi se alargando. O Toni, reservado, não me dava pistas de sua rotina fora de casa. Eu queria saber se ele ainda a encontrava. Comigo, conversava carinhosamente, mas nem as nossas mãos encostávamos.

Durante o almoço com a Estela e com a Lara, comuniquei a elas a minha angústia.

— Preciso saber se ele ainda se encontra com ela... — falei.

— E em que isso poderia te aliviar? — perguntou a Lara.

Reflexiva, respondi:

— Acho que pararia um pouco de fantasiar. Me sinto muito confusa...

— Por que você não contrata um detetive e tira logo isso da sua cabeça? — perguntou a Estela de um jeito descolado, chamando o garçom. — Por favor, poderia nos trazer o cardápio de sobremesa?

— Detetive? — perguntei, observando a Lara se calar.

— Isso mesmo, tenho uma conhecida que tem o contato de um. A história dela foi um tanto quanto cabeluda — disse ela. — A Lara sabe de quem estou falando.

Agora entendi por que ela se calou, e fiquei curiosa para saber sobre a tal história.

— Essa minha conhecida, enquanto casada, tentou por seis vezes engravidar. Eles experimentaram todos os métodos possíveis e imagináveis para ter filhos, mas não funcionaram, o problema diagnosticado vinha dele. O casal, por insistência dela, resolveu partir para a fila da adoção. Durante o preenchimento de toda as documentações necessárias e burocráticas, ela descobriu a traição de seu ex-marido com uma funcionária da agência de publicidade de seu cunhado, irmão dele. A única informação que ela conseguiu adquirir com o cunhado foi que a funcionária entrou para trabalhar na empresa havia quatro anos, era recém- formada em uma faculdade *xumbrega*, entrou como estagiária e hoje ocupa um dos cargos mais importantes: é a assistente direta do diretor de arte da agência. Mas não subiu por méritos próprios, é claro. Apesar de ser nova e de sua aparência descolada, segundo as palavras de seu cunhado, era *burra como uma porta* — Estela fez uma pausa para comer seu pedaço de abacaxi com raspas de limão.

Bem que eu havia estranhado a Estela pedir sobremesa. A minha era uma mousse de chocolate bem engordativa que destoava do saudável prato dela.

— Alice, cuidado que você, magrinha do jeito que está, pode logo voltar ao que era antes- falou Lara maldosamente me cutucando pela minha escolha.

A Estela não deu me deu tempo de resposta e continuou, ainda mastigando:

— Foi aí que contratou o detetive, para que ele investigasse a vida da tal mulher. Após a rápida investigação, o detetive entregou-lhe as fotos dizendo que a amante era mãe solteira, tinha um filho com três anos de idade. A bomba estourou quando a minha conhecida, que prefiro não mencionar o nome para não expô-la, reconheceu, na foto da criança, semelhanças com a família de seu marido, comparando-a com seus dois sobrinhos mais novos.

— Nossa, já imagino como vai terminar a história — interrompi.

— Calma — falou a Lara — ainda não acabou. Continua Estela, por favor.

— Ela ficou tão perturbada que solicitou ao detetive que investigasse mais, porém agora sobre a criança. Ele demorou umas duas semanas para chamá-la novamente, e descobriu que a data de nascimento do menino batia com o tempo em que ela ainda trabalhava como estagiária. E que assim que voltou de licença-maternidade, foi promovida ao cargo que ela possui atualmente. A minha conhecida entrou em pânico: além da traição de seu marido, que ela julgava ser recente, ela achou que o filho biológico seria dele. Ao confrontá-lo, ele jurou com seus pés juntos que o filho não era dele, mas ela quis ir além. Exigiu que ele fizesse um exame de DNA na criança.

— E o resultado, qual foi? Não poderia ser ele o pai, se o problema era dele para engravidar — meus batimentos estavam acelerados pelo suspense.

— O menino não era filho do ex-marido. Realmente, ele nunca chegará a engravidar uma mulher.

— Ufa! — exclamei aliviada, sentindo meu corpo desabar relaxado na poltrona do restaurante.

— Mas, com isso, ela descobriu que a sua intuição não estava errada. O filho era, na verdade, do seu cunhado. Pelo jeito os dois compartilhavam a mesma amante, e posso dizer que de *burra* ela não tem nada! — pedimos o café. — Ela nunca revelou a história para a sua cunhada e manterá esse segredo de família por toda a eternidade.

— Meu Deus! — exclamei, de boca aberta e fazendo o sinal da cruz em meu peito — Não sei se terei coragem de contratar o detetive.

— Bom, foi só uma sugestão — falou Estela.

— Por favor, poderia nos trazer a maquininha? — Lara pediu ao garçom, para pagarmos a nossa conta.

A história da tal mulher não saiu mais da minha cabeça pelo resto do dia. A Estela me passou o contato do detetive por mensagem; criei coragem e liguei. Não aguentava mais tanta angústia.

Marquei de encontrá-lo no restaurante dentro da academia de dança, assim não levantaria suspeita.

No dia seguinte nos encontramos no local marcado. Para a minha surpresa, o detetive nada tinha a ver com os detetives que vemos em filmes —e que eu havia idealizado que encontraria. Ele aparentava ser uma pessoa comum, era discreto e poderia muito bem *não* se destacar em uma multidão. Passei o *briefing* sobre o que eu queria:

— É bem simples para o que vou te contratar: preciso somente saber se o meu marido ainda se encontra com a tal Samanta — disse, tomando um gole do meu suco verde.

Em apenas três dias, o detetive voltou a me procurar dentro da academia de dança, com um envelope pardo em suas mãos. *Não deve ser um bom sinal*, pensei.

Quando ele mostrou as fotos, realmente não foi um bom sinal... Foi péssimo. Por elas pude vê-los de mãos dadas passeando no shopping que sempre frequentamos na cidade, se acariciando na mesa do restaurante, e até se beijando na boca, e não na testa.

Senti uma facada enfincar diretamente no meu peito. "Ele burlou a nossa primeira regra", pensei. "A de não desfilar com a amante em público."

O detetive descobriu o histórico da Samanta: ela se divorciou de seu ex-marido, um milionário quase 23 anos mais velho que ela, quando soube que ele estava com câncer e que havia passado todos os seus bens em vida para seus três filhos, sendo que todos eram mais velhos do que ela. Seu casamento durou somente um ano e dois meses. Parece que se conheceram porque ela era recepcionista da academia que ele frequentava. Após o divórcio, saiu sem nada nos bolsos, e seu ex-marido continua em tratamento da doença. Conseguiu emprego de secretária no escritório de administração e participa de reuniões com os sócios para anotar a ata e evitar mal-entendidos na empresa entre eles. "Pelo jeito, o Toni será a sua próxima vítima", pensei.

— Tenho mais uma informação, que acabei capturando nas imagens como bônus — disse ele.

— Ixi! — meu pensamento saiu em voz alta pela minha boca, torcendo para que ela não tivesse um filho nem fosse mãe solteira...

— Eles estão procurando um apartamento juntos, e me parece que entraram em negociação com esse prédio aqui — mostrou a foto que estava em suas mãos.

Sem olhar a aparência do prédio, o foco da minha atenção ficou inteiramente nos dois: no portão do provável edifício, os dois abraçados e ao lado o corretor de imóveis falando no celular com uma expressão bem satisfeita em seu rosto.

— Bom, agora preciso ir — o detetive se levantou, guardando as fotos dentro do envelope e o segurando com as mãos. — Mais um trabalho me chama.

— O envelope fica comigo? — perguntei, aturdida.

— Não, senhora. Já possui o que deseja — falou ele. — Meu trabalho não é legalizado e não posso deixar nada que me incrimine.

O meu mundo desabou.

Recebi um telefonema da enfermeira da escola das crianças me avisando que o Carlo caiu durante uma partida de futebol e que havia torcido o pé. Pediram para buscá-lo e, se possível, levá-lo ao pronto-socorro para averiguar se não fora algo mais grave.

No caminho do hospital, avisamos o Toni, que imediatamente foi para lá, chegando praticamente junto com a gente no pronto atendimento.

O Carlo passou pela triagem e em seguida pela consulta, tirando diversas radiografias. Enquanto esperávamos os resultados na sala de espera, vi o Toni pegar o celular e digitar. De canto de olho, conseguia ler disfarçadamente algumas palavras e concluí que a mensagem era para a Samanta.

— Por acaso você está comentando sobre o Carlo com ela? — perguntei calmamente, escondendo a minha raiva.

— Avisei que está tudo bem com ele — se prontificou a me dizer.

Aí me descontrolei, fiquei com as minhas bochechas vermelhas igual a um pimentão e a *italiana brava* que vive dentro de mim saiu para fora como uma fera protegendo sua presa.

— Por acaso não havíamos combinado de não passarmos informações sobre as crianças? — disse, em um tom mais alto que gostaria ter dito.

— Shhhhh — reprimiu ele, sem dar uma única resposta.

O Carlo, distraído com seu celular, nem mexeu a cabeça para ver o que estava acontecendo. Se ouviu, disfarçou muito bem. Me levantei e fui direto tomar um ar do lado de fora do hospital, aquele ambiente já não me trazia boas memórias.

"Mais uma regra quebrada", pensei, andando em círculos. "Também, que regra idiota a minha, é claro que ela sabe que temos filhos... Estou à beira de um ataque de nervos, ainda bem que estou no pronto-socorro."

Demorei tanto para me acalmar que os dois saíram de lá com o Carlo usando uma bota imobilizadora, como gesso.

— Luxei meu pé — disse o Carlo com o prontuário e a receita de analgésicos que o médico indicou. — Preciso comprar esses remédios aqui.

O Toni se despediu do filho e eu me limitei a fazer um gesto com a cabeça, meu olhar ainda ardendo de raiva.

Entramos na farmácia.

— O que você sentiu foi um ataque de ciúme — disse a minha terapeuta durante a sessão extra que precisei agendar com urgência.

— Eu não entendo por que ele mudou tão repentinamente. Em Campos ele estava um amor, e agora um monstro, parecendo querer me atingir pelas costas.

— Convenhamos, essa regra você inventou para acalmar seu ciúme.

— Eu não sou ciumenta — senti meu sangue subir pelas minhas veias e colorir de vermelho as minhas bochechas.

A sessão foi muito dolorida, ciúmes foi tudo o que tratamos. Percebi aí o quanto ainda dependo do "outro" para me sentir feliz.

Um banho gelado era o que eu precisava. Saí do banheiro enrolada na toalha, peguei o *laptop* que deixei em cima da cama. Não tive dúvidas: ainda tomada pela fúria do ciúme (a ficha após a terapia deve demorar a cair), abri e acessei o e-mail do Toni. Tanto faz para mim se ele descobrisse ou não; se ele não quisesse que eu soubesse, poderia muito bem trocar a senha.

Vasculhei tudo o que tinha e encontrei a mensagem de dois advogados: o primeiro do Dr. Leandro, conhecido por mim, que trabalha há anos no escritório do Toni. O título do e-mail era: "acordo de separação", e ele havia recebido a mensagem havia três dias. Não deve ter tido coragem de me mostrar, me protegi, não querendo vasculhar. E o outro, com um nome novo para mim, confirmando a consulta que havia sido ontem, ou seja, ele rompeu nossa última regra de falar com advogados.

Anotei o nome do fulano: Dr. Braulio José T.C.T. Cunha.

Sei que eu também me consultei com dois advogados, mas isso acontecera antes da viagem de Campos do Jordão. "Sou fiel ao que prometo", pensei.

Voltei ao escritório Dra. Beatriz Soares para finalmente assinar o contrato para ela me representar. Relatei a ela o conteúdo dos e-mails, inclusive do acordo que provavelmente logo o Toni irá me propor. Ela arregalou seus olhos, que quase saltaram para fora das lentes de seus óculos, quando ouviu-me dizer o nome do segundo advogado.

— Interessante — disse ela, em tom reflexivo. — O Dr. Braulio José Cunha é considerado o maior inimigo do Dr. Augusto de Mesquita Campos Neto. São famosos quando disputam alguma causa dentro nos tribunais de justiça.

— E isso quer dizer...? — perguntei, percebendo que notícia boa não seria.

— Você precisa me ouvir, agora que oficialmente sou a sua advogada — disse ela em tom de preocupação. — Chegou o momento de você conversar com o seu marido sobre um acordo de separação. Escute o que ele tem a dizer e, se tiver a chance, diga que conversamos e que gostaria que ele me conhecesse com a possibilidade de eu advogar para vocês dois. NUNCA — enfatizou ela — mencione o Dr. Augusto, em hipótese alguma. Se ele preferir que eu converse diretamente com o Dr. Leandro, ótimo. O importante é ele não chegar a procurar novamente o Dr. Braulio José, porque se fizer isso será litígio na certa, que poderá se estender por muitos anos. Precisamos descartar essa hipótese o quanto antes. Se entrarem no litígio, mais difícil será a sua reconciliação.

Me encolhi na cadeira e disse em um tom baixo e fraco de minha voz:

— Entendi...

— Outra coisa — mencionou ela. — Você irá me prometer que não acessará mais o e-mail dele. Além de ser ilegal, o Antonio pode estar usando isso como estratégia de manipulação, com isso você poderá cair em uma armadilha. Quem em sã consciência não trocaria de senha? Cuidado também com o que escreve em suas mensagens e o que fala perto do seu celular, é bem provável que ele tenha escuta em seus aparelhos. Muito estranho ele procurar justamente o Dr. Braulio José — disse ela, pensativa. — Bem o inimigo número um do outro...

— Ah — me lembrei. — Estou me consultando com uma das psicólogas que você me indicou. Realmente me sinto fortalecida a cada sessão.

— Que bom — respondeu ela. — Acredito que psicólogos e advogados deveriam partilhar o mesmo escritório. Isso facilitaria muito a resolução dos processos. Até logo.

Naquela noite, o Toni passaria em casa para buscar as crianças para jantar. Convidei-o para entrar, respirei fundo para enfrentar o que a Dr. Beatriz havia me pedido. Me preparei à tarde com a minha terapeuta e, por precaução, fiz a sessão com meu celular desligado e guardado do lado de fora do consultório por sua secretária. Se ele ouviu as minhas conversas até agora, dessa vez seria impossível. Enquanto ele se despedia das crianças, perguntei com a voz suave e convidativa:

— Toni, gostaria de falar com você por um minutinho, poderia entrar?

— Claro — respondeu ele, desligando o motor do carro.

Entramos no meu quarto e comecei:

— Esse é um assunto delicado para mim, mas há semanas estou sem saber o que fazer, como me portar, o que esperar da nossa relação. Precisamos, pelo menos por enquanto, resolver se vamos ou não ficar juntos.

— Tenho uma proposta para te fazer — disse ele friamente.

Por um minuto meu coração se encheu de esperança. "Proposta? Será que ele mudou de ideia?"

— Meu advogado está redigindo um acordo de separação, e trarei assim que estiver pronto.

— Advogado? — perguntei alarmada, fingindo que a minha conversa seria *outra*. — Essa é a proposta? Não sabia que chegaríamos a esse ponto... Pelo jeito você desrespeitou as três regrinhas de proteção que criamos em Campos do Jordão, você é um mentiroso — culpei-o, só para irritá-lo.

O Toni resolveu levantar a voz e soltou:

— Você por acaso colocou um detetive para me espionar?

Nossa, *agora ele me pegou de surpresa*. Me fingi de boba:

— Eu??? Você enlouqueceu? — falei, com o tom de voz mais alto que o dele.

— Não grita! — falou ele.

— Eu não grito — respondi, realmente gritando. — Sou italiana, esqueceu? Estou me sentindo muito irritada, perdida e confusa com tudo isso que estou passando, com suas mentiras e histórias mal contadas. Nem conheço mais o homem com quem me casei.

— Me responda, então — ele disse, cada vez mais raivoso. — Eu vi um homem me seguindo de carro, ele tirou fotos minhas. Não sou nenhum idiota para não perceber quem era.

O Toni saiu resmungando pela porta:

— Não dá mesmo para falar com você. Quando você se acalmar, conversamos.

E bateu a porta do quarto com toda força. Em seguida, escuto o carro sair da garagem de casa cantando pneu. Lá se foi a minha conversa e o dinheiro daquela sessão de terapia. Não consegui dizer nada do que havia preparado para falar.

Liguei o chuveiro e me enfiei dentro. A água morna massageava minhas costas e relaxou o meu corpo. Enfim me acalmei.

Na manhã seguinte, enquanto eu escolhia a roupa para me vestir, olhei a calça de couro pendurada no cabide do meu closet, novinha e ainda com a etiqueta da loja. "Sabia que nunca iria usar", pensei. Em um *flash*, fui tomada por uma força guerreira que me impulsionou e me encheu de coragem. "Que detetive, que nada: vou direto à fonte", pensei. "Se quero saber mais sobre o que eles estão tramando, vou eu mesma direto até ela."

Liguei e compartilhei minha ideia com a Lara, que relutou no início, mas acabou cedendo e se prontificou a me ajudar a me produzir. Afinal, a ideia da lista de compras, com a calça incluída, partiu dela.

— O que deu em você? — perguntou ela.

— Há meses estou confusa, o Toni não é verdadeiro comigo. Agora falamos sobre advogados e soube pelo detetive que ele está comprando um apartamento junto com ela também... Preciso saber de alguém o que se passa entre eles. Só assim irei realmente partir para o acordo de separação.

— Você não irá se meter em encrenca? — senti sua voz um pouco apreensiva.

— Claro que não — respondi. — Mesmo com meu sangue italiano, que sobe facilmente, sou da paz.

— Está bem, vou te ajudar — finalmente cedeu a Lara. — Você irá maravilhosamente estonteante até o escritório onde ela trabalha — disse, mais animada com a situação. — Coloca a sua calça de couro, aquela blusa de seda e seus sapatos de salto alto e venha até a minha casa para eu terminar de te arrumar. Você entrará causando naquele lugar.

Peguei meu kit de maquiagem e o colar que ganhei do Toni de aniversário, que havia guardado ainda dentro da sacolinha da loja.

— Tem certeza de que a calça de couro não vai destoar a essa hora da manhã? — perguntei, já querendo desistir.

— Segue o que estou te falando, a mulherada usa também para trabalhar — disse ela. — Eu mesma A-D-O-R-O! Estou à sua espera — disse, e desligou.

Antes que eu pudesse mudar de ideia, catei todos os itens e enfiei dentro de uma sacola. A Lara abriu a porta de sua casa, me olhou de cima a baixo e disse:

— Venha, vamos dar um jeito nisso.

Ela abriu o seu estojo de maquiagem, ignorando o meu, novinho, e começou a me maquiar.

— Você já pensou em como conseguirá entrar no escritório dela? — Duvido que te deixem entrar, vão achar que você vai armar um barraco — disse a Lara, segurando um dos pincéis de maquiagem em sua boca.

— Sim — falei igual a um ventríloquo, sem abrir minha boca para não atrapalhá-la. — Você está vendo aquela sacolinha da loja de joias com o colar que ganhei do Toni? — apontei para as minhas coisas em cima da penteadeira. — Pois é, vou me fingir de vendedora.

— Ha, ha, ha, ha! — gargalhou ela, deixando cair no chão o pincel que segurava. — Só você mesmo para inventar uma coisa dessas! Sua criatividade me inspira, daqui a pouco vai conseguir emprego na agência de publicidade daquele cunhado da conhecida da Ana Maria — riu, lembrando da triste história sobre o detetive.

— Soube que em lojas caras como essa as vendedoras entregam o presente diretamente no local indicado pelo cliente, também por segurança. E pior: muitas entregas são de clientes para as suas amantes, a loja tem esse serviço para que não sejam pegos pelas suas esposas. Esse será o meu álibi, o disfarce perfeito — falei, satisfeita com a minha ideia.

— Abra seus olhos um pouquinho e olhe para o teto para eu passar o rímel — disse ela. — Você deverá dar passos firmes com a cabeça erguida. Confiante de cumprir seu papel. Imagine-se atuando em uma peça de teatro.

Sorri.

— Pronto, acabei — disse Lara já guardando seus apetrechos. — Termine de se vestir e pode ir! Não estou te expulsando, mas também preciso sair.

Não me reconheci refletida no espelho: vi ali uma mulher madura, bem vestida. Vendedora seria pouco, para *aquele cliente*, a entrega será feita pela gerente da loja!

Pela primeira vez, vesti a calça de couro sem ser no provador da loja, calcei meus sapatos de salto, pendurei o colar no meu pescoço e segurei a sacolinha vazia da loja. Perguntei, fazendo uma pose:

— Que tal estou?

— Deslumbrante — disse ela. — Boa sorte!

— Obrigada por tudo — agradeci. — Sem o seu apoio não me sentiria tão poderosa. Não farei nenhum escândalo nem barraco, meu coração está disparado, você consegue perceber? — perguntei, ansiosa.

— Um pouquinho — respondeu sorrindo. — Mas só porque te conheço bem. Respire fundo e tudo dará certo!

Durante o trajeto, tentei treinar meu discurso, mas tudo o que pensara tinha a ver com comparações entre nós duas. "Como será que ela é? O que será que ela tem de mais interessante do que eu, além da juventude? Ou melhor, o que será que ela faz que eu não faço?"

Deixei meu carro no estacionamento mais próximo de seu escritório e, para não dar bandeira, caminhei até lá. Chegando pertinho, desdobrei a sacolinha da loja de dentro da bolsa e coloquei a caixinha de joias vazia dentro dela. Na entrada do prédio, além do porteiro havia dois seguranças. "Não será fácil passar por eles", pensei. Com minha cabeça erguida e dando passos firmes, segui adiante.

— Boa tarde senhora, posso ajudá-la?

— Boa tarde — respondi cordialmente. — Eu vou entregar uma encomenda da loja em que trabalho — mostrei a sacolinha para ele — para a sra. Samanta, que trabalha no 13° andar. É uma surpresa especial do meu cliente a ela. Portanto, por favor avise a recepcionista do escritório para não me anunciar.

"Sra Samanta?" Me peguei estranhando como a chamei. "Ela é tão mais nova que eu, não seria senhorita? Agora já foi. Profissionalmente eu não sei qual é a idade dela, então tenho que manter a decência de chamá-la de senhora."

— Ah, entendi — ele sorriu quando viu de onde vim. — Pode me mostrar seu documento, por favor?

— Claro — disse eu, vasculhando a minha bolsa. — Está aqui. Por favor não me anuncie — repeti.

— O porteiro anotou meus dados e me entregou o cartão de acesso ao edifício, devolvendo meu documento de identidade. Rapidamente agradeci e passei o cartão na catraca. Dentro do elevador pensei: "Ufa! Essa parte até que foi fácil, agora vamos para a próxima etapa".

A porta do elevador se abriu para o hall chique do escritório onde ela trabalha.

— Boa tarde, vim entregar uma encomenda surpresa para a sra. Samanta. Ela está? — perguntei para a recepcionista, que abriu um largo sorriso, cheio de euforia.

— Está sim — interfonou, sem mencionar meu nome. — Ela está terminando uma reunião, você pode aguardar aqui na recepção? Ela logo sairá para o almoço e irá passar por aqui.

— Claro — disse eu tranquilamente, mas segurando meu coração, que estava prestes a saltar da minha boca. — Espero o tempo que for preciso — disse, e sentei no sofá disposto em frente a sua mesa.

Não esperei nem cinco minutos: a porta se abriu e uma leva de funcionários saiu de lá de dentro para o horário de almoço, enquanto outros voltavam. O escritório deve ser enorme, pois pelos meus cálculos não caberia muitas pessoas assim. Me senti como uma vitrine de loja — todos me olharam de cima a baixo, cochicharam, perguntavam para a recepcionista para quem seria entregue a tal encomenda.

Mais cinco minutos se passaram e a recepcionista voltou a interfonar à procura da Samanta. Eu a ouvi perguntar:

— A Samanta já saiu da sala de reunião? — fez uma pequena pausa, ouviu a resposta e continuou. — Sim, é uma vendedora... É sim para ela... Surpresa... Ah, tá, pode deixar que eu falo — desligou.

Senti que seu tom de voz se alterou para um nível mais preocupado, e a expressão de seu rosto estava sem o entusiasmo do início, quando ela me viu sair do elevador.

— Olha — disse ela para mim, mais secamente. — Pode deixar a encomenda comigo que eu mesma entrego. Ela irá demorar mais.

— Não posso — respondi. — Preciso entregar em mãos, ordem expressa do cliente. Aguardarei o tempo necessário. Com essa venda eu já fiz meu dia, ou melhor, o mês! — disse, tentando quebrar o clima pesado que acabava de se instalar entre a gente.

Ela me pareceu angustiada, sem saber como proceder. Não parava de olhar para mim e de digitar no seu celular. "Alguma coisa estranha está acontecendo", pensei. Quando olhei para o teto, vi que havia duas câmeras de segurança penduradas, uma delas direcionada para o sofá onde eu estava sentada. "Alguém que voltou do almoço deve ter fofocado com ela e talvez ela foi verificar na câmera quem era", pensei. "Que burra que sou, o Toni, mesquinho que é, também não deve ter dado joia nenhuma para ela. Ela caiu no mesmo golpe da joia que eu. Imaginei, triunfante.

Nesse exato momento, recebi uma mensagem do Toni no meu celular:

— *Tudo bem com você?* — perguntou.

— *Sim, e com você?* — respondi.

—*Pode me encontrar daqui a 15 minutos no restaurante do shopping?* — sua voz parecia mais preocupada do que irritada.

— *Está bem, te encontro lá.*

"É, minha teoria está certa. Ela deve ter ligado para o Toni agora para contar", pensei. Levantei e tentei disfarçar para a recepcionista.

— Preciso ir, minha chefe acabou de me chamar. Tivemos mais uma boa venda como essa e terei que fazer outra entrega. Por favor, avisa a sra. Samanta que retornarei no final da tarde!

Acionei o botão do elevador e simplesmente sumi.

Cheguei no restaurante três minutos antes do combinado, de tão atordoada que eu fiquei. Não me percebi carregando a sacolinha vazia da loja; enquanto eu a amassava para enfiar de volta na minha bolsa, vi o Toni caminhando rapidamente pelo corredor do shopping ao meu encontro.

Sua primeira reação foi arregalar seus olhos assim que me viu. Imagino que ele nunca iria imaginar me encontrar vestida daquele jeito. Ele pediu a mesa para a *hostess*, sentamos em silêncio e assim permaneci. Me senti completamente derrotada e frustrada... O Toni colocou a sua mão em cima da minha coxa embaixo da mesa e, com uma leve apertadinha, perguntou, segurando um sorriso em seus lábios:

— Vendedora de loja de joias?

Sorri sem graça de volta, envergonhada da minha atitude. Limitei-me a dizer:

— Já estou arrependida. Quis buscar a verdade que você não me conta. Estou transtornada — segurei meu choro, que estava prestes a desmoronar dos meus olhos.

Ele acariciou ainda mais minha coxa tentando me acalmar, até eu perceber que ele estava, na verdade, sentindo a textura da minha calça.

— Que calça é essa? — perguntou.

— De couro — respondi, esboçando um minúsculo sorriso no canto da minha boca. — Comprei com a Katie em nossa viagem, ideia da Lara, elas querem me transformar! Por favor, não ria de mim, já me sinto ridícula o bastante.

— Eu gosto de você italianinha do jeito que é — falou, tentando me alegrar. — Gosto também de você magrinha do jeito que está.

O Toni tentou beliscar as banhas da minha barriga, como fazia antigamente para me deixar furiosa, mas dessa vez não encontrou nada.

— Precisamos voltar àquele assunto do qual me dói muito falar. Ontem você me disse que seu advogado está redigindo um acordo. Se escolheu mesmo ficar com o Dr. Leandro, gostaria que ele falasse direto com a Dra. Beatriz, que é uma pessoa muito do bem. Assim não nos envolvemos nisso — falei.

— Vamos ver. Quando o assunto é advogado, eles sempre envolvem a gente, afinal somos seus clientes — ele disse, já terminando o prato de lasanha que pediu.

Tentei não mencionar o fato de que teríamos que nos divorciar também na Itália, mas, parecendo ouvir meus pensamentos, ele me comunicou:

— Tem mais uma coisa, precisamos também fazer um acordo de separação na Itália. Contratei um bom advogado para isso. Vamos compartilhar?

— Se a Dra. Beatriz aceitar — respondi, engolindo seco.

Antes de sair da mesa do restaurante, soltei uma questão que estava me incomodando desde que a Estela contou aquela história da conhecida dela com a suspeita do filho da amante. Além da do Mark, que nunca saiu da minha boca para contar para ele.

— Toni, você tem vontade de ter filhos com ela? — gaguejei.

— Imagina, Alice — respondeu ele se fazendo de bobo. — Filhos só terei com você, não desejo montar um time de futebol. Que pergunta é essa?

"É mesmo, que pergunta é essa, Alice", me reprimi.

— Que tal marcarmos uma cirurgia de vasectomia? — outra pergunta errada saiu da minha boca.

— Você por acaso está querendo me capar? — perguntou ele, irritado.

— Não... Penso nos nossos filhos — tentei amenizar a situação, mas na verdade eu estava mesmo apavorada com a possibilidade de ele ter mais filhos, e não ser comigo.

— Não farei essa cirurgia, vai que acontece alguma coisa de errado na hora e eu não poderei mais *ser feliz* na vida — sorriu, com ar provocativo.

— Ah, seu bobo — ironizei, agora de propósito. — Acho que encontrei a solução — falei, segurando a faca de sobremesa na mão. — Você me deu uma grande ideia, vou pedir ao médico para te capar então!

— Eu hein? Tô fora! — falou, se espremendo como se estivesse se sentindo com dor. — Bom, tenho que ir. Se cuida, tá?

O Antonio levantou da mesa assim que pagou a conta e eu o cutuquei mais uma vez:

— Você está fugindo, né?

Ele despediu de mim com seu antigo jeitinho. Senti em mim um beijinho no meio da minha testa.

Assim que o Toni saiu, pensei em como é difícil para alguns homens aceitar realizar essa cirurgia. Principalmente pelo preconceito e pelo receio que os mais machistas têm de ficarem impotentes. "Bom, pelo menos estou mais tranquila de que essa resposta eu já tenho", pensei ao sair do restaurante com meu coração ainda em frangalhos, mas de cabeça erguida. Caminhei com passos firmes até sair do shopping.

Enfim dezembro chegou, eu sem saber ainda como seria o nosso Natal e muito menos a nossa viagem para a Itália. Havia chegado a época de encarar meus pais, irmãos e família e dizer que, pelo jeito, não estávamos passando somente por uma crise, mas que essa crise se arrastou e nos levou até a nossa triste separação. Terei que aguentá-los me encher de perguntas, de julgamentos e de críticas. Se até agora eu me culpava por não conseguir manter meu casamento em pé, agora essa culpa aumentaria pelo menos 50 vezes. "Bom, terei quase um mês para me preparar", pensei.

Nosso contrato do acordo de separação estava na reta final. O Toni ficou responsável por acertar tudo para nossos filhos, manter a casa e os funcionários enquanto eles morassem comigo e por me dar uma pensão, que a meu ver seria simplesmente uma merreca — se eu não me virar direito, ficarei presa e dependente dele pelo resto da minha vida. A última coisa que desejo é brigar, então estou aceitando o que for, pois sei que pode até demorar, mas iremos voltar a ficar juntos, como a nossa família sempre foi.

Marcamos o encontro no escritório da Dra. Beatriz para o dia 20 de dezembro, bem próximo do Natal. "Assim, passaremos um belo Natal em paz", pensei.

Chegou a data da assinatura do acordo de divórcio. Logo pela manhã, enquanto me vestia, meu celular tocou. Pelo visor, vi que era o Ricardo. "Será que aconteceu alguma coisa com a Estela?", estranhei. Atendi seu chamado imediatamente.

— *Olá Alice, como vai?* — ele perguntou cordialmente, como sempre.

— *Tudo bem* — respondi ressabiada. — *Aconteceu alguma coisa?*

— Com a gente está tudo bem, mas gostaríamos de falar com você. Pode vir até aqui? — perguntou.

— Ricardo, eu estou de saída para assinar meu acordo de divórcio com o Toni - limitei-me a dizer.

— Será muito rápido, mas precisa ser já. Passa aqui quando estiver no caminho. Prometo que não se atrasará — falou.

— Está bem. Já vou indo.

Terminei de me arrumar e saí ainda com meus cabelos encharcados, molhando toda a parte de trás da minha blusa. Ao chegar na casa da Estela, encontrei com ela no portão, de saída para uma reunião.

— Entre, minha amiga. O que temos para te falar é muito importante, só que estou de saída, o Ricardo irá me representar — disse ela me dando um abraço e entrando no carro. — Escute ele atentamente e saiba que queremos o melhor para você.

Esse casal nos conhece desde que as crianças eram bebês. Os gêmeos são quase como irmãos do Arthur, o único filho deles, quer dizer, o Ricardo tem mais dois meninos, já com quase 30 anos, frutos do seu primeiro casamento. Eles sabem de toda a nossa história, não só porque eu contei, é claro, mas porque acabam participando do nosso dia a dia através dos meninos. Eles são como meus anjos protetores, irei ouvi-los atentamente.

Entrando na copa, encontrei o Ricardo ainda sentado, terminando de tomar seu café da manhã, lendo as notícias do jornal.

— Sente-se Alice, quer tomar alguma coisa? — perguntou ele calmamente.

— Sim, um café com um pouco de leite frio, por favor — pedi para a sua funcionária.

Outra coisa que admiro nessa casa é a mesa de café da manhã. Sempre farta e impecável, como comerciais de margarina. O Ricardo fechou o jornal, colocou sobre a cadeira ao seu lado e disse:

— Então será hoje que irá assinar o acordo entre vocês?

— Sim, daqui a pouco iremos nos encontrar no escritório da minha advogada — falei.

— Dona Alice, a senhora quer uma tapioca com queijo e banana? — ofereceu a sua delicada funcionária.

— Huuuuuummmm.... Irresistível! — respondi. — Claro que quero!

— É a minha especialidade — disse ela sumindo dentro da cozinha.

— Bom, continuando — Ricardo falou, rindo da intromissão de sua funcionária. — Agora falando sério, é aquele mesmo acordo que o Toni havia proposto a você no início?

— Sim, o Toni insiste em assinarmos logo esse papel. A minha advogada conseguiu acrescentar alguns itens me beneficiando, pois ele não havia mencionado no acordo inicial. Ela ainda acha que está aquém dos meus direitos — falei.

— Nós também achamos — disse ele. — Foi por isso que te chamamos aqui. Queremos te orientar a não assinar o acordo hoje.

— Como assim? — perguntei assustada. — Se eu não assinar hoje, corro o risco de entrar em litígio, e isso diminuiria as minhas chances de reconciliação. E... Com certeza ficarei sem dinheiro, porque o Toni não iria suportar sentir que está perdendo, mesmo que isso significasse prejudicar nossos filhos. Para ele, o controle e o dinheiro falam muito mais alto do que a nossa emoção. Para evitar conflitos, acredito que, se tirarmos essa *pendência* da nossa frente, ele voltará a ficar tranquilo comigo. O Toni dessa forma sempre cuidará de mim.

— Sabemos disso também — disse o Ricardo, que é um renomado advogado tributarista. — Conheço bem como o Toni atua, trabalho com isso todos os dias, mas queremos que fique sossegada... Não queremos deixar que se prejudique pela impaciência dele, que chega a ser imprudente.

A funcionária interrompeu nossa conversa novamente trazendo a minha tapioca.

— Sabemos do que estamos falando — continuou, sem se importar com a presença dela. — E não nos perdoaríamos se não a alertássemos a tempo disso acontecer.

— E como faço com isso tudo? — perguntei, preocupada. — Essa é a única saída que eu tenho.

Até a deliciosa tapioca desceu quadrada pelo meu esôfago. Meu estômago, como sempre, embrulhara.

— Se você nos prometer que não assinará nada hoje, nós iremos te ajudar, principalmente caso ele decida mudar de advogado — propôs ele.

— Como assim? O que está querendo dizer? — falei, nervosa.

— Nós iremos te bancar e te sustentar o tempo que for preciso, se ele tiver a coragem de cortar seu dinheiro. No dia em que você tiver condições, você nos paga de volta. O importante é você não assinar nada hoje.

Nesse momento comecei a chorar, emocionada, tocada pela bondade dos dois. "São anjos mesmo, que desceram do céu para me amparar", pensei, agradecida.

— Não chore — disse ele. — Você sempre foi considerada família para nós, e temos experiência suficiente para saber a roubada em que está se metendo. Não queremos vê-la mais machucada do que já está.

— Obrigada, nem sei o que dizer — agradeci, envergonhada.

"A que ponto cheguei", pensei. O Ricardo só me deixou sair da sua casa quando prometi a ele que hoje não assinaria nada. A ideia dele para postergar um pouco mais seria passarmos o Natal em família e depois eu ir com as crianças para a Itália. Na volta, sem pressa, voltaríamos a tocar no assunto. Ah, eu também só poderia comentar com a minha advogada sobre a nossa conversa de hoje; com exceção da minha terapeuta, mais ninguém poderia saber.

No caminho para o escritório da Dra. Beatriz, pensei em ligar para ela e mencionar a minha nova resolução. Porém, pelo tardar da hora, os três provavelmente já estariam à espera. Liguei rapidinho para a minha terapeuta, ela atendeu a minha emergência, me escutou e me fez entender de forma bem sucinta a importância de eu aceitar a proposta da Estela e do Ricardo.

— O que acha de tudo isso? — perguntou.

— Sinto uma fagulha de esperança até voltarmos com esse assunto ano que vem.

— E a reação do Toni, qual você acha que será? — jogou-me a pergunta como a maioria dos psicólogos faz. "Não seria mais rápido ir direto ao ponto e dizer o que deveria fazer?", pensei.

Vendo a minha demora em responder, finalmente ela resolveu facilitar minha vida, afinal eu já estava quase chegando no meu destino final, teria que tomar a difícil decisão.

— O que você acha de fazer o seguinte — propôs. — Não assine hoje e diga que está ainda muito confusa, que a proximidade das festas mexe com você e com as crianças.

"O que é verdade", concordei. Ela continuou:

— Proponha a ele uma viagem com as crianças, longe do palpite de todos, para que na volta vocês saibam como prosseguir de forma mais clara e sem atropelamentos. O que vai fazer no Réveillon?

Ela realmente tinha o dom de fazer com que todos os meus problemas parecessem bem mais simples de resolver.

— Não faço a mínima ideia — respondi. — Com isso tudo que está acontecendo, nem cheguei pensar a respeito.

— Experimente então marcar uma viagem, vocês seis, para um lugar diferente, e perceba a reação dele. A sua reação, como reage frente aos obstáculos, é sempre previsível a ele, então o Antonio aproveita para cutucar seu ponto mais fraco: as emoções.

Depois de uma breve pausa, ela continuou:

— Enquanto você aprende a se fortalecer, a minha sugestão é que você experimente agir diferente. Dessa forma, você o desestabilizará e poderá se surpreender com a atitude dele.

— Obrigada mesmo! — agradeci. — Me sinto mais confiante agora.

E foi isso que fiz. Já estacionada na vaga para clientes do escritório da Dra. Beatriz, resolvi atrasar só mais um pouquinho. O que eu teria que fazer antes seria crucial para a minha nova estratégia dar certo.

Telefonei para a minha agente de turismo e pedi sugestões de destino para passarmos nosso Réveillon. Dessa vez, não seria nem na Ilhabela e muito menos na Itália. Quanto mais longe dos *palpiteiros* da minha família, melhor.

— Nessa época os voos já estão super lotados — disse ela, enquanto eu escutava de longe ela digitar nas teclas do seu computador. — Mas estou procurando aqui e só encontrei seis passagens de executiva no mesmo voo para as Bahamas, na sexta-feira que vem, dia 27. Ali é um lugar bem interessante também para as crianças. O que acha? Ah — interrompeu antes de eu dar a resposta — encontrei mais um voo para Manaus, prefere? Tem um hotel lindo no meio da floresta, vocês irão gostar. Lá no rio Negro não tem pernilongos, é mesmo um paraíso! Qual prefere?

— Se só tem essas duas opções, vamos de Amazônia, porque Bahamas já conhecemos — falei, fazendo a minha escolha. — Por favor, fecha essa viagem imediatamente com o hotel incluído e o translado do jeito que sempre faz para a gente. Obrigada, agora tenho que desligar.

Uma viagem junto com as crianças certamente amolecerá o coração do Toni.

Consegui atrasar somente 15 minutos do horário combinado. Na porta da sala de reunião, encontrei os dois sentados, conversando como se fossem antigos amigos, o Dr. Leandro, advogado do Toni, não estava. Vi o contrato do acordo em cima da mesa, o Antonio rodopiava uma caneta entre seus dedos.

— Entre, Alice — a Dra. Beatriz falou ao me ver em pé, encostada na porta.

— Obrigada, dessa vez não irei entrar nem me sentar, porque também não vou assinar — falei, de supetão.

Os dois se entreolharam com cara de espanto, imagino que na cabeça deles tivessem passado diversos pensamentos, como: "Você está maluca? O que deu nela dessa vez? Endoidou de vez...".

— Como assim? — minha advogada perguntou, tentando se recompor. O Toni quieto, ainda estado de choque.

— Resolvi agora de manhã que não vou assinar, principalmente nessa época do ano, que mexe tanto com a nossa família — fiz uma voz de vítima, apesar de realmente me sentir assim. — Para as crianças, esse ano foi de grandes mudanças, e acho que para todos nós será bom ficarmos juntos e voltar a sentir o que é família.

Sem dar margem para perguntas, continuei:

— Acabei de comprar seis passagens para a Amazônia para ficarmos dez dias juntos, incluindo o Réveillon — os dois ainda estavam parados como duas estátuas de olhos arregalados. — Toni, se você quiser desmarcar, faça isso somente com a sua passagem — Pronto. Falei e voltei a respirar.

Ele, absolutamente atônito, falou com a voz não muito firme:

— Preciso que assine. Como faremos?

Enfaticamente respondi, sem deixar nem sombra de dúvidas sobre a minha postura:

— Já disse que HOJE eu não vou assinar.

No fundo, gostei da sensação de mudança de atitude e de perceber na expressão corporal do Toni um "desencaixe". A Dra. Beatriz, querendo colocar panos quentes e tentando amenizar nosso embate, assumiu o controle da situação (afinal esse é o seu trabalho, defender e mediar seus clientes):

— Que tal se fizermos assim? Vão nessa viagem e logo no início do ano voltaremos a falar. Acredito que vocês ainda se amam e a família linda que construíram juntos merece uma nova chance. Quem sabe assim conseguimos fazer um novo acordo, não de separação, mas de união — sorriu, dando uma piscadinha para nós.

O Toni pareceu mais animado e aliviado também, porque até voltou a fazer as suas típicas brincadeiras:

— Isso, nesse novo contrato tenho uma cláusula que já gostaria de incluir: que a Alice se mantenha magra como está agora — segurou na minha cintura.

— Pode deixar! — a Dra. Beatriz disse, sorrindo.

Satisfeita, aprendi pela primeira vez a guardar meus segredos emocionais e a usá-los a meu favor. Consegui controlar a minha mente, que age de modo mais veloz que meu coração, e assim deixei de ser ingênua... Dentro de mim só havia espaço para a comemoração.

No caminho de volta pra casa, parei na padaria para comprar pães de queijo fresquinhos para as crianças, e em seguida fui buscá-los na casa da minha sogra. Nas férias, eles adoram brincar com os primos: o Otávio, de 11 anos, e o Matheus, de 9, filhos da Angela, minha cunhada. Quando cheguei lá, o Toni já havia chegado. Eles entraram no carro e o Toni foi se despedir de todos, um momento oportuno para eu aproveitar a sua presença e contar a eles a novidade:

— Então, acabei de convidar o papai para irmos só nós seis viajar para a Amazônia.

Eles se entreolharam por alguns instantes, surpresos com a minha sugestão.

O Marco quebrou o silêncio, perguntando:

— Vocês vão voltar a ficar juntos?

— Vamos para Amazônia, em um hotel super legal! — tentei desviar da sua pergunta.

— Não vamos passar mais na Ilhabela com nossos amigos? — Lelê perguntou.

— Acho que esse ano nossos amigos estão um pouco *desmantelados*. A Lara resolveu viajar com o João para a Nova Zelândia, ninguém alugou a casa. Queremos mesmo é ficar com vocês! — falei, tentando animá-los.

— Também não vamos visitar a *nonna* e o *nonno*? — perguntou Lucca, referindo-se aos meus pais na Itália.

O último lugar onde eu gostaria de passar esse Ano Novo seria na Itália...

— Vamos para lá em meados de janeiro — respondi.

— Gostei da ideia! — falou o Marco, pulando que nem um macaquinho no banco de trás.

Quem tem muitos filhos, assim como eu, só pode ter carro de sete lugares.

— Pai — o Carlo olhou ressabiado para o Toni, que até o momento não havia soltado nenhuma palavra. — Você aceitou viajar com a gente?

— Vou pensar — lá veio a típica resposta dele, revirei meus olhos. — Respondo logo para vocês. Agora vão, que a vovó está me esperando para almoçar.

O Toni fechou a porta do passageiro do nosso carro e se virou, entrando novamente na casa da sua mãe.

— Obaaaaaa!!! Atacar!!!! Achei pão de queijo aqui! — gritou o Marco, segurando o saco da padaria como se fosse um troféu.

— Calma, estátua! — ordenei. — Esses são para o lanche, senão ninguém almoça.

Tínhamos uma semana para nos preparar para viagem. O Toni manteve o mistério até três dias antes da nossa partida. Liguei para ele pelo menos para que as crianças tivessem alguma satisfação. Por incrível que pareça, ele foi amoroso comigo, concordando em nos acompanhar.

Meu coração se encheu de esperança e de tranquilidade: só nós seis seria a viagem perfeita! Em meu íntimo, não parei de agradecer a Estela e o Ricardo.

Nos primeiros dias da viagem, tudo correu bem. Estávamos alegres e felizes dormindo em um bangalô com três quartos, super charmoso, no meio da floresta. O hotel era simplesmente deslumbrante. Como dois adolescentes apaixonados, aproveitávamos a noite dormindo no mesmo quarto, tentando não fazer barulho, com receio de as crianças acordarem. O mais difícil para mim foi que, dessa vez, durante as nossas relações, vinha a imagem dele me traindo. A sensação de fechar a garganta e travar meus batimentos cardíacos se tornou constante, e minha luta comigo mesma foi tentar apagar esse fantasma que criei em minha imaginação.

Nada fácil: por diversas vezes, lágrimas escorriam involuntariamente do meu rosto. Tentei esconder minha angústia e tristeza me virando para o lado, fingindo dormir. Comecei a me questionar se eu teria forças de voltar a viver com ele. "Algum dia, será que esse pesadelo irá terminar?", essa dúvida martelava dia e noite dentro da minha cabeça.

Durante o dia, os maravilhosos passeios pela floresta, pelo rio Negro, para ver o encontro das águas entre outros passeios, me distraíam. Nessa época de cheia dos rios, as árvores e até as casas construídas na beira do rio ficam submersas. Meu comportamento oscilava entre alegria e tristeza. Me mantive em silêncio e introspecção em grande parte do tempo.

Procurávamos, o Toni e eu, não conversar sobre o assunto. Ele também estava distante e reflexivo; as crianças, em contrapartida, aproveitaram todos os segundos da viagem, principalmente criando planos mirabolantes para nos unir. O Toni me disse que desde o princípio da viagem não havia se comunicado com a Samanta, porém eu sabia que estava mentindo. Percebia na hora em que chegávamos de volta no hotel, onde tínhamos uma fraca conexão com o Wi-Fi, que ele digitava escondido para ela. Sabia que era a amante, pois uma vez ela respondeu uma mensagem dele durante o banho e eu vi quem era pelo visor do seu celular. Engolia seco nessas horas e orava. Tive vontade de alertá-lo sobre a "roubada" em que ele estava entrando, devido ao histórico de vida dela. Mas, se eu fizesse isso, ele teria a confirmação de que eu havia contratado um detetive.

Nós dois dançávamos juntinhos no quarto como fazíamos sempre. Desde que ele me conheceu, como bailarina, brincamos de fazer um *pas de deux*. Inventamos uma coreografia só nossa e aprimoramos ao longo dos anos.

— Gosto tanto de dançar com você — ele falou baixinho nos meus ouvidos.

— Fico pensando se dançaremos juntos para sempre...— respondi o abraçando com força.

O silêncio falou por si. Desde que percebi que o Antonio não havia se desligado da amante, me calei, não deixei transparecer o que descobri. No fundo, constatei que ele não voltaria para mim, eu o perdi. "Preciso seguir em frente, e é isso mesmo que farei", pensei.

Durante a noite de Réveillon não tive dúvida: escolhi meu antigo vestido branco, paz era tudo de que eu precisava, paz no coração, paz de espírito... O hotel preparou mesas ao ar livre, luzes delicadas iluminavam o caminho como em um cenário de filme romântico, com uma decoração impecável e música brasileira tocada ao vivo. Uma noite perfeita para todos nós. Dançamos muito, aproveitei como se fosse nosso último dia juntos.

À meia noite, mesclando a música com o som dos animais da floresta, embaixo das estrelas, arrisquei-me a desejar, de maneira não muito convincente dessa vez:

- QUE EU ENCONTRE UM NOVO AMOR EM MINHA VIDA!

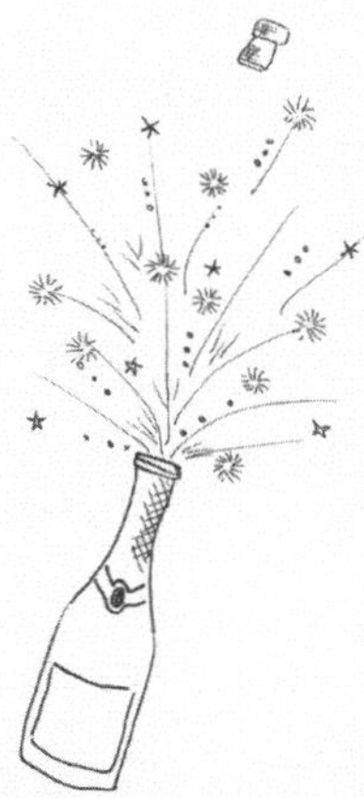

Janeiro de 2014

Ao sairmos do aeroporto, o Toni se despediu de nós e seguiu para o apartamento que havia comprado para morar. Desconfiei de quem estaria o aguardando por lá.

Marquei logo de irmos, eu e as crianças, para a Itália visitar meus pais. Assim também não daria margem para o Toni agendar uma nova reunião com a Dra. Beatriz, mas eu estava ciente de que em alguma hora teria que encarar a realidade.

Em Campinas, ele continuou me tratando de forma amorosa, mas distante. Desta vez, sentia-me mais esperta, me mantendo firme e focada em meu novo pedido de Ano Novo, só para me manter alerta e não ter recaídas em suas armadilhas amorosas. O Toni disse que não iria para a Itália, com a desculpa de que precisaria trabalhar, mas o verdadeiro motivo, intimamente, eu sabia bem qual era.

Meu novo lema passou a ser: "Agora vou me preparar, ninguém jamais me pegará de surpresa novamente". O próximo passo seria encontrar um advogado na Itália, como instruiu a Dra. Beatriz. Ela concordou que passaria todo o arquivo dos documentos de que ele necessitasse, já que seria imprudência minha retirá-los do escritório dela. Correríamos o risco de o Toni descobrir meu *roubo*.

Chegamos na Itália, e antes de encarar meus irmãos me enchendo de perguntas, fui direto na gaveta de cuecas do Toni resgatar a carta que havia escrito. Sem abrir o envelope, piquei-o em mil pedacinhos e joguei no lixo do banheiro. "Ninguém irá me engavetar novamente enquanto eu viver", pensei com raiva, relembrando aquela situação.

A minha mãe ainda fantasiava ver a família *unida*. O mais difícil para mim foi explicar a ela que seria muito provável não estarmos passando somente por uma crise no casamento, e sim por um rompimento definitivo. Ela teimava em dizer que ele ainda voltaria a me procurar. A decepção do meu pai foi enorme, primeiro porque ele nunca esperou ver sua filha passar por isso, e o que o preocupava mais eram seus netos. O Toni não teve coragem nem de ligar para eles para dar alguma satisfação.

Durante nosso almoço, eu disse que precisaria de um advogado, e que por enquanto gostaria somente de conhecê-lo. Patrícia, esposa do Georgio, meu irmão mais velho, indicou um: o Dr. Giovanni Bartolli Jr. Ele era pai de um garotinho que estudava na mesma classe do meu sobrinho; pelo que pude saber, era um advogado bem conhecido e renomado.

Marquei a consulta para a semana seguinte e fiz questão de ir sozinha para não correr o risco de envolver alguns de meus familiares nem deixar que eles influenciassem a minha decisão.

O escritório do advogado ficava praticamente a seis quarteirões do nosso apartamento. Resolvi sair mais cedo, caminhando a pé toda agasalhada. Vesti uma calça preta, casaco preto, com uma echarpe azul clara e uma bota preta de cano alto. O frio estava intenso, e caminhar me ajudou a chegar com a cabeça mais fresca na consulta.

Fui atendida por uma secretária, que logo me solicitou que preenchesse um cadastro. O sistema parecia com o do Brasil; a diferença maior deveria estar nas legislações. Enquanto eu vasculhava a minha bolsa em busca dos documentos com as informações que pediam, entrou na sala da recepção um homem que parecia ter a minha idade: com barba por fazer, olhos esverdeados e lábios carnudos, tinha um nariz do tamanho exato e em harmonia com todo o resto do seu rosto. "Simplesmente maravilhoso", suspirei.

Aquele deus em formato perfeito de homem pediu algo para a tal secretária, que assim como eu babava sem disfarçar. "Não deve ser fácil trabalhar com um homem assim", imaginei. Quando ele me viu desconcertada olhando para ele, sorriu, e eu quase morri! Seu sorriso era perfeito. Totalmente sem jeito, preenchi os dados no lugar errado e precisei pedir disfarçadamente para que me dessem um novo cadastro. Ele percebeu minha trapalhada e me provocou um pouco mais. Com a sua simpatia, se ofereceu para jogar o papel rasurado no lixo. Minhas bochechas coraram, como um pimentão bem vermelho.

Quando me chamaram para entrar na sala do Dr. Giovanni Bartolli Jr., encontro o próprio advogado, maravilhoso, sentado na sua cadeira. Não sabia se eu entrava na sala ou se fugia. "Como pode um modelo de revista ter se tornado advogado? Ele é perfeito", pensei. Minha cunhada sabia das coisas... "Podia ter me contado que ele era gato dessa forma. Eu teria me arrumado muito mais para essa consulta, usado a minha calça de couro..." me reprendi.

Começamos a conversar. Tentei parecer profissional e, após algumas perguntas específicas que precisei responder a ele, contei a minha situação e por que havia chegado até lá. Pareceu uma sessão de terapia, com a única diferença que não falei nada, obviamente, sobre as minhas intimidades. *Ainda bem que não escolhi o advogado que o Toni tinha, ele deve ser daqueles velhos italianos rabugentos, pensei.*

A secretária entrou na sala e, pude notar, estava muito mais bem vestida do que eu. Desconfio de que ele não acreditou quando falei sobre a minha posição social no Brasil. Na próxima viagem terei que me lembrar de passar por Milão e fazer umas comprinhas, porque ali todos andavam muito bem vestidos. Ela entregou as papeladas que eu havia preenchido na recepção — as sem rasuras, é claro.

O Dr. Giovanni começou a ler minhas anotações enquanto eu fantasiava que o meu desejo de Réveillon havia batido recorde de tão rápido poder se realizar e... meu coração parou. Como um choque anafilático, vi em seu dedo anelar da mão esquerda uma aliança. Meu queixo caiu... Ele era casado. Patrícia havia dito que ele era pai de um garotinho da escola dos meus sobrinhos, mas esqueceu de mencionar não só a sua beleza estonteante como também o seu estado civil.

Perdi até o meu raciocínio sobre a minha resposta. Ele percebeu minha expressão de choque e perguntou:

— Aconteceu alguma coisa? Gostaria de um copo d'água?

— Obrigada — respondi sem jeito. Como eu poderia dizer para ele que o único homem que me fez parar de pensar no Toni e ter esperança de me sentir feliz foi ele, mas que agora tudo foi por água abaixo, porque eu nunca aceitaria na minha vida olhar para um homem casado?

— Estou bem — continuei, tentando me recompor. — Esses assuntos de casamentos mexem comigo.

— Olha, Alice, se você gostou de mim — nessa hora engoli seco, o que seria que ele estaria querendo dizer? — como advogado para te representar, vou querer mesmo que a sua advogada do Brasil me encaminhe os documentos por e-mail. Caso eu precise de algum documento oficial, pedirei para que me envie por correio, ou então que me traga pessoalmente.

"Será possível que vi mesmo isso? Ele piscou para mim? Só pode ter caído um cisco dentro do olho dele", pensei mais uma vez, com as minhas bochechas coradas, que me entregavam involuntariamente.

— Vou te deixar meu contato pessoal para que possamos nos comunicar direto — disse ele escrevendo o número do seu celular no verso do seu cartão de visitas.

— Obrigada — agradeci, tentando parecer profissional. — Aqui na minha ficha tem o meu número, caso precise pode me enviar mensagem — falei sem saber se o tom estava adequado ou se ele perceberia a minha verdadeira intenção.

Levantei para me despedir e ele se levantou também, apertando a minha mão de um jeito firme. Ele me acompanhou até a porta, passando as mãos por trás dos meus ombros. Gelei. Havia sim uma química entre nós. "Esse italiano é mesmo safado", pensei, gostando da ideia.

Voltei para casa sem vestir meu casaco de frio, estava pegando fogo por dentro de mim. Mal pisei no meu apartamento, recebi uma mensagem no celular:

— Oi.

...Era ele.

Demorei dias para responder esse *oi* da mensagem do advogado. Eu tinha certeza de que ele não falaria sobre o meu caso... O meu sexto sentido se confirmou assim que digitei de volta: ele queria marcar um café com a desculpa de me conhecer melhor.

Meus filhos haviam viajado com meus irmãos para esquiar. Para fugir da minha intuição, que nunca falha, convidei minhas amigas de infância que ainda moravam em Ferrara para viajar no final de semana. Uma forma divertida de retomar nossa amizade, que havia esfriado desde que mudei para o Brasil.

Almoçaríamos na sexta-feira em um restaurante na frente do Duomo, na cidade de Florença. Elas teriam dois dias para se programar e me encontrar lá. A minha mala já estava pronta, na porta de casa. Precisava fugir de Roma o mais rapidamente possível. Paola e Georgia estiveram presentes no meu casamento; não importa quanto tempo ficamos longe umas das outras, sempre que nos encontramos parece que foi ontem que nos vimos.

A Paola foi casada por três anos com o Giovanni (outra pessoa com o mesmo nome do meu advogado), tem uma filha de oito anos e se separou dele há sete anos pois ele descobriu que ela o traíra com seu vizinho Francesco, que ficou viúvo com apenas 40 anos. O Giovanni a princípio não aceitou nada bem essa separação, mas após alguns anos encontrou uma outra mulher, hoje estão casados e parecem felizes. Lembro que na época foi um verdadeiro escândalo na cidade, mas a Paola é bem resolvida com essa questão, fala abertamente sobre o assunto com quem desejar escutar. "Me apaixonei mesmo, não consegui controlar a força do meu coração", dizia ela sempre que alguém vinha atormentá-la. Eles estão juntos até hoje, mas moram em casas separadas. Ela diz: "preciso me sentir livre em um relacionamento, senão não dura muito tempo não. Se bobear, rapidamente encontro *outro vizinho* para ficar!".

Formamos um trio muito divertido, desde crianças viajávamos muito juntas. A Georgia preferiu não se casar: ela é muito alta e foi jogadora de vôlei profissional na nossa adolescência. Ela se tornou uma adulta um pouco desengonçada, e tem um certo trauma até hoje por não encontrar homens da sua "altura". O Nicola também faz parte dessa turma de amigos, ele se mudou para Assisi, tornando-se um frei Franciscano. Seu nome hoje é Frei Giuseppe, mas só o chamamos por seu nome de batismo.

— Vamos visitá-lo? — perguntou a Paola, animada.

— Nossa, seria perfeito uma viagem e nós três fazermos uma surpresa ao Nicola. O que acha, Alice? — Georgia convidou.

— Não seria nada mau — respondi. — Posso aproveitar para me confessar com ele sobre o desejo ardente de me encontrar com o tal advogado que me enfeitiçou.

Elas sorriram, e eu percebi o quanto o Dr. Giovanni havia realmente mexido comigo. "Eu não posso nunca tomar café com ele", pensei.

— Imagina se eu tivesse que me confessar? — Paola falou, com ironia.

— Você deixaria o Nicola completamente atordoado sobre qual seria a sua penitência — disse Georgia. — Aliás, você continua namorando o seu vizinho? Faz tempo que não os vejo juntos.

— Sim, estamos. Mas continuo em um relacionamento aberto com ele. Para mim, viúvo é perfeito porque não precisarei nunca lidar com a sua ex-mulher! — disse ela se gabando enquanto comia o aperitivo.

— Vocês são mesmo muito modernos — falei, terminando de mastigar a minha deliciosa macarronada.

Marcamos o trem para Assisi para o dia seguinte de manhã, sem deixar margem para eu mudar de ideia. Respondi para o Giovanni, ou melhor *doutor* Giovanni, que estava fora de Roma e que na volta tentaríamos remarcar o café.

Se ele percebeu a minha fuga, soube disfarçar, dizendo:

— Claro, me avisa quando chegar novamente em Roma. Você não voltará para o Brasil sem me conhecer.

Preferi deixar a mensagem no ar e não responder... Vai que a esposa dele descobre nossas trocas de mensagens... Me senti a traidora, mesmo sem trair. "Terei muito o que confessar com meu amigo", pensei.

Após o almoço, fomos passear pela cidade. "Como eu amo Florença, eu poderia viver aqui tranquilamente", pensei. Paramos para tomar um delicioso e revigorante cappuccino e, no final da tarde, assistir ao pôr do sol sobre a Ponte Vecchia ao som da música ao vivo tocada por dois jovens. Ali, com as minhas amigas, me senti adolescente novamente. Esqueci até que havia me tornado mãe. Só o que vinha na minha cabeça era a beleza do meu novo advogado... O Toni havia sido esquecido, pelo menos por agora...

A neve caia na estação de trem de Assisi, e nosso amigo Nicola havia preparado um táxi para nos buscar. Também encontrou um convento de algumas freiras franciscanas que aceitavam visitas em seu casarão como se fosse uma pensão. Fiquei imaginando se elas nos receberiam se soubessem do histórico de cada uma de nós.

A freira que nos atendeu na porta era muito simpática e amorosa, nos convidou para entrar e nos mostrou os nossos quartos. Dormiríamos em quartos separados, e o meu ficava no último andar, com uma janelinha charmosa com vista para todo o vale. Em cima da minha cama havia um edredom e uma toalha de banho, tudo muito *simples*, como ela dizia, mas bem arrumadinho. O tempo nublado e com neve me impediu de enxergar as montanhas claramente, mas, pela previsão do dia seguinte, o sol de Assisi voltaria a brilhar.

A simpática freira, amiga do Nicola, havia preparado um delicioso lanche para a gente. Depois o encontraríamos durante a missa das 18h.

— Por favor — disse ela. — Sintam-se em casa, vão se banhar e descansar um pouco, que vocês devem estar cansadas da viagem. Quando quiserem, é só vir na cozinha que tem um lanche preparado para vocês. É simples, mas feito com muito amor.

— Ai, que fofa! — disse a Paola para a freira. — Adorei te conhecer!

— Obrigada por sua gentileza — agradeci. — Vou então me recolher um pouco e já volto.

Chegando no meu quarto, percebi o quanto necessitara daquela viagem. Nunca havia ido para Assisi, mas sempre amei São Francisco. Ali, eu teria a paz de que eu tanto necessitava.

A igreja em que Nicola servia ficava pertinho do casarão, exatamente na praça onde São Francisco havia se despido de suas vestes. Há ali uma estátua representando-o. Chegamos nós três, caminhando com a freira, sentamos nos bancos e abrimos o evangelho do dia. A missa alegre e com muita música foi celebrada por nosso grande amigo, que anunciou a todos os presentes a nossa chegada. Se as missas fossem sempre como essa, eu voltaria a frequentá-las. Há anos não vou à Igreja porque acho as cerimônias melancólicas e sofridas.

Nicola distribuiu durante a missa um pequeno pedaço de papel e pediu para todos escreverem seus pedidos. Em seguida, queimamos o papel junto com pedrinhas de incenso em um caldeirão de fogo colocado na lateral do altar para que nossos desejos fossem transmutados para o plano espiritual. A freira simpática se voltou para nós e disse:

— Vocês são mesmo abençoadas, meninas. Em seis anos que moro aqui, e frequento várias missas por dia, nunca tinha feito o ritual do papelzinho. Foi a primeira vez que isso aconteceu.

"Puxa", pensei um pouco desapontada, e perguntei à freira:

— Não são todas as missas assim?

— Nunca foram — e ela se ajoelhou pra rezar.

No final da missa recebemos, cada uma de nós, uma rosa branca sem espinhos. Não que alguém tivesse tirado, parece que é a espécie da rosa: diziam que, por ser tão pura, a flor não teria necessidade de se proteger, por isso nascia sem espinhos.

Em seguida, lanchamos uma gigantesca pizza no salão da paróquia.

No dia seguinte de manhã, assim que saiu o sol, chamei as meninas para caminhar. Friorentas, acabaram recusando meu convite e ficaram embaixo das cobertas. Vesti meus casacos e sai pela cidade. Ao passar por um portal, lembrei de agradecer e fazer um pedido. Meu avô dizia que portais representam o novo, uma abertura, uma passagem que permite nos levar de um lugar ao outro e ao desconhecido. Na cidade medieval havia ruas estreitas, bifurcações e milhares de andorinhas sobrevoando alegremente, dançando ao redor dos muros. Segui caminhando sem saber onde iria chegar, e parava a cada instante para fotografar. Se não fosse pelo frio, passaria horas contemplando a vista do lado de fora da cidade murada. Voltei para o casarão e estavam todos à minha espera.

Nicola nos levou para conhecer a Basílica de São Francisco, a casa de São Francisco, o convento e a casa de Santa Clara de Assis. Durante o almoço, fomos nós que o convidamos para comer em um restaurante charmoso na entrada da cidade.

— Vocês sabiam que está na época de pedirem a "Indulgencia Plenária"? — perguntou ele.

— Que é isso? — Paola indagou.

— É como se recebêssemos o perdão por todos os nossos pecados — falou Georgia. — Pelo que sei, devemos confessar e depois, no dia seguinte, comungar e passar por três portas Santas. Não é isso Nicola?

Antes de ele responder, a Paola me olhou com as suas sobrancelhas erguidas como dois arcos, querendo me dizer silenciosamente alguma coisa que logo captei: "seria a nossa chance de recebermos perdão pelo que fizemos ou não fizemos ainda, mas pensamos em fazer?"

— Será? — Paola perguntou, saindo de seus pensamentos.

— Se quiserem, agora no final da tarde dará tempo de se confessarem — falou Nicola. — Mas não para mim, porque eu mesmo ficaria constrangido por ser tão amigo de vocês. Há muitos padres e freis que vocês poderão consultar.

— Nunca pensei que teria a chance de ser perdoada por tudo o que fiz com o Giovanni — falou Paola. — O que acham, meninas?

— Por mim, tudo bem — respondi, já pensativa sobre o que deveria expor no confessionário.

— Georgia, você precisa de alguns pecados para confessar? — perguntou Paola em tom de brincadeira. — Se quiser, tenho de sobra!

Nicola sorriu, ainda bem que ele nos conhecia desde crianças!

Fomos de táxi até a igreja indicada pelo Nicola, que ficava fora da cidade, perto da estação de trem. Ali foi o lugar onde São Francisco faleceu. Cada uma seguiu em direção a um confessionário, e após uma longa conversa com o meu padre, ele chegou a me indicar "anulação do meu casamento" por conta da traição do Toni. Ele disse para eu orar bastante e pedir em frente ao túmulo do Papa João Paulo II no Vaticano para que anulasse perante a Deus o meu casamento. A princípio não compreendi muito bem o porquê da anulação, já que considerava meu casamento muito feliz enquanto durou, com filhos que foram frutos dessa união —além da possibilidade, ainda que remota, de reatarmos. Mas depois entendi que esse gesto abriria meus caminhos para encontrar outro amor, meu pedido do Ano Novo.

Ali mesmo, naquela Igreja, havia a primeira porta Santa através da qual fomos autorizadas a passar.

No dia seguinte cedinho nos encapotamos com milhares de casacos, pois a neve e o frio estavam intensos, e fomos comungar na missa dentro da Basílica de São Francisco, em uma cerimônia pequena em frente ao seu túmulo. Em seguida, passamos por nossa segunda porta Santa.

— Estou adorando tudo isso — falou Paola. — Me sinto renascendo.

— Interessante mesmo, não é? — Georgia concordou.

— Ainda bem que não tive nada com o advogado, senão o padre nunca ficaria do meu lado — falei.

— Estou "quase" pensando em me casar direito! — falou Paola. — Em um relacionamento fechado, morando junto e na mesma casa que Francesco!

Sorrimos o restante de nossa caminhada, sem saber se a Paola estava falando mesmo sério. Quando chegamos à casa das freiras, tivemos uma surpresa: elas prepararam um grande almoço para comemorar a nossa Indulgência Plenária. Nicola estava presente, e brindamos felizes nossos renascimentos.

Saímos de Assisi no final da tarde, nos despedimos com um longo e já saudoso abraço e seguimos cada uma para o seu destino.

De volta à Roma, as crianças chegariam na cidade no dia seguinte. Não peguei no meu celular. O Toni pouco falou comigo; me senti cada dia mais distante do meu marido e, ao mesmo tempo, um pouco angustiada em saber que logo voltaríamos para o Brasil.

Como um radar supersônico, escutei o som da mensagem entrando. O advogado havia me achado.

— Como vai? Já voltou da sua viagem com as amigas?

— Sim, cheguei agora, como descobriu que estou por aqui? — perguntei.

— Tenho as minhas táticas — respondeu ele. — Vamos tomar um café?

— Obrigada, mas meus filhos estão chegando de viagem também e não poderei — menti, para assegurar meu caráter.

"Eu NÃO fico com homem casado e ponto final", pensei.

— Que pena... Você ficará me devendo essa — falou. — Vou cobrar assim que voltar a me procurar.

— Procurar? — perguntei, com tom provocativo.

— Sim, para eu ser seu advogado — disse ele me provocando ainda mais.

— Está bem, melhor pararmos por aqui — encerrei a conversa, antes que mudasse de ideia.

Resolvi seguir rumo ao Vaticano, e lá o Papa Francisco anunciou a todos que, por ser o ano do Jubileu, todas as pessoas presentes passariam pela porta Santa ao entrar no Vaticano. Eu não acreditei, pois, além de passar pela terceira porta, encontraria o túmulo do Papa João Paulo II para orar.

Não pedi a anulação do meu casamento com o Toni, que fora abençoado por ele... Ao contrário, agradeci e pedi para que a Vontade de Deus fosse feita em nossas vidas.

No dia seguinte, as crianças chegaram cedo da viagem, e à noite voltamos para o Brasil. Mal pousamos e a realidade bateu com toda a força na minha vida, como se eu tivesse levado um belo tapa na cara.

— Mãe — falou o Carlo, parecendo apreensivo, enquanto nós dois aguardávamos na sala de espera do dentista. — O papai resolveu apresentar a Samanta para a gente, mas não sei se estamos preparados.

— Como??? — perguntei, em um mix de alarmada e desesperada.

— Pois é... Foi o que ele disse. Achei que durante o nosso Ano Novo nossos planos tinham dado certo — tristemente, Carlo continuou. — Fizemos de tudo para vocês voltarem.

— Eu sei, filho — disse eu, tentando controlar a ira interna que me corroía o estômago enquanto tentava consolá-lo. — Eu agradeço o esforço de vocês, mas a vida às vezes foge do que planejamos para a gente... Durante nossa viagem, muita coisa deve ter mudado. Mas vou falar com ele para que respeite o tempo de vocês. Agora vá para a sua consulta, que estão te chamando. Te aguardo aqui, me chame se precisar.

Foi só o tempo de ele entrar na sala do dentista: eu imediatamente liguei para o Toni, que me atendeu logo no segundo toque.

— Que história é essa, Toni? — meu controle interno já havia evaporado com a força dos meus berros.

Devo ter falado tão alto que seria até possível o Carlo ouvir através do zumbido daquele motorzinho ensurdecedor do aparelho de limpeza dos dentes.

— O que foi agora? — perguntou ele, impaciente.

— Você quer atropelar tudo como um caminhão de prensa de asfalto, sem respeitar nossos combinados nem mesmo o tempo e os sentimentos dos nossos filhos. Não iríamos voltar a falar com a Dra. Beatriz sobre o nosso acordo de separação?

— Sim, mas mudei de ideia — disse ele, secamente.

— O que foi agora? — perguntei, com meu tom de voz bem mais baixo.

— Vamos nos separar, encontrei um novo advogado que irá me representar. A Dra. Beatriz está exigindo muita coisa, então ele é mais forte que o Dr. Leandro, que estava cedendo demais.

— Cedendo? — eu estava indignada. — Você iria deixar todos nós presos, sem nada de dinheiro, só para nos controlar a vida toda, é assim que você prefere? Você já não fez a sua escolha?

— Prefiro não tocar com você nos assuntos dos advogados. Vamos deixar para falar sobre as crianças — disse ele com uma voz irritantemente sarcástica. — Agora preciso ir.

— Calma, só me diga que vai aguardar para apresentar a "coisa" para os nossos filhos, deixe eles processarem tudo isso primeiro. O Carlo, que é calmo, está ficando muito nervoso e ansioso —pedi a ele, quase implorando.

— Ele deve ter puxado a mãe italianinha brava dele — respondeu, caçoando.

— Não brinca comigo agora — falei duramente.

— Tá bom, eu vou respeitar.

Desligou a ligação e eu pedi umas três xícaras de chá de camomila para a recepcionista.

O Carlo apareceu de volta todo sorridente me mostrando seus dentes limpinhos. "Pelo jeito, o motorzinho foi eficiente", pensei.

No trajeto de volta para casa, fiquei pensando se o Toni realmente me seguia pelo celular. "Será que ele soube do advogado? Não... Alice, tira essas caraminholas da sua cabeça! Ele decidiu escolher "a outra" e ponto final", pensei. Tentei encontrar todas as justificativas, mas o fato é que tudo já havia sido resolvido por ele.

Chegamos em casa e liguei para a Dra. Beatriz, que pôde me atender entre uma consulta e outra. Expliquei para ela o que aconteceu e ela logo me perguntou sobre a minha conta do banco de Miami, se eu havia fechado. Disse que, se ainda não tivesse feito isso, deveria fazer urgentemente. O novo advogado do Toni, o temível Dr. Braulio José T.C.T. Cunha, havia ligado de manhã para ela e deixado recado com a sua secretária, mas ela ainda não havia retornado... "O pior está por vir", pensei, engolindo seco. "Pelo jeito não escaparei do litígio."

Marquei de conversar com a Estela e com o Ricardo, eu precisava da sábia orientação deles. Expliquei para eles toda a situação, inclusive que encontrei um advogado na Itália (parei por aí, claro que não mencionei meu encantamento por ele), mas o que mais me afligia seria o fato de eu ter que fechar a minha conta no banco dos Estados Unidos.

— Fechar a conta é simples — disse o Ricardo.

— Acredito que não no meu caso. Assim que o Toni souber, ele irá surtar de raiva, e... — engoli seco o chá que eles me serviram — tenho um pressentimento muito claro de que ela também é ou já foi amante do Toni. Isso será difícil para mim...

— Você terá que enfrentar — falou a Estela, comendo um pedacinho de pão de queijo. — A melhor maneira é você não marcar nem comentar com o Toni. Vá escondida até lá.

— Até Miami? — perguntei, agora quase engasgando. — Como faria isso sem que ele percebesse?

— Tenho uma excelente ideia — disse Estela.

— Ixi! Se prepara — brincou o Ricardo.

— Faremos de conta que você irá viajar comigo até o Rio de Janeiro para me acompanhar em uma festa de trabalho, com a desculpa, caso ele pergunte, de eu estar te ajudando a se recolocar no mercado profissional.

Eu a escutava atentamente. Ela continuou:

— De lá, você irá para Miami no voo da noite, chegando por volta das 5h da manhã, e voltará também no voo da noite para o Rio de Janeiro, depois voa direto para Campinas. O tempo de viagem será como se tivéssemos dormido somente dois dias no Rio.

— Nossa! Nessa você se superou - aplaudiu orgulhoso o Ricardo.

— Entendi. Eu ir para o Rio de Janeiro o despistará. Mas como irei pagar a passagem sem que ele perceba? — perguntei preocupada.

— Isso deixa comigo — disse o Ricardo. — Depois, com calma, acertamos.

— Estou me sentindo protagonista de uma cena de filme. Mas onde vou deixar as minhas coisas? Perguntei.

— Você não tem a sua amiga Felicia, que mora lá? Quem sabe ela não te ajuda com isso? — falou Ricardo enquanto já digitava mensagens para a sua agente de turismo.

— Tem razão, mas o Juan nunca poderá saber que estive lá — falei encabulada.

— Estou me divertindo com isso — falou a Estela.

— O problema maior é que o Toni simplesmente odeia o Rio de Janeiro, por achar uma cidade totalmente insegura — falei, preocupada. — Ele já ficará bravo só por isso, achando que farei de propósito para provocá-lo.

— Até que ele merece uma provocação — disse Estela se divertindo novamente com a minha situação.

— Pronto, minha agente já respondeu. Conseguimos passagens para quarta-feira, depois de amanhã, à noite. Você chegará no Rio às 19h e seu voo sairá para Miami às 22h45. Acho que dará tempo — completou ele.

— Claro que vai dar — respondi.

— O único detalhe é que terá que mudar de aeroporto, porque você chegará em Santos Dumont e sairá do Galeão... Pegue o ônibus especial para esse trajeto ou então separe dinheiro para o táxi, pois o horário é de pico. Leve somente uma mala de mão para não precisar despachar.

— Esse filme está parecendo suspense... — eu disse realmente nervosa. — E como posso agradecê-los por tudo o que fazem por mim?

— Fica tranquila que você já fez tanto pela gente que estamos em débito — respondeu a Estela. — Na sua mala de mão você já sabe o que vai levar, né?

— Pelo seu olhar, Estela... Já imagino o que quer dizer: a calça de couro — sorri, descontraindo um pouco.

— Isso mesmo! E amanhã pode ir ao cabelereiro se arrumar. Se o Toni acha que irá provocá-lo indo para o Rio, imagine só ele vendo suas unhas pintadas de vermelho! — ela e o Ricardo caíram na gargalhada.

— Aí já é demais! — respondi, envergonhada.

— Não é não — falou o Ricardo. — Você é um mulherão e precisa deixar essa "Alice Poderosa" sair para fora!

Nos despedimos e cheguei em casa exausta. Contei às crianças que passaria duas noites no Rio de Janeiro, jantamos e caí direto na minha cama, acordando só no dia seguinte.

Marquei manicure, mas sem pretensão de colorir minhas unhas de vermelho... Ainda não estou preparada para essa transformação.

Liguei para a Felicia e contei que precisava ir até Miami, resolver uma situação muito séria e que precisaria da ajuda dela para passar o dia no apartamento —e principalmente de sigilo total, pois o Juan não poderia saber que estive lá. Discreta como ela, não me fez perguntas e concordou em me emprestar o apartamento, já que ela estaria trabalhando o dia todo. Ela lamentou o fato de eu não avisá-la antes, mas achamos melhor dessa forma, pois se nos víssemos o Juan perceberia o fato de os horários dela mudarem e meu plano poderia ir por água abaixo, eu poderia desistir no meio do caminho...

Ela disse que deixaria avisado na portaria do prédio que eu iria entrar, caso o código do portão não funcionasse. A chave da porta estaria escondida atrás do vaso de orquídea no hall do seu elevador. Também me passou outro código do portão que dá acesso à praia e à piscina do seu condomínio, diferente do código de entrada, e disponibilizou a sua bicicleta. Como quase todos os anos os visitamos, sei bem como e onde guardar.

Eu poderia passar o dia inteiro no seu apartamento, mas teria que sair de lá umas cinco horas da tarde, pois a partir das seis eles voltariam para casa. O horário estava perfeito, porque logo após a minha visita ao banco eu já iria para o aeroporto. Estava agora tudo devidamente preparado.

No dia da viagem, arrumei a mala de mão e, além dos documentos e passaporte, separei dinheiro vivo caso precisasse. Nem poderia pensar em usar meu cartão: se o Toni descobrisse a minha viagem antes da hora, tudo poderia dar errado, ele ligaria para a gerente do banco e mexeria na minha conta, ou sei lá o que mais ele poderia inventar... Também coloquei na mala minha calça de couro com a camisa de seda, que já está quase virando um uniforme para mim, um pijama só para disfarçar a minha ida para o Rio, além de um maiô, uma canga e um par de chinelos, e assim saí rumo ao aeroporto de Viracopos. Quanto menos eu levantasse suspeitas, melhor.

Cumpri a primeira etapa da viagem e logo parti para a segunda parte do plano: telefonei para meus filhos avisando que já estava no Rio de Janeiro e que estaria indo para o hotel descansar. Disse a eles que iria desligar o celular, que eu havia esquecido o carregador e precisava economizar bateria, mas caso precisassem sem falar comigo, poderiam ligar para a Estela, ela sabia onde me encontrar. Me senti mal por mentir para meus filhos, mas nesse momento seria necessário. "Assim que eles crescerem, vou revelar a verdade", pensei.

Desliguei o telefone também com intuito de não conseguirem me rastrear. Já no aeroporto do Galeão, fiz o check-in e, assim que entrei no avião, dormi antes mesmo de levantar voo. Me senti tão exausta... Meus últimos dias haviam sido muito intensos.

Cheguei às 5h da manhã nos Estados Unidos e passei pela imigração, milagrosamente sem nenhuma pergunta do oficial. Os anjos com certeza estavam comigo abrindo os caminhos, porém fui barrada pelo oficial da alfândega. Ele desconfiou que eu fosse traficante ou algo assim, por eu estar carregando somente uma mochila e dinheiro vivo (quantia bem abaixo do permitido, porém suficiente para qualquer emergência). Expliquei ao oficial que teria roupas no apartamento (omiti que não era meu), até mostrei fotos de lá, das férias que passávamos, e o endereço. Talvez eu tenha piorado a situação, porque a vista do apartamento da Felicia e do Juan é simplesmente deslumbrante.

Somente após eu contar *quase* toda a verdade do porquê da minha viagem para o oficial, inclusive sobre a traição do Toni e a desconfiança da gerente do banco, ele falou:

— O quê? Como ele pode te trair? Você é uma mulher tão bonita — me elogiou. — Vamos deixá-lo com ciúmes? Você me passa um e-mail e eu te respondo como se fosse seu amante — brincou.

Sorri imaginando aquele cara *quatro por quatro*, de quase dois metros de altura, forte e policial, escrevendo e-mail para mim. Respondi:

— Boa ideia! Vou pensar a respeito com carinho, mas bem que seria mesmo uma ótima lição. Duvido que ele viesse tomar satisfação com você sabendo o quanto é grande!

Só assim, entre as risadas e brincadeiras, enfim fui liberada.

Pedi um café para viagem e peguei um táxi do aeroporto diretamente para o apartamento da Felicia, pois teria que esperar por aproximadamente três horas até o banco abrir. Decidi fechar a conta no final do expediente da gerente, para que o Toni não pudesse interferir. Então eu poderia almoçar tranquila, e com isso ganhei mais seis horas de viagem no meu dia. Do banco, voltaria para o aeroporto imediatamente, o meu voo de volta ao Brasil sairia às 21h.

"Nunca imaginei vir aos Estados Unidos e não poder comprar nem uma lembrancinha para as crianças", pensei pelo caminho. Muitas lembranças também vieram à tona. Esse apartamento fica localizado em uma ilha, próxima ao *downtown* de Miami, chamada Key Biscayne, bem pertinho da praia. A vista do terraço dá exatamente para aquele mar azul bem estilo caribenho. Costumamos vir para cá nas férias de inverno dos Estados Unidos. Desde que a Felicia e o Juan se mudaram para cá, aproveitamos para esse se tornar o ponto de encontro "quase anual" entre nós, Maria Ignês, Katie e Mark.

Lembrei de quando andávamos de bicicleta com as crianças, ainda com os gêmeos em duas cadeirinhas, uma na minha bicicleta e outra na do Toni, sendo que a bicicleta dele ainda carregava um carrinho parecendo uma cabaninha, como se fosse a extensão da própria bicicleta, onde a Lelê e o Marco sentavam juntos. Era uma farra, gostávamos de caminhar até o final da praia junto do Farol que tem lá. Das poucas vezes em que conseguimos subir todos os andares das escadas do farol, lá de cima avistávamos peixes-boi, e uma vez chegamos a ver cardumes de tubarões. Quando isso acontece, os salva-vidas retiram todos os banhistas do mar até o cardume passar...

Uma loucura! Depois da praia, fazíamos piquenique em mesas de madeira que ficavam embaixo das grandes árvores. Guaxinins apareciam para roubar nossos lanches sem serem convidados! Ali existem muitos deles: alguns são bravos e podem transmitir doenças, mas são tão fofos que dá vontade de ter um de estimação.

Lembrei também da deliciosa sorveteria que tem lá e do parque onde as crianças jogavam futebol, balançavam e escorregavam.... Tantas memórias... "Como será que vai ser agora?", pensei. Só do nosso grupo, Mark e Toni estariam fora, e o Juan seria o único homem presente entre tantas mulheres, incluindo agora a Joana, companheira da Maria Ignês.

Pedi para o taxista me deixar na entrada do condomínio, sem passar pela portaria. Ainda me lembrava do código do portão sem precisar recorrer ao meu papelzinho — assim nenhum porteiro precisou registrar a minha entrada.

Cada passo meu foi cuidadosamente planejado; me senti uma intrusa dentro da casa dos meus amigos, ou uma criminosa... Onde eu mexia, imediatamente limpava. Sentei no sofá e aguardei o tempo passar, mas olhava no relógio e nada... Me troquei, coloquei um maiô, uma saída de banho e calcei chinelos. Peguei a bicicleta e saí rumo à praia em direção ao farol. Quase chegando, encontrei um guaxinim brincando sozinho com uma pedra em uma poça d'água: ele empurrava e pegava a pedra com a sua patinha, espirrando água de um lado para o outro, igualzinho a um cachorro. Ele não se incomodou com a minha presença. Parei a bicicleta e fiquei me divertindo o observando, sem perceber os minutos passarem. Até que chegou uma família de bicicletas tão barulhenta que espantou o guaxinim de sua brincadeira, e ele se escondeu no mato. Fui até o local em que ele estava e encontrei a pedra largada fora da poça d'água. Qual não foi a minha surpresa quando vi o seu formato: parecia um coração. O meu palpitou de emoção e agradecimento, senti como se o animal tivesse me entregado um presente do universo. Guardei a pedra em meu bolso e saí pedalando.

Cheguei no farol, como sempre maravilhoso. O céu estava azul claro, com nuvens carregadas bem longe no horizonte, e o mar mais azul ainda, contrastando com a construção branca do farol. Dessa vez não subi as escadas, eu já estava ficando com fome e também não poderia me "desligar" do tempo, como costumo fazer quando estou na natureza.

No trajeto de volta ao apartamento, eu pararia na lanchonete em frente à praia para tomar um delicioso suco verde que me sustentaria até o almoço, mas antes saí à procura de uma nova pedra para deixar de presente para o meu novo amigo guaxinim dentro da sua poça de água. Uma troca justa de gentileza!

Chegando na lanchonete, pedi meu suco para o único atendente presente. Ele demorou uma eternidade para prepará-lo: ficava de costas pra mim e às vezes me olhava de canto de olho como se estivesse me escondendo algo. Eu ainda estava sem pressa, não me importei com a sua demora. Imaginei aquele lugar lotado, certamente eu não sairia de lá antes do anoitecer.

Até que, enfim, o atendente me entregou o suco num copo de plástico transparente com um canudinho espetado na tampa. Peguei rapidamente o copo, agradeci e comecei a tomar, seguindo na praia em direção ao mar. Enquanto caminhava, lágrimas começaram a escorrer meu rosto; senti-me ao mesmo tempo grata por estar de volta àquele lugar. Cheguei na beirada do mar, molhando meus pés nas águas quentes e aconchegantes que serviram como um calmante espontâneo. Como não havia ninguém próximo de mim, pude deixar a emoção sair dentro de mim sem medo de me constranger.

Me perguntava o porquê de tudo aquilo que eu estava passando e o que deveria fazer da minha vida, se o que fui fazer lá estaria certo... Olhei para os meus pés e também para as minhas mãos, que seguravam o copo de suco já vazio, quando vi algo escrito com canetinha no copo. O atendente provavelmente ficou de costas me olhando enquanto preparou uma deliciosa e abençoada surpresa: lá estava escrito "Have a nice day" (Tenha um bom dia), com um lindo sorriso desenhado alegrando ainda mais a sua mensagem. Olhei para o mar e agradeci, ali recebi a resposta de que precisava, Deus estava certamente me amparando.

Deixei minhas coisas na areia enquanto mergulhei no mar, pedi para que levasse embora com as ondas todas as minhas lágrimas e meu sofrimento. Saí me sentindo renovada.

De volta ao apartamento, tomei um banho revigorante, enxuguei cada gota que derramei no box e no chão do banheiro. Coloquei a minha toalha no cesto de roupas sujas, sabendo que ali o Juan certamente não iria mexer. Me troquei, colocando meu "novo figurino": aquela roupa me dava forças, como se eu me tornasse outra pessoa, tipo uma guerreira poderosa de filmes de ação. O custo/benefício que paguei na calça de couro até agora já havia valido a pena! Sem deixar vestígio algum pelo apartamento, fechei a minha mala de mão e chamei um táxi.

Olhei pela janela e avistei que aquela nuvem carregada que estava lá longe no horizonte havia chegado pertinho da praia, e junto dela começou uma baita de uma tempestade. Precisei pegar um guarda-chuva emprestado de dentro do armário da Felicia, pensando "preciso me lembrar de avisá-la". Tirei meus sapatos, arregacei as barras da minha calça o mais alto que pude e saí caminhando descalça até a portaria, até lá não havia cobertura, exceto pelo meu guarda-chuva. Aguardei na chuva o táxi por aproximadamente dez minutos; fiquei ensopada, meu único consolo é que estava calor e imaginei aquela chuva penetrando como uma grande limpeza, me preparando para a parte mais difícil do meu dia.

Pedi para o taxista me deixar no shopping no centro da cidade, próximo à agência do banco. Assim teria tempo para me secar e almoçar com calma. Escolhi um restaurante delicioso, italiano, passei reto pelas vitrines das lojas, me segurando para não entrar em nenhuma delas.

Quando a chuva havia finalmente cessado, caminhei pela rua carregando minha mala de mão até o endereço do banco. Entrei de cabeça erguida, com passos firmes, e um atendente me indicou a sala da gerente. Danielle estava lindamente vestida e maquiada, sentada atrás de um balcão entretida, digitando freneticamente em seu computador. "Definitivamente ela é uma modelo, deveria trocar de profissão", pensei.

— Boa tarde — falei.

— Olá — disse ela, levantando-se imediatamente para me cumprimentar e disfarçando a sua cara de espanto; parecia ter visto uma assombração. — Eu não sabia que estava por aqui, eu estava de saída, mas em que posso te ajudar? — perguntou, solícita.

— Vim até aqui fechar a minha conta — falei firmemente.

— Desculpe a pergunta, por qual motivo?

Antes que eu pudesse responder, vi que ela estava ficando mais nervosa.

Suas palavras saíram atropeladas, e seus gestos, descoordenados. Mas me mantive firme.

— Porque até hoje não recebi o cartão em minha residência nem sei o valor que tenho nela.

— Essa conta não fica nesta agência. Aliás, aqui trabalhamos somente com investimentos, não há cartão para o cliente.

— Melhor ainda, qual valor tenho nela? — perguntei, animada ao pensar que receberia alguma quantia robusta nessa brincadeira.

— Seu marido pediu para abrir a conta. Como ele é cliente antigo e fiel, abrimos, mas ainda não há valor algum nela. Só um minutinho — falou. — Preciso fazer uma ligação e já volto.

Ela fez um movimento de sair da sala em disparada, sendo que havia um telefone disponível em cima de sua bancada. A impressão que eu tive é a de que ela iria ligar para o Toni. "Sem chances disso acontecer", pensei. Interrompi rapidamente seu movimento dizendo:

— Não faça isso.

Ela parou com uma expressão de pânico e eu continuei.

— Eu sou a cliente aqui — precisei relembrá-la. — Não ligue para o Antonio. Ele pode ser cliente antigo, fiel, mas é melhor desconfiar. Quer saber mesmo o motivo de por que estou aqui? — perguntei, e respondi em seguida. — Porque estou me separando.

Consegui me manter tão séria que a convenci na hora. Ela voltou a se sentar, percebi um leve sorriso em seu rosto, uma mistura de alegria com nervosismo, e não parei por aí.

— Estou me separando porque descobri que meu marido tem uma amante — falei, encarando os seus olhos como se a estivesse enfrentando.

Seu corpo começou a tremer, parecia se sentir bem desconfortável. Quanto mais eu cutucava, mais a fazia se sentir acuada. Eu estava adorando a sensação de o meu plano estar dando certo, mesmo que para isso acabasse por descobrir, pelo comportamento inadequado de uma gerente de banco, a verdade. Ela certamente é ou foi amante do Toni. Já que ainda não existia valor algum na tal conta "fantasma", eu não tinha nada a perder.

— Por que você começou a tremer de repente? — perguntei. já a provocando.

— Nossa! Estou noiva há dois anos e me sinto nervosa porque eu não quero nunca passar isso — tentou disfarçar. — Como você descobriu? Desde quando você soube? Sentiu o comportamento dele diferente? — ela disparou perguntas íntimas sem nenhum profissionalismo. Nesse momento, tive a certeza de que ela deveria estar achando que eu estava falando exatamente sobre ela.

— Descobri quem ela é — cutuquei um pouco mais, ela congelou nesse momento. — Trabalha como secretária executiva no escritório de administração que presta serviço para o Antonio. Ela se chama Samanta, é bem mais nova do que eu, já foi casada com um senhor mais de vinte anos mais velho, tentou dar um golpe do baú. Tenho certeza de que o Toni será o próximo dessa lista. Ele já saiu de casa e eles estão comprando apartamento para morar juntos — falei, me acomodando na cadeira.

As lágrimas dela começaram a escorrer involuntariamente. Devo ter "acabado com a festa", não sei quais foram as promessas que o Toni havia feito a ela, o fato é que agora ela sabia que não era única, muito menos "a escolhida".

Ela levantou novamente e falou chorando, um pouco raivosa.

— Entendo o que está sentindo, vou fechar já a sua conta.

Seus dedos tremiam digitando no teclado do computador. Cheguei a ficar com pena da moça e disse:

— Quer um conselho? Só case se tiver certeza de seus sentimentos por seu noivo. Seja fiel ao seu marido porque homens poderosos, como o Toni, nos enganam debaixo do nosso nariz, não vale a pena acreditar no que dizem. Você é muito bonita e deve sofrer diversos assédios desse público, não é?

A gerente concordou com a cabeça. Continuei:

— Não cometa o mesmo erro que cometi de esquecer quem sou — disse. — Estou sofrendo demais para me manter em pé, o que me sustenta, além de Deus, é claro, são meus filhos, que também estão destroçados.

— Assine aqui — pediu ela, apontando para o documento. — Farei tudo o quanto antes para você.

Dessa vez li e reli o que estava escrito, conferi cada detalhe e assinei.

— Obrigada — agradeci. — Até logo.

Levantei, me despedi, peguei minha mala de mão, que deixei ao lado da minha cadeira, e saí.

No caminho para o aeroporto, analisei minha atitude. Cheguei ao banco como uma guerreira e sai de lá quase amiga de uma outra amante do Toni. Até pensei na possibilidade de propor uma união com ela, para tirarmos a Samanta do caminho, mas isso seria ridículo!

Do jeito que estão pipocando amantes, talvez eu tivesse que fundar uma associação das amantes do Toni. Quantos membros será que teria?

Bom, quem sabe fosse uma solução...

Cheguei com tempo de sobra no aeroporto. Fiz o check-in, passei pela imigração e me encaminhei para a sala VIP da companhia aérea para me trocar. Viajar a noite toda usando uma calça apertada não seria bom para a minha saúde, muito menos confortável.

Entrei no avião e mais uma vez adormeci assim que fechou as portas.

De volta ao Rio de Janeiro, liguei para as crianças dizendo que já estaria chegando. Avisei também meu caseiro que estaria me aguardando no aeroporto de Campinas. Que loucura de viagem, principalmente por precisar fazê-la pessoalmente, sendo que, se fosse o Toni, bastaria somente uma ligação. Até agora não entendi por que fechar essa conta seria tão urgente, já que nem dinheiro tinha dentro dela...

Pousei em Campinas e meu celular tocou.

Era o Toni.

Meu coração congelou.

— Tim tim! — eu, Estela e Ricardo brindamos em comemoração ao sucesso da minha viagem.

— Que bom que nenhum dos seus filhos nos ligou e que a gerente do banco fechou a sua conta — disse a Estela. — Fico só imaginando o desespero dela quando você a pressionou.

— Como pode ter saído tão mais certo do que planejamos? — perguntou Ricardo se divertindo com cada detalhe que relatei.

— Foi Deus — respondi. — Só Ele para me dar a força e a intuição correta para agir. E vocês não sabem — continuei a história. — Chegando aqui no aeroporto, meu celular tocou. Quando vi que era o Toni, congelei aguardando a bronca. Mas não rolou bronca alguma, ele estava calmo e me perguntou em qual horário poderia visitar as crianças. Até agora não sei se a gerente do banco não contou nada para ele, afinal eu sou a cliente daquela conta e ela não teria que dar satisfação para ele, ou se foi um jogo dele para saber como eu reagiria. Mas a minha sensação foi que ele realmente não sabia o que fiz nesses dois dias. Nem do Rio de Janeiro ele quis saber, simplesmente ignorou.

— Melhor assim — falou Ricardo.

— Concordo, mas a impressão que tenho é que fico agora constantemente em alerta esperando a bronca dele — falei.

— Mas nem casados vocês estão — falou Estela. — Você não deve satisfação para ele, a não ser que o assunto envolva algum dos seus filhos.

— Tem razão, acho que vou trabalhar isso na terapia — falei. — O mais difícil para mim foi voltar no apartamento da Felicia e do Juan "escondida". Todas as memórias saltaram da minha mente, e fico pensando quando voltarei lá novamente...

Depois de muita conversa, me despedi deles e cheguei em casa para jantar com os meninos, que estavam curiosos para saber como havia sido a minha viagem para o Rio de Janeiro.

Nos meses seguintes, o Toni se rebelou totalmente... Sua raiva contida explodiu, e ele chegou com um ultimato para a minha advogada, dizendo: "se ela não aceitar o contrato de separação nos moldes que está até amanhã, não iremos mais assinar e deixarei a Alice sem nenhum real. Também não vou alterar mais nada nesse contrato". A Dra. Beatriz me passou o recado e eu fiz o que ela me instruiu, obedecendo também a oferta do Ricardo e da Estela.

Não assinei.

Com isso, ele cumpriu com a sua promessa, escondeu seu (nosso) dinheiro em alguma empresa desconhecida por mim e nomeou claramente o Dr. Braulio José como seu advogado oficial. A partir daí, a nova estratégia da Dra. Beatriz foi colocada em prática: mesmo se eu tivesse dinheiro guardado na Itália, nos Estados Unidos (agora não tinha nem mais conta lá dentro ou sei lá onde ficava essa conta) ou no Brasil, eu teria que usar o do empréstimo do Ricardo e da Estela. Isso daria força para conseguir a pensão adequada para mim e também para nossos filhos. Em paralelo, eu também nomearia oficialmente meu outro advogado: Dr. Augusto de Mesquita Campos Neto.

A guerra começou. Entramos em litígio.

Trabalhei muito em minhas sessões de terapia para conseguir lidar com tudo o que estava passando. Principalmente para não misturar os meus sentimentos sobre o Toni com a relação de disputa entre os nossos advogados para isso não afetar nossos filhos... Nada foi fácil.

Pouco tempo depois, tivemos a nossa primeira vitória, graças à lista que preenchi, com fotos de viagens que comprovaram nosso padrão de vida, incluindo o valor da nossa casa de Campinas (com os empregados) e o apartamento de Roma. Meu novo advogado conseguiu de imediato uma boa pensão, assim não precisei depender dos empréstimos e, enfim, "respirei" aliviada.

Aos poucos fui devolvendo cada centavo e sanei a minha dívida com o Ricardo e com a Estela. Paralelamente a toda essa loucura, quando encontrava o Toni, nos abraçávamos como se nada estivesse acontecendo. Sinto ainda, inexplicavelmente, um grande carinho por ele, e tudo o que estamos vivendo me parece uma grande cena de teatro.

No dia da nossa primeira audiência de reconciliação frente ao juiz no Fórum, levei comigo a Dra. Beatriz e o Dr. Augusto, e ele, o asqueroso Dr. Bráulio José. Asqueroso porque pela primeira vez na minha vida vi alguém realmente do mal. Parecia que ele andava acompanhado de uma nuvem densa e escura. Era de arrepiar.

Na sala do juiz, trocamos todos os cumprimentos e sentamos junto ao escrevente. A mediadora de conciliação claramente havia acendido um incenso na sala antes de entrarmos, o cheiro penetrante não me deixara dúvidas. "Essa é das minhas", pensei.

Em frente ao juiz, a *peça de teatro* estava montada. Vi ali duas pessoas "comuns" (eu e o Toni), e as restantes automaticamente se tornaram atores, incluindo o juiz e até a Dra. Beatriz, irreconhecível em suas palavras e atitudes. Se não fosse triste o que estávamos passando, diria que estaria vivendo dentro de uma comédia do tipo pastelão. Eu não sabia nem como me comportar. "Da próxima vez lembrarei antes de pedir o script", pensei.

Quando o juiz me fazia alguma pergunta, respondia da forma mais verdadeira possível, chegava a doer meu coração. Quando era a vez do Toni, quem respondia primeiro era seu advogado, até o momento em que o próprio juiz pediu para que ele se calasse para conseguir ouvir seu cliente. Sorri internamente com a bronca que aquele homem levou.

Terminamos a sessão com nós dois chorando em frente a todos, e o juiz pediu para que nossos advogados, mesmo que fossem famosos por brigar, nos olhassem até encontrar uma forma de acordo. Só aí deveríamos procurá-lo novamente para uma nova audiência.

Na saída, pareceu que todos voltaram ao normal, retiraram as suas *fantasias* e as suas carapaças. Eu e o Toni resolvemos ali que deixaríamos todas as resoluções nas mãos dos advogados para evitar desgaste maior entre a gente.

Nos tornamos quase "celebridades" no fórum por termos escolhido como os nossos representantes tão grandes adversários. A Dra. Beatriz acompanhava todo o processo, caso resolvêssemos pelo caminho buscar a reconciliação.

Minha vida começou a mudar nesse processo. Meus amigos queriam que eu saísse mais, frequentasse baladas e conhecesse alguém. A solução para todos seria que eu encontrasse um namorado, seria como o *remédio* para todos os males.

Frequentei cursos de autoconhecimento, conheci dezenas de novas pessoas que preencheram, uma a uma, um espaço em meu coração, mas nenhuma sequer olhou para mim com alguma intenção amorosa. Com o tempo, compreendi também o distanciamento dos meus antigos amigos, que os programas e viagens que faziam não condiziam com o momento que eu estava vivendo. Sempre soube também que poderia contar com a ajuda e a amizade deles para tudo o que precisasse.

Até que a Ana Maria descobriu, entre os amigos do Roberto, o João Eduardo, *um bonitão*, segundo ela, que acabara de se divorciar. Sua história se parecia bem com a minha, porém a traição aconteceu por parte de sua ex-esposa. Então nos convidaram para um jantar "despretensioso".

Meu coração disparou no momento do convite: eu não tinha a menor ideia de qual roupa vestir nem de como me portar. Seria a primeira vez em que eu oficialmente seria apresentada a alguém, e pior, na frente dos nossos amigos. "Talvez fosse melhor um encontro às escuras", sugeri, mas eles não aceitaram. Na minha testa parece estar escrito "*disponível*", que sensação mais esquisita!

— Vamos ao cabeleireiro fazer uma escova em seus cabelos e pintar suas unhas? — perguntou Ana Maria.

— Já estão pintadas. Fiz há quatro dias, quando colori meus cabelos brancos —falei, mostrando as minhas mãos e as minhas unhas, que já mostravam quererem ser cortadas, do jeito que me sinto bem.

— Onde? — brincou ela, fazendo não enxergar. — Unha transparente não é pintada, e os homens gostam de cores escuras. Vamos aproveitar que estão com um bom tamanho antes que você passe um alicate "podando" tudo.

— Ai... — gemi. — Sempre soube o contrário, o Toni não me permitia pintar nem mesmo de rosinha claro se não tivesse alguma transparência...

Seguimos então juntas para o meu cabelereiro. Liguei no caminho para a Lara e contei a novidade.

— Marca unha também para mim. Não perderei por nada essa oportunidade de te ver arrumada! — disse a Lara no telefone. — Em cinco minutos eu chego. Ah —completou — a Estela vai comigo, estamos almoçando juntas.

Entrei no cabelereiro me sentindo uma celebridade por andar junto com uma comitiva de mulheres que mais pareciam *paparazzi*. Meu cabelereiro olhou para mim, perguntando:

— Alice, você de volta? O que te traz aqui dessa vez?

— O que me traz ou "quem" me traz? — sorri, olhando para as três.

— Qual é a ocasião? — perguntou enquanto as manicures começaram a nos cercar.

— Essa daqui — apontei para a Ana Maria — marcou um jantar para me apresentar um amigo do marido dela. Estão aqui me forçando a fazer mais uma escova, e pior: a pintar as minhas unhas — disse, revirando meus olhos.

— Está certo, unhas transparentes não estão pintadas! — sorriu ele. — Vamos lá, daqui hoje você só sairá arrasando!

Após sair do lavatório, enquanto começaram a escovar meus cabelos, as manicures começaram a retirar meu esmalte enquanto a Lara e a Ana Maria retiravam as suas cutículas. Eu não sei de onde nem *como* a Estela apareceu no salão com uma garrafa de champanhe e vários copos de plástico, que encontrou ao lado do filtro de água.

— Vamos brindar! — disse ela, levantando a garrafa para que todos ali em volta a vissem. — Hoje é um dia histórico!

Após distribuir copos com champanhe para todos os presentes, brindaram em minha homenagem. Logo as três se juntaram no carrinho de esmaltes, parecendo galinhas no coxo brigando pela ração, disputando qual cor escolheriam. Para me provocar, apresentavam a cada momento uma cor mais chamativa e berrante que a outra. Eu nem sabia que as marcas de esmaltes competiam entre si colocando nomes ultra chamativos em cada vidrinho. Tinha *paixão, beijo, sexo, amor perfeito, festa caliente*... E tantos outros que nem coragem tenho de mencionar.

A minha manicure, divertindo-se com as trapalhadas delas e percebendo meu desespero, disse para a Ana Maria, que estava mais próxima da gente:

— Tem certeza? A Alice nunca pintou as unhas de alguma outra cor que não fosse clarinha ou transparente.

— Hoje isso vai mudar! — respondeu a Lara, de lá do outro lado do salão, aproveitando para lavar seus cabelos. — E, olhem, escolham uma cor bem "quente"!

— Oba! — exclamou a manicure. — Acho que vou registrar esse momento! — disse ela, *mudando de time* e abrindo a câmera no seu celular.

Olhei para meu cabelereiro, que puxava e repuxava meus cabelos com o secador, fazendo *aquela escova caprichada*, e disse em tom de bronca:

— Não se empolgue você também. Faça de conta que meu cabelo é sempre assim, para não entregar para o João Eduardo que o jantar foi combinado e que vim até o salão me arrumar para conhecê-lo.

— Ha, ha, ha — gargalhou ele. — Só você mesmo, você é realmente única na face da Terra!

— Pronto! — falou a Estela, chegando até mim com o punho fechado, fazendo mistério sobre a cor do esmalte. — Decidimos. Você usará essa cor aqui.

Meus olhos se arregalaram, e antes que eu pudesse fazer qualquer comentário, foi como se eu estivesse amarrada em uma cadeira elétrica prestes a ser eletrocutada. Todas as minhas unhas, inclusive as dos pés, foram lixadas e pintadas de um vermelho quase cor de vinho, uma cor "quente" para a ocasião.

Me surpreendi! Me senti realmente bonita e chique; eu olhava para as minhas mãos e não me reconhecia, parecia que outra pessoa havia se *apossado* do meu corpo, aquela certamente não era a Alice que eu conhecia.

— Perfeito! — falou Lara. — Hoje à noite você usará aquela minissaia linda soltinha que valoriza bem as suas pernas, que comprou com a Katie em Nova Iorque. Ah — completou — e salto alto!

— Opa! Pela primeira vez vocês concordam comigo que a calça de couro não daria para eu usar! — disse sarcasticamente. — Mas gostei da ideia da saia, até hoje não vesti e quase esqueci de sua existência.

— Espera um pouco! — pediu a manicure assim que me levantei para retirar o avental e CLICK! Tirou a foto. — Agora sim pode ir para o seu jantar — disse com uma piscadela.

— Boa sorte! — falaram em coro.

Saí do salão com os chinelinhos nos pés para não estragar as minhas unhas que, segundo elas, demorariam *um século* para secar. As minhas amigas fizeram questão de pagar a minha conta para *eu não inventar* de mexer no zíper da bolsa.

Em casa fiquei imóvel ainda por quase uma hora, de forma a me certificar de que tudo estaria devidamente seco. Coloquei uma música bem sensual, tipo aquelas de *strip-tease*, para me animar. Enquanto dançava e rebolava em frente ao espelho, me vesti como a Lara *mandou*, e tentei fazer o mínimo de maquiagem, parecendo o mais natural possível: rímel nos cílios e um batom leve e delicado. A música me animara e eu estava curiosa para saber como seria a minha noite!

Ao entrar no apartamento da Ana Maria, o Roberto e o *seu amigo* já estavam na preparando drinks no bar. Eu entrei sem jeito, e ao vê-lo, "não é que ele é bonito mesmo?", pensei. Exatamente meu estilo de homem, minha amiga acertou em cheio!

Quando fomos apresentados, senti somente em seu toque meu coração bater forte: um arrepio subiu por minhas costas e eu cheguei a corar as minhas bochechas. Certamente ele percebeu minha reação, porque logo o vi estufar o peito como um pombo em época de acasalamento.

Descobrimos em nossos assuntos muitas coisas em comum. Ele é pai de três meninas um pouco mais novas que os meus filhos, dizia estar sofrido, mas não me pareceu muito, não.

Conversamos durante todo o jantar, quase esquecemos que estávamos entre amigos. Sorrimos muito um para o outro, italiana como sou, gesticulava muito com minhas mãos e o vermelho do esmalte mexia para cima e para baixo enquanto eu lutava com meu olhar para não reparar e parecer mais natural.

Após o jantar sentamos no sofá e o Toy, mini cachorrinho da Ana Maria, velho e antipático, veio se engraçar comigo. Peguei-o no colo com jeito, ele rosnando, como sempre fazia, mas sabia que não iria me morder. Só que o *bonitão* se assustou e se afastou de mim no sofá. Ao ver que era inofensivo, sorriu e falou:

— Achei que ele fosse te morder.

— Eu o conheço há anos. Ele é assim ranzinza, mas é bonzinho, só assusta! E mesmo que mordesse, não teria problema, pois ele quase não tem dentes na boca — disse, levantando os lábios do cachorro, cujo bafo cheirava peixe podre.

— Você gosta de cachorros? — me perguntou.

— Sim, adoro! Tenho dois em casa — respondi.

Ele me disse que compraria um cachorro para suas filhas. A raça que ele gostava era bem diferente das que eu gosto, eu nunca escolheria comprar um cachorro daquele jeito, *mas acho que isso não será problema no futuro.* Futuro? Já me peguei sonhadora, romanceado um futuro... Sem nem termos sequer trocado contatos.

Dito e feito. Imediatamente me adicionou em sua rede social. Ana Maria observava tudo pelo canto do seu olho e trocava olhares com Roberto, segurando sua boca.

Quando fui colocar o Toy no chão para me levantar e me despedir, comecei a ouvir uma música sensual, como aquela que ouvi em casa antes de vir para o jantar. Todos nós nos olhamos, tentando decifrar de onde poderia estar saindo aquele som. Só podia ser do vizinho.

— Acho que essa música está vindo do seu celular — disse ele para mim.

— Como? — perguntei, confusa.

— Alice, que música é essa? — perguntou Roberto com tom provocativo.

Quando me dei conta de que realmente meu celular é que estava tocando a todo vapor, procurei por ele em todo lugar, e o encontrei nas minhas costas, entre os encostos do sofá. Estabanada, quando fui colocar o cachorro no chão, devo ter apertado algum botão sem querer e acionei minha *playlist*.

— Meu celular deve ter ficado maluco! — falei, com minhas bochechas roxas de vergonha. — Eu nem conheço essa música! — disse, tentando disfarçar, mas não pegou. Todos nós caímos na risada e eu também, agora não tinha como reverter a situação!

Assim que nos despedimos, ele desceu pelo elevador. Ana Maria me disse, ainda rindo:

— Que foi isso, amiga?

— Nem me fale — respondi sem jeito. — Estraguei tudo.

— Ou não! - disse Roberto guardando os copos do bar. — Deve ter atiçado ele com certeza! Ana Maria, você não quer pedir emprestada a playlist da Alice, não? —provocou.

— Ai, ai... Melhor eu ir logo embora, antes que sobre para mim! — sorri.

— Ele gostou de você! — Ana Maria falou, enquanto aguardávamos o elevador subir os 17 andares até seu apartamento.

— Se ele gostou eu não sei — falei, sorridente. — Mas eu gostei dele! Obrigada por hoje.

— Eu o conheço há mais de seis anos, por trabalhar com o Roberto, e ele nunca me adicionou em nenhuma rede social! — disse Ana Maria me instigando.

Me despedi e desci rapidamente, com a esperança de ainda encontrá-lo na garagem de visitantes, mas ele já havia ido embora.

No dia seguinte cedo coincidentemente alguém postou na rede social uma fotografia da raça de cachorro que ele queria comprar. Na empolgação, quis compartilhar com ele na área privada, só que por ser ainda novata nesse quesito tecnológico, sem querer postei na página de notícias dele. Entrei em desespero, tentando o mais rápido possível excluir a postagem. Sem sucesso imediato, meu desespero aumentou ainda mais ao perceber somente depois que a foto tinha uma conotação de amor, o cachorro estava deitado em uma cama cheia de corações. Fiquei tão entusiasmada com a coincidência da raça que não me atentei para a foto toda. "Meu Deus, mais um ato falho!", pensei em desespero.

Quis morrer de vergonha, cavar um buraco no chão e me esconder. As curtidas em sua página começaram a pipocar, ele tinha centenas de seguidores a mais do que eu, como se fosse quase uma celebridade. Corri para pedir ajuda aos meninos, que sabem mexer em tudo o que é ferramenta social, e o Lucca em um único clique excluiu.

— Ufa — respirei. — Obrigada.

Precisei explicar ao Lucca que ele era um amigo procurando raças de cachorro, mas que eu errei o lugar de compartilhar. Meu filho me olhou desconfiado, mas não ligou muito, continuou em seu jogo na tela da televisão.

A vergonha tomou conta de mim, realmente aprendi que preciso ter cautela ao me aventurar a postar. Enfim, consegui encaminhar a mensagem para a área privativa dele e recebi um emoji sorrindo como resposta. Uma conversa alegre e diária surgiu de mais essa atrapalhada, por uma semana esse assunto rolou entre nós, mas parou por aí, nunca cheguei a ser convidada para sair com ele.

Acompanhando as suas postagens, ele parece estar se descobrindo mulherengo e ... feliz!

Para mim sobrou uma bela aprendizagem e, claro, minhas unhas das mãos e dos pés, ainda pintadas.

Quando Toni passou em casa para buscar as crianças, foi a primeira coisa que reparou.

— Que é isso aí? — perguntou, segurando minhas mãos.

— Unhas — limitei a responder.

— Tire isso já! — disse ele em um tom misto de brincadeira e de autoridade.

Puxei minhas mãos para mim e disse, debochando:

— Não tiro! Você não manda mais em mim!

Meses se passaram e a briga entre os advogados continuava acirrada entre a área financeira e a guarda dos nossos filhos. No final, o Toni quis me acusar de alienação parental porque a Elena se recusava a conhecer a tal Samanta. Ele ficou sem resposta quando a reconciliadora, durante a audiência, perguntou para ele: "como poderia ser alienação parental se os outros três filhos já a conhecem? Será que não é o caso de a sua filha entrar em terapia?". Optamos assim por deixar as nossas desavenças de lado, fazer o melhor para as crianças e compartilhar: segunda, quarta e sexta comigo, e terça, quinta e final de semanas alternados com ele.

Agora o Toni já possuía seu próprio apartamento, aquele que o detetive havia mencionado. Mas, segundo ele, *ainda* morava sozinho.

Durante a minha última sessão do ano na terapia, reclamei sobre o meu pedido de Réveillon não se consolidar.

— O que você pediu? — perguntou minha terapeuta.

— Pedi um novo amor — respondi.

— Tem certeza de que não apareceu nenhum? — instigou ela.

— Tenho... — em um tom reflexivo, continuei. — Quer dizer... Até que apareceram dois que mexeram comigo, você bem sabe: o advogado e o *bonitão*...

— Sim, eles apareceram. E você, o que fez?

"Por que terapeutas fazem tantas perguntas?", pensei antes de respondê-la.

— Nada. Eles não quiseram nada comigo... — emendei. — O advogado é casado, e não fico com nenhum homem casado. Além de ser contra meus princípios, não faria a mulher dele passar a dor que eu passei.

— E quem disse que ele está bem ou mal no casamento? Você nem deu a chance de ele se expressar — ela falou, parando um pouco com as suas perguntas. — Simplesmente o "bloqueou".

— Não *bloqueei*, não — interrompi. — Ele é meu advogado e não posso bloquear o seu contato.

— Está bem, não *bloqueou* dessa forma, mas ultimamente nem se abriu para ouvir ou saber o que ele desejaria.

— Bem que eu o *desejei* mesmo — falei, com uma pitada de vergonha.

— E o outro? — lá veio ela de volta com a suas perguntas.

— O João Eduardo, pelo jeito, é baladeiro, também não quis nada comigo. Vi pelas suas postagens que só queria baladas. Você sabe que não gosto de sair à noite *emperiquitada* para chamar a atenção dos homens. Sempre atraio os que não prestam.

— Você *imaginou* que ele só queria baladas, por acaso você não fugiu dele com vergonha por conta da história da música e do cachorro que postou?

Agora minhas bochechas coraram de vez, respondendo por mim.

— Você está certa, mas o fato é que eu não sei mais como me portar frente a um homem que me interessa, é muito desconhecido — reclamei. — Devo mesmo ser um desastre, nem o Toni quis me escolher... Daqui a pouco, chegará outro Réveillon e eu nem sei mais o que pedir.

— Que tal você começar agradecendo pelas oportunidades que te ofereceram? Sempre são aprendizagens, e no balanço anual você foi, *sim*, atendida — falou.

— *Fui e não fui*, né? De que adiantava me envolver se um é casado e o outro não deu certo?

— Não é *nesse tipo* de amor que quero chegar. O ponto principal dessa sessão é você reconhecer que, *sim*, seu desejo de Ano Novo mais uma vez foi atendido e vou explicar por quê. Você pediu um *novo amor*, não foi isso?

Consenti com a minha cabeça. Ajeitei a postura na poltrona para ouvi-la atentamente.

— Você chegou a explicitar seu desejo?

Fiz um gesto que não.

— Já tentou olhar por outros ângulos? Se lembrar dos cursos de autoconhecimento de que participou ao longo do ano, recordará sobre a flexibilidade, sobre o poder da observação, entre outras ferramentas para lidar com a situação que se apresentasse a você, como se lesse as *entrelinhas* — falou ela.

— Sim, me lembro de tudo isso, mas ainda não consigo ver por outro ângulo que não sejam essas únicas duas possibilidades que me apareceram: o casado e o bonitão — continuei batendo na mesma tecla.

— Que tal compreender que o novo amor que pediu e recebeu **foi você mesma**? — sorriu, satisfeita.

— Nossa! É verdade! — exclamei, espantada. — Esse amor eu nunca esperaria receber, você é mesmo mágica, percebe até o invisível! — elogiei.

— Obrigada pelo reconhecimento do meu trabalho, esse é o meu papel — agradeceu.

Ao me levantar da poltrona, no final da sessão, ela completou:

— Veja se nesse *Ano Novo*, você pede direito!!!

E... caímos juntas, na gargalhada.

Fui surpreendida ao saber pelas crianças que o Toni iria se casar com a Samanta. Ele mesmo não me disse nada, evitava falar sobre ela, como se ela não *existisse*.

Eles se casariam no civil, sem festa nem convidados, um pouco antes do Réveillon, que passariam em Paris. Me senti mal com essa notícia, comigo nunca fez uma viagem romântica, nem mesmo em nossa lua de mel. Confesso que senti ciúmes, inveja e, claro, raiva.

"Por que ele age diferente com ela? Será que ela recebe joias dele? Paris?" — buscava por respostas o tempo todo, montando um quebra-cabeça ilusório em meus pensamentos.

Não sei se ele fazia isso porque estava apaixonado (duvido disso) ou se para me irritar e me deixar mais vulnerável. Achei tudo muito esquisito; ele não me parecia feliz, os meninos concordavam comigo.

Resolvi perguntar para Dra. Beatriz se eles poderiam se casar sem antes nos divorciarmos, no meio da guerra litigiosa. Liguei e relatei o ocorrido.

— Sim — respondeu ela. — Ele pode se casar porque fará dois anos que ele saiu de sua casa, e aí já começa a contar. Provavelmente agirá para que ela não tenha direito a nada dele financeiramente. Se ela resolver provar que estão juntos durante esse período, ela terá direito a metade dos bens que ele receber. Não vejo esse casamento como união de duas pessoas que se amam, vejo sim como uma forma de proteção aos bens materiais do Antonio.

— Entendo... — respondi, com a voz fraca.

— E você? Como se sente? — perguntou ela, com ar preocupado.

— Irei trabalhar mais isso na terapia. Nem sei por qual sentimento estou passando. Obrigada, beijos — me despedi, querendo simplesmente sumir...

— Fique bem — disse ela. — Qualquer coisa, me ligue.

Tratei na terapeuta de compreender esse assunto e também outros que me impediam de me abrir para uma nova relação amorosa. Eu sentia que esse casamento seria proteção dos meus filhos.

— Sabe — falei para a terapeuta. — Sei que pode estar nos protegendo, mas essa mulher de burra não tem nada, logo arranjará algum filho. Vejo ela como uma víbora, porém me forço a respeitá-la por conta dos meus filhos.

— Nesse caso, o problema será deles, e não mais seu — disse ela.

— Sei que o problema não será mais meu, preciso aprender a viver a minha própria vida e seguir meu caminho. É muito difícil saber que o Toni está feliz com outra mulher enquanto eu permaneço estacionada e presa dentro de casa...

— Quem disse que ele está feliz? — indagou ela. — Isso é pura fantasia sua, você não está na pele dele para saber o que ele está sentindo, então comece a se desligar verdadeiramente dele, do passado e do sentimento de vítima, isso realmente paralisa alguém que queira se aproximar. Com o tempo você entenderá, e quem sabe um dia agradecerá ao Toni por tudo o que ele fez. Só assim você poderá evoluir como pessoa. Tudo tem seu tempo, e o seu também chegará.

Saí da terapia bastante pensativa. De qualquer forma, eu teria que me mexer para decidir onde passaria meu Ano Novo com as crianças, já que estávamos quase na data.

Anna e Júlio nos convidaram para irmos para a Ilhabela, mas para mim seria muito difícil passar o ano por lá. Eu não desejava um recomeço, e sim um novo começo, e aquele lugar só me trazia lembranças do Toni, começando por seu próprio primo. Então aceitamos o convite da Estela e do Ricardo para irmos a um hotel fazenda modelo, para famílias, a duas horas de casa. Segundo eles, lá eu poderia descansar e aproveitar todas as atividades enquanto as crianças teriam monitores e companhias para se distrair.

O Toni se casou e eu fiquei surpresa comigo mesma, enfrentei tudo isso bem melhor do que imaginei que enfrentaria.

Chegamos no hotel e a distração foi imediata: as crianças simplesmente sumiram e só apareciam de vez em quando. Aproveitei para caminhar na cachoeira que tinha no hotel, descansar na rede e conversar com meus amigos.

Festa Réveillon 2014/2015

— MARCOOOOO! Vem aqui, rápidooooo! — chamei, com minha voz exaltada, competindo com a música alta que tocava no salão.

Ele me olhou com uma *cara de interrogação* e eu prontamente o puxei pelo braço, levando-o para o lado de fora, próximo ao campinho de futebol, lugar predileto dele em qualquer lugar do mundo!

— Mãe??? — perguntou, intrigado. — Agora estou com meus amigos, o que você quer? Não estou entendendo nada, você quer jogar futebol?

— Não! Não é nada disso! — falei em um sussurro em seus ouvidos. — Te chamei para que tire uma foto, mas terá que ser habilidoso para que ninguém nos veja.

Meu filho concordou e, com a máquina do celular devidamente posicionada em suas mãos, me aguardou.

Ligeiramente agachei em um cantinho e peguei em minhas mãos... um sapo! Um sapo grande, com os olhos esbugalhados, que me fitava como se estivesse apaixonado, ou ... bem assustado! Trouxe-o para perto dos meus lábios, fingindo, é claro, que iria beijá-lo.

O Marco não perdeu tempo e, rindo bastante da cena, clicou a foto, que traduzia um dos meus maiores desejos para o ano que acabara de iniciar: que o sapo fosse encantado e se transformasse em meu lindo "Príncipe"!

Devolvi carinhosamente o sapo ao mesmo local em que o encontrei e retornamos às gargalhadas ao agito da festa. Nesse momento, veio ao nosso encontro a Elena.

— Onde vocês estavam? — perguntou. — Vi você tirando o Marco às pressas do salão e sumiram? — sua voz soou preocupada.

— Lelê, você não sabe o que a mamãe fez! — disse o Marco, sem ar de tanto gargalhar. — Ela beijou um sapo!

— Como assim, beijou um sapo? — sua voz estava completamente esganiçada.

— B-E-I-J-O-U — soletrou ele. — E eu ainda fotografei!

— MÃE. Me explica já essa história — disse ela, com sua testa franzida, sem a mínima paciência.

Não consegui parar de rir imaginando a cena: eu usando uma faixa cheia de lantejoulas brilhantes na testa, pulseiras de neon nos braços e óculos de plástico colorido, apetrechos que havíamos recebido de presente durante a festa. Tentava me expressar, mas ria cada vez mais ao olhar a Elena em minha frente, carregada com praticamente os mesmos acessórios, porém brava e impaciente. Abri a tela do celular e me restringi a dizer:

— Olha a foto! — ela arrancou o aparelho imediatamente das minhas mãos e observou a foto — Vou postar para que minhas amigas saibam que finalmente *eu beijei* alguém nesse Réveillon! — completei, e sua feição se fechou...

— Mãe, você não irá postar isso de jeito NENHUM — disse ela. — Vão te achar *maluca*! E você não tem só amigas mulheres nas suas redes sociais... Vai espantar todo mundo!

Ela é brava e mandona às vezes, porém muito sensata e verdadeira. Sua preocupação com a minha *imagem* é real. Ainda mais participando de tudo o que passamos com a minha separação. Então, concordei com ela em não postar nessas redes sociais, mas sim em meus grupos *fechados* de amigAs.

Segue a mensagem:

"Meninas, Feliz Ano Novo!!
O meu, pelo jeito, daqui a alguns minutos começará especial!
Vocês não vão acreditar, maaas...
... Eu beijei nesse Réveillon!!!"

Enviei a mensagem concomitantemente a vários grupos de que participo: "Amigas da Vida Toda", de minhas amigas da adolescência do intercâmbio, "Amigos da Vida Toda", esse são os de infância, e há um homem no grupo, o Nicola, mas esse não conta porque é frei! "Mulheres Superpoderosas", esse não precisa de grandes explicações, "Saudades da Panelinha", um grupo de mães queridas e amigas da antiga escola dos meus filhos, "Família", não poderia jamais deixar de incluí-los, para amigas que não participam de grupos, para minha terapeuta e até para a minha advogada... Pessoas que sei que vibram comigo a cada conquista.

Uns dois segundos depois, as respostas pipocaram no meu celular:

— *Verdade?* — uma perguntou.
— *Aêêêê!!! Como ele se chama?* — perguntou outra.
— *Está hospedado no mesmo hotel?* — Felicia, curiosa.
— *Finalmente!* —exclamou Ana Maria.
— *Esse ano promete! Que legal! Você merece!* — Lara também opinou.
— *Feliz Ano Novo!* — disse Katie, online.
...

Então resolvi dar mais uma cutucada nesses grupos, aproveitando que todos estavam conectados, desejando felicitações uns aos outros. Escrevi, deixando um segundo esta mensagem no ar:

"Sim! É verdade! Meu desejo é que ele se torne um lindo Príncipe Encantado!"
— *Uhúúúú!* — uma respondeu de imediato. — Já está apaixonada?

Até a Estela saiu correndo do salão de festas com seu celular nas mãos, provavelmente me procurando desesperada para conhecer o felizardo.

Então, antes de ela me encontrar, completei, aguçando a curiosidade de todos ao mesmo tempo!

"As crianças o conheceram e aprovaram.
A Elena ficou um pouco ressabiada, sabem como é, né?
A filha ver a mãe com outro após a separação...
Lucca e Carlo ainda não souberam,
Mas o Marco me surpreendeu, curtiu bastante.
Até fotos ele tirou de nós dois juntos...
Querem ver?
Peraí que vou mostrar!"

Me diverti muito com as expressões da Estela lendo as mensagens, ela parecia enlouquecida!

Após um curto espaço de tempo (suficiente para lerem a mensagem), compartilhei a foto.

Vi a Estela levando suas mãos em seu rosto em um gesto de "não acredito!". Nesse momento, seu olhar me encontrou e ela veio gargalhando em minha direção, enquanto as mensagens chegavam sem parar:

— *ECA!* — chegou a primeira resposta.
— *Só você!* — disse Lara.
— *Como assim?* — perguntou Felicia
— *KKKKKKKK* — sorriram as mensagens da Ana Maria, Katie e Nicola.
— *Alice, que nojo!* ...

— Lelê, você perdeu a aposta — falei, debochando.

— Que aposta? — perguntou ela. — Mãe, você está maluca mesmo! Eu não apostei nada com você.

— Mas eu apostei que elas iriam gostar da minha foto!

Tantas mensagens chegaram ao mesmo tempo com emojis de coraçõezinhos coloridos, mãos batendo palmas, beijos, sorrisos, carinhas de nojo, sapinhos... As reações foram as mais diversas, e precisei colocar o toque do meu celular no mudo para que o som não competisse com a música alta da festa.

— Você agora quase me matou do coração! — disse Estela.

— Foi uma brincadeira que não pude segurar — falei, sorrindo.

— Vamos voltar para o salão, o Ricardo não irá acreditar quando eu mostrar a foto para ele.

...E às 00:00h do início do meu novo ano, pedi:

DESEJO ENCONTRAR UM VERDADEIRO PRÍNCIPE ENCANTADO.

...Dessa vez, pedi direito!

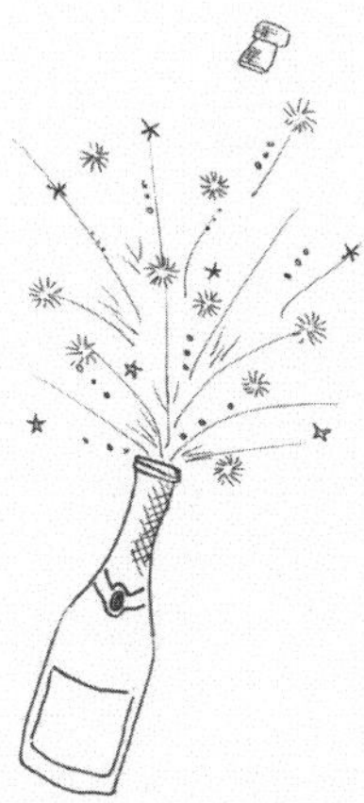

Janeiro de 2015

No primeiro dia do ano, escolhemos nos aventurar em um bote de *rafting*. Fomos todos, a minha família em um bote e a da Estela e do Ricardo em outro. O rio estava bem cheio por conta das chuvas de verão, e as corredeiras, intensas. As crianças ficaram eufóricas.

A princípio, o instrutor nos deu uma aula para sabermos como nos comportar. Em seguida, colocamos as nossas vestes, coletes salva-vidas e capacetes. Inventamos um grito de guerra para o nosso bote: "lá vamos nós!" e partimos para nossa aventura entre os berros de emoção, o *senta e levanta* a cada descida, fortes remadas na calmaria e, claro, o mergulho no rio para refrescar. Em pleno caminho, comecei a contemplar a força da água e a comparar a minha vida com o fluxo do rio.

As águas descem o curso do rio, ultrapassam os obstáculos em uma dança leve e fluida, contornando-os. Há flexibilidade, sem perder a sua força e a sua beleza. Os animais se banham, se refrescam e bebem de sua água. Há profundidade e também locais rasos. Plantas, flores e vastas vegetações crescem ao seu redor, e o rio também umedece as suas raízes. A corrente de água leva embora troncos velhos e folhas secas, o que não lhe serve mais, em um ciclo contínuo de renascimentos.

O rio traz a alegria da vida, oferece sustento a todos sem distinção. Quando há um encontro com um outro rio, com as águas de diferentes nascentes, há uma mistura entre as águas se tornando uma só, seguindo juntas o mesmo destino, desaguando na maioria das vezes na vasta imensidão do mar.

“Eu desejo nesse ano ter mais flexibilidade, escolher superar os desafios e as pedras em meu caminho sem desviar meu rumo, que leve embora as minhas angústias e preocupações, desejo também um companheiro, um príncipe que me encante assim como as águas do rio misturadas, seguindo comigo em uma única jornada: a do amor.” Nesse momento contemplativo, uma semente da flor dente de leão, esvoaçante com o vento, planava sobre as águas reluzentes com o brilho do sol. Senti como se recebesse um sinal divino acalentando os batimentos do meu coração.

Meus pensamentos foram repentinamente interrompidos com um jato de água em meu rosto jogado propositadamente pelo bote dos nossos amigos, que nos alcançaram na última corredeira. Ao retornar à realidade, aproveitei a calmaria da correnteza, fiquei em pé e gritei para todos ouvirem: “Lá vamos nóóóóóóóssss!”. Bati meu remo inclinadamente na água, direcionando-o de forma certeira no bote oponente, esguichando diretamente no alvo. As crianças também se levantaram e, entre gargalhadas, declaramos uma *divertida guerra* de água entre os botes.

Ao voltarmos para casa, o Toni também havia chegado de Paris e trouxera um monte de lembranças querendo agradar as crianças: Torre Eiffel de decoração para a Lelê, aviãozinho de coleção para o Lucca, camisa de time de futebol para o Carlo e uma bola também de futebol para o Marco. O Toni raramente trazia presentes para eles em suas viagens, sempre fui eu quem se ocupava dessa função. Fico só imaginando quem dessa vez, assumiu o *meu lugar...*

A Elena não aceitou receber seu presente, ela se mantinha firme em não se misturar com a *nova escolha* afetiva de seu pai, mesmo sendo o sonho dela, ao completar 15 anos, poder conhecer Paris. Os meninos adoraram o que receberam, trouxeram para casa suas sacolas, animados.

Não sei bem o que deu em mim, mas ao ver tudo aquilo senti uma raiva misturada com ciúmes e inveja subir pelo meu corpo e explodir em uma atitude que nunca havia tomado antes. Na porta de casa, ordenei rispidamente aos meninos:

— Deixem essas sacolas lá fora, não quero essas coisas aqui dentro.

A minha vontade seria de jogar tudo na lata de lixo, mas me contive por respeito às crianças.

— Só não jogo tudo no lixo porque sei que vocês gostaram, mas amanhã vocês levam de volta para o apartamento do seu pai e brincam por lá — falei.

— Tá bom, mãe — falou Marco, obedecendo à minha ordem. — Já entendi.

Conversei por vídeo com Katie, Felicia e Maria Ignês, nosso primeiro encontro virtual do ano. Começamos com elas se divertindo a respeito da brincadeira que eu havia feito no Réveillon sobre o sapo.

— Alice, só você mesmo para fazer algo assim! — falou Maria Ignês, terminando seu delicioso almoço português.

— Não pude perder a oportunidade de beijar alguém! — brinquei.

A Katie, empolgada, contou sobre seu novo relacionamento com um amigo de infância. Ela aparentava estar bem diferente da última vez que falamos. Como mantive segredo sobre a nossa conversa, fingi que nada sabia sobre o Mark.

— Estou sem remédio! — falou ela, animada. — Aliás, o meu novo remédio se chama Thomas.

— Como é que é? — perguntou Felicia, sem compreender o que estaria acontecendo com a Katie.

— Estive em Toronto para o Réveillon, reencontrei meu amigo Thomas, ele está um homem tão lindo, maduro! —suspirou. — Nosso encontro foi tão quente que quase que esqueci de me agasalhar quando saí da casa dele. O frio intenso do Canadá não me incomodou absolutamente nada nessa viagem!

— Mas e o Mark, não estava arrependido? — perguntei me fazendo de boba, como se eu não soubesse tudo o que ele estava aprontando.

— Já disse que ele dançou. Não se conserta vaso quando ele se quebra. Ele pode até parar de pé, mas sempre haverá a rachadura. Prefiro trocar o vaso — falou ela, decidida.

— E as crianças? — Maria Ignês perguntou. — Elas entenderam a sua decisão?

— As crianças ainda não sabem que encontrei meu novo amor. Como iremos voltar na Páscoa para o Canadá, quero primeiro sentir se a minha nova relação será tão verdadeira quanto parece. Enquanto isso, deixarei o Mark de molho, sofrendo um pouquinho do que ele me fez sofrer — disse, ainda com raiva em sua fala.

— Está sério assim? — Maria Ignês perguntou, alarmada.

— Olha, a nossa conexão foi imediata, ele tem duas filhas pequenas e vocês sabem como adoro crianças, né? Estou louca para conhecê-las — Katie falou.

A Felicia estava muito quieta, acredito que o Juan já deve saber que o Mark engravidou a moça. Tentei não me intrometer, porque essa história é da Katie.

— E você, Alice? Tirando a parte do beijo no sapo, como foi seu Réveillon? Com que cor escolheu passar? — perguntou a Katie em tom irônico, mudando de assunto.

— Foi bom — disse, sem muito entusiasmo. — Passei de branco mesmo... Nada de inventar moda, branco já é mais do que meu conhecido.

— Passou de branco ou em branco? — Felicia surgiu das cinzas com um certo sarcasmo.

Sorrimos e contei a elas sobre a minha situação e sentimentos sobre a minha relação com o Toni. Confesso que senti uma pontada de inveja da Katie, eu estava muito feliz por ela, que estava radiante, mas eu me sentia como vivendo um luto, e não um novo amor.

Maria Ignês nos contou que a Joana, após muito tempo e longas sessões de terapia, resolveu assumir o relacionamento delas para a família, que a princípio não aceitou nada bem, mas que agora começou a se reaproximar dela porque a sua mãe estava muito doente. Como sinto saudades dessas minhas amigas.

Meses se passaram e a guerra entre eu e o Toni continuava. Infelizmente não a de águas, como fizemos divertidamente no *rafting* no primeiro dia do ano, mas entre nossos advogados. Por todos os lados em que eu buscasse por justiça, perdíamos. Me senti cercada de pessoas poderosas, aproveitadoras e mal intencionadas. A cada passo que caminhávamos do processo, regredíamos dois, recomeçando do marco zero. As minhas orações se intensificaram bastante, acreditando que a justiça divina não falharia. Eu não compreendia como a justiça entre os homens podia ser tão suja e injusta. E o pior é que eu sabia que na Itália não seria diferente. Tive vontade de acabar logo com tudo isso antes que a reserva de dinheiro que eu tinha também terminasse.

Fui extremamente ingênua por toda a minha vida, e agora colho os frutos e as consequências da minha burrice da forma mais árdua e dolorida. Acho que nunca me perdoaria por não ter sido mais esperta a ponto de confiar em minhas intuições e sensações. Confiei no outro e nunca em mim mesma, e agora meus advogados se tornaram malabaristas de um espetáculo improvisado.

Cansei.

Precisava voltar à Itália para resolver a situação do meu divórcio por lá. Só de pensar em precisar falar com o Dr. Giovanni pessoalmente faz subir um arrepio repentinamente por dentro do meu corpo. Do jeito que as coisas estavam indo por aqui, eu não saberia muito como me segurar quando o encontrasse. O único pensamento que me fazia tirá-lo da minha cabeça instantaneamente era: “Ele é casado”.

O Toni foi deixar as crianças em casa e eu o encontrei na garagem para comunicar a minha viagem.

— Tudo bem? — perguntei. — Queria te falar que semana que vem terei que ir para o nosso apartamento em Roma para falar com o meu advogado sobre o andamento do nosso divórcio.

Com um olhar pensativo que não consegui identificar se ele inventou na hora ou se realmente já havia programado, falou:

— Não vai, não.

— Por que não vou? — perguntei, intrigada.

— Não vai porque eu estou indo pelo mesmo motivo na semana que vem — falou ele.

—Vou sim, o apartamento também é meu e eu te comuniquei antes de você que eu irei. Escolha outra data para comprar a passagem — eu disse, já bem irritada.

— O apartamento é meu e eu vou com a Samanta — falou, enfaticamente.

— O QUÊ??? — meu rosto vermelho refletia a raiva e a indignação que eu sentia. — Em primeiro lugar, a italiana aqui SOU EU, só pra você se lembrar, não estamos oficialmente separados. Em segundo lugar — apontava meus dedos para o seu rosto — o apartamento é nosso, e não é pra ninguém levar nenhum namorado nem meu nem seu dentro de casa enquanto não definirmos o que fazer. Eu disse que vou primeiro! Todas as minhas coisas estão lá dentro, e não quero nenhuma das suas amantes remexendo no que é meu.

Tive vontade de pular no pescoço dele para esganá-lo. Ele simplesmente ligou o carro, deu marcha a ré e falou, fechando o vidro:

— Isso é o que vamos ver.

Senti em sua voz uma raiva misturada com angústia, mas a minha raiva estava mil vezes pior. Liguei para a Dra. Beatriz e contei o ocorrido. Ela me acalmou dizendo que eu estava certa e que o apartamento ainda era de nós dois. Se a lei italiana fosse igual à brasileira eu nem teria com que me preocupar. Porém, dois dias antes de eu viajar, o Toni apareceu em casa com um documento oficializando que eu estaria proibida de entrar no meu apartamento no período em que ele estivesse por lá. O pior foi ver a cara dele de satisfação ao me dizer:

— Eu te disse, comigo não tem conversa. Eu mando no que é meu.

Tirei uma foto do documento e, com as mãos trêmulas, corri até meu quarto para enviar para minha advogada. A Dra. Beatriz me telefonou em seguida, indignada, e disse:

— Alice, o Toni deve ter comprado o juiz, porque conseguiu esse documento muito rápido, nunca vi isso antes.

— Pois é — concordei. — Também acho. Ele consegue tudo o que quer, eu não entendo essa justiça brasileira, que é mais *injustiça*. Mas esse documento vale?

— Infelizmente é oficial e não teríamos tempo hábil para recorrer antes da sua viagem. Acho melhor você trocar a sua passagem e não entrar em confusão, pelo jeito é bem isso que ele quer.

Voltei para a sala e ele continuou:

— Mostrou a foto para a sua quadrilha? — referiu-se aos meus advogados.

— Quem tem quadrilha é bandido — isso aprendi com a Elena quando a escola ensinou sobre coletivo. — Mais respeito comigo — disse, completamente irritada.

Dessa vez eu o expulsei de casa e também o proibi de entrar em meu condomínio. A partir de hoje, ele buscaria as crianças no portão da rua.

Pensei em pedir para minha mãe tirar algumas coisas do meu apartamento, mas mudei de ideia quando imaginei o escândalo que seria ela saber que a Samanta estaria por lá. Por um ímpeto de compaixão, cancelei meu pensamento. Acho que Roma inteira iria correr atrás dos dois.

Deixei a minha passagem em aberto, enquanto coloquei a Dra. Beatriz em contato direto com meu advogado da Itália; caso ela precisasse, eu iria viajar. Dessa forma, evitaríamos trocas de mensagens desnecessárias —sei que, com a carência afetiva que eu estava sentindo, eu cairia certamente em suas mãos...

Tentei não pensar no Toni durante a semana de sua viagem. Precisei intensificar as minhas sessões de terapia e pela primeira vez encarar o luto que eu estava vivendo. Voltar com o Toni estava cada dia mais distante.

Aproveitei o final de semana, que seria aniversário do Marco. Ele decidiu, como presente, comemorar naquele mesmo hotel fazenda em que passamos o Réveillon. Após cortarmos um bolo com os amiguinhos da escola, fomos só nós cinco. Enquanto eles se divertiriam com os monitores, eu iria aproveitar para descansar. Esses últimos dias me fechei como uma concha até mesmo para minhas amigas. Não tive coragem de contar o que estava acontecendo comigo.

Após o jantar do hotel, fui encontrar as crianças no espaço de show dos monitores, eles prometeram cantar parabéns para o Marco lá mesmo.

Esse lugar é o mesmo local onde aconteceu a nossa festa de Réveillon. Passei pelo campinho de futebol para chamá-lo; ele estava terminando uma partida, vários pais estavam aguardando o final do jogo e torcendo para os seus filhos. Vi de relance um homem charmoso que me olhava de canto de olho. Em suas mãos, nada de aliança. Me animei. Pela primeira vez parecia que encontrei alguém *solteiro* no meio de tantas famílias. Comecei a jogar um pouco de charme, mexendo em meus cabelos e disfarçando olhares. Ele deve ter percebido e se aproximou de mim, puxando assunto:

— Seu filho está em qual time? — perguntou, olhando para o campo.

Ainda bem que o local estava um pouco escuro, pois assim ele não veria as minhas bochechas coradas, que entregavam a minha sensação.

— É aquele ali, correndo que nem um coelho saltitante do time azul — falei, sorrindo um pouco envergonhada. — E o seu?

— É o que está ao lado do seu tentando marcá-lo — disse ele. — É o meu sobrinho.

— Que fofos, né? — falei. — Hoje iremos comemorar o aniversário do meu filho com os monitores cantando parabéns durante o show para os hóspedes.

— Que legal, iremos participar da festa, então! — falou, animado. — É a primeira vez que venho aqui. Também estamos comemorando o aniversário de 70 anos do meu pai. Viemos para cá porque disseram que esse hotel tem programação para todas as idades. Como minha família é grande, e minha irmã costuma frequentar aqui com meus sobrinhos, escolhemos vir.

— Uma ótima ideia! — exclamei. — Estive aqui durante o Réveillon e meus filhos amaram tanto que decidimos voltar.

O juiz terminou a partida e o time do Marco acabou perdendo de 1 x 0. Mas ele estava contente, sabia o que o esperava agora. Fomos então, juntos, para encontrar seus irmãos, que já estavam próximos ao palco com um bolo na mão. No caminho, o Marco lembrou do episódio do beijo do sapo e, com a sua língua solta, contou para seu amiguinho (que, por sinal, era o próprio sobrinho do cara que eu havia acabado de conhecer):

— Você sabia que a minha mãe beijou um sapo?

— Eca! — falou o garoto olhando para mim.

— Não beijei não, só fingi que beijei — falei, sorrindo.

O cara ouviu tudo, mas não disse absolutamente nada, ficou quietinho só rindo imaginando a cena, com certeza.

Chegamos e os monitores, assim que viram o Marco, começaram a cantar parabéns em coro com todos os hóspedes que estavam presentes. Ele se divertiu muito e, bagunceiro como ele, entrou na farra! Distribuiu fatias de bolo para todos!

— Que divertido isso! — falou o cara. — Ah, prazer, meu nome é Gustavo.

Sorri para ele e, no meio da música alta, falei:

— E o meu é Alice.

A família do Gustavo se despediu dele assim que o show acabou, e meus filhos seguiram com os monitores para a atividades noturnas de terror.

Senti muita afinidade com o Gustavo e acabei comentando com ele que eu estava me divorciando. Ele me disse que havia se divorciado há dois anos e que não tinha filhos. Ele adorava crianças, mas sua ex-esposa decidiu não tê-los, e isso ajudou a dar força para eles se divorciarem. Ele me pareceu ser um homem bem de família, carinhoso com seus pais e um tiozão para seus sobrinhos. Conversamos juntos até a madrugada. A coincidência maior foi saber que ele também morava em Campinas, em um bairro relativamente próximo ao meu.

Quando resolvemos voltar para nossos quartos do hotel, a longa caminhada nos ajudou a passarmos mais um tempinho juntos. Ele me acompanhou até a porta do meu quarto e me abraçou profundamente. Meu coração disparou e ele certamente sentiu, de tão grudados que estávamos. "Agora vai", pensei, esperando um beijo.

O Gustavo olhou em meus olhos, acariciou meus cabelos e me beijou... na bochecha!

Ele se despediu e seguiu em direção ao seu quarto. Não pude acreditar, meus olhos já estavam fechados e meus lábios preparados! Disfarcei e entrei em frangalhos no meu quarto.

Me senti a pior pessoa do mundo: descartada, um lixo, incapaz de conquistar alguém. Me tranquei no banheiro para que as crianças não me vissem e chorei. Chorei por me sentir iludida e idiota.

No dia seguinte, nós nos encontramos sem querer na piscina do hotel. Ele veio me cumprimentar animado, mas eu acabei o deixando no gelo.

Fui fria e não escondi a minha decepção. No final da tarde, que seria o momento de irmos embora, o Gustavo apareceu correndo na recepção. Enquanto eu acertava a nossa saída, se despediu de mim e me entregou um papel rasgado com o número de seu telefone, dizendo em meu ouvido:

— Me liga quando quiser, vamos continuar a nossa conversa de ontem.

Peguei o papel em minhas mãos e sorri. Ele sorriu de volta, um sorriso maroto e muito fofo. Claro que me derreti instantaneamente, sorri para a vida, pois a esperança que eu havia perdido voltou com toda a força. Guardei o papelzinho na capinha do meu celular para não perder de forma alguma.

Na estrada de volta para casa, me dei conta de que exatamente o local onde beijei o sapo foi onde conheci o Gustavo... "Será que ele é o meu príncipe encantado?", viajei, esperançosa.

Chegou o dia do aniversário de 40 anos do Toni. A Lelê ainda não se permitia conhecer a tal da Samanta. Por algumas vezes, a família do Antonio tentou provocar uma coincidência para eles se encontrarem, mas falharam em todas as tentativas.

Em uma ocasião estávamos, eu e a Elena, no carro. Eu estava levando ela para sua sessão de terapia quando, coincidentemente (esse sim foi espontâneo), o carro do Toni, que estava acompanhado da Samanta, emparelhou com o nosso no semáforo. Olhei para o lado e vi os dois já nos observando. Dei um tchauzinho e falei para a Lelê com meus dentes cerrados, como se estivesse sorrindo sem mexer os lábios:

— Seu pai está aqui no carro ao lado com a...

Nem terminei a frase: minha filha mergulhou para baixo do console na velocidade da luz. Não se moveu enquanto o sinal não abriu. Nessa ocasião pude perceber o verdadeiro pânico que ela sentia. Sorte que já estávamos a caminho de sua terapia.

Em uma nova tentativa de aproximação das duas, inventaram agora uma festa surpresa na casa da Ângela, minha cunhada, em comemoração aos

40 anos. Chegaram a envolver a Lelê nos preparativos. Apesar de saber que o Toni odeia festa surpresa, percebi que de surpresa para ele não havia nada. Permiti e até incentivei a Lelê a participar. Ela ligou para a tia para se certificar:

— Tia, ela não vai, né? Porque se ela for, eu não vou.

Provavelmente a minha cunhada, ou melhor, ex-cunhada, respondeu algo que agradou à minha filha, porque ela abriu um sorriso e falou:

— Tá bom, vou ajudar vocês a preparar a festa para meu pai.

Elena desligou animada, me contando que a tia Ângela havia prometido a ela que a Samanta não iria à festa.

No dia do aniversário, um pouco antes do horário do jantar, a Lelê e os meninos já estavam prontos, aguardando ansiosos pela surpresa que fariam para o pai. Eu estava de saída para minha terapia e me despedi das crianças. O Toni iria buscá-los para jantarem na casa de sua irmã (a surpresa seria não só a família toda estar reunida, incluindo primos e amigos mais próximos do Toni, mas principalmente a decoração que as crianças fizeram com muito carinho).

Voltei da terapia e encontrei a Elena de pijama sentada no sofá da sala, aos prantos, em um choro doído, que deveria estar entalado há muito tempo.

— O que foi que aconteceu? — larguei minha bolsa no chão e corri ao seu encontro. — Onde estão os meninos? — perguntei, preocupada.

Com dificuldade em responder por tamanha dor que sentia, suas palavras saíram como fiapos entre os soluços intensos de seu choro. Nunca em minha vida vi minha filha assim, mesmo quando aos cinco anos de idade ela quebrou sua perna saltando na cama elástica em uma festa de criança.

—...Foram...festa...

— Entendi, eles estão na festa. E você, por que não está com eles? — perguntei, abraçando-a fortemente. Lembrei do estado em que a minha mãe me encontrou no início da minha separação. — Respira fundo e tente se acalmar para que eu entenda como poderei te ajudar.

Busquei um copo d'água e, por alguns segundos, ela se acalmou suficientemente para falar:

— Eles preferem mais ela do que eu... O papai veio aqui e ele já sabia da festa, que não era mais surpresa. Falou bravo comigo que ela iria, sim —respirou um pouco, puxando o fôlego, e continuou. — Então eu disse que eu não iria e ele não ligou, disse só que "você quem sabe". Eu não fui.

Ao ouvir essas palavras, uma onda de raiva e tristeza subiu em mim. “Como pode um cara de 40 anos não ter sensibilidade para respeitar as dores de sua filha? Nem mesmo a família cumpriu a promessa que fizeram a ela”, pensei. A impressão que eu tinha era a de que eles estavam me punindo usando a fraqueza da nossa filha. Por um forte impulso, aquela força *misteriosa* me reergueu e me colocou de volta em meu eixo. Segurei as mãos da Lelê e falei:

— Filha, vai se arrumar de volta, você irá, sim, na festa do seu pai.

A Elena começou a se debater em desespero, dizendo:

— Não vou não! Eles não gostam de mim.

— Você não estará sozinha — falei, com a minha voz calma e serena, como se eu tivesse tomado o mesmo remédio da Katie. — Eu irei junto com você.

Nesse momento, ela paralisou em choque, não acreditando no que eu havia acabado de dizer. Continuei olhando dentro dos seus olhos e disse:

— Olha bem pra mim, eu prometo que não te deixarei sozinha. Você precisa enfrentar esse monstro que está aí dentro, assim como eu também o enfrentei. Depois você verá que ela não tem nada demais e esse monstro virará poeira. Vamos, vai se vestir.

Ela se segurou no braço do sofá e disse, amedrontada:

— Não, mãe, eu não quero ir. Todos eles irão ficar me olhando.

— Se essa for a sua preocupação, pode ficar sossegada, com certeza será para mim que todos irão olhar — falei, levantando-a novamente do sofá. — Vai se arrumar, precisamos acabar com essa história.

Finalmente convenci Elena a se vestir. Enquanto ela estava em seu quarto, uma ficha caiu para mim: eu enfrentaria um dos meus maiores medos, o de estar sendo o centro das atenções no ambiente familiar do Toni, vendo a tal Samanta ocupar o meu lugar. Ver a minha filha no estado em que a encontrei me deu força para enfrentá-lo. Elena estaria em primeiro lugar: meu medo virou um grão de areia perto do amor que eu sinto por ela. Aliás, não estaríamos sozinhas, sei que Deus não nos abandonaria em uma hora como essa.

A Lelê apareceu na sala com uma roupa toda desleixada, totalmente oposta à que vestiu para ir à festa. Não a questionei, ela devia estar confortável e, enfim, trocou o pijama. Provavelmente escolheu esse modelo como forma de protesto.

Peguei em suas mãos e falei, levando-a até o altar que se localizava na entrada do meu quarto:

— Venha, vamos juntas nos proteger!

Ela sorriu sem graça, mas achou divertido colocar os cristais de cura, amor e proteção em nossos bolsos.

— Pronto — falei. — Estamos com muita munição, armadas e protegidas com boas energias e amor em nosso coração. Sabe, Lelê, meu amor por você ultrapassa qualquer barreira. Fica tranquila que eu não irei brigar com ninguém, essa não é minha intenção hoje. Estarei ao seu lado para te libertar, vamos enfrentar juntas esse monstro que mora bem aqui — cutuquei sua testa entre o seus olhos, como se indicasse o local da imaginação.

Entrelaçamos as nossas mãos e entre elas deixamos uma pedra linda que me acompanhava todos os dias, a que escolhi para ser o meu amuleto da sorte.

Ao chegarmos no condomínio da minha cunhada, o porteiro nos reconheceu e abriu a porta para nós duas, todo sorridente. Elena continuava a chorar. Internamente recordei de quando me vesti de vendedora da loja de joias; hoje eu estava vestida de *mim mesma*, jeans, camiseta e tênis. Eu não estaria lá pra impressionar ninguém, mesmo porque nem havia me programado e tudo estava acontecendo no improviso.

Tocamos a campainha e a funcionária abriu a porta. Quando me viu, arregalou os olhos.

— Boa noite, dona Alice — disse ela.

— Boa noite, Edite, por favor você poderia chamar o Toni e avisá-lo de que a Elena chegou na festa do pai dela? — pedi.

— Sim, senhora — ela respondeu.

Mas nem deu tempo de ela retornar: a Lelê voltou a soluçar de medo, tentando me puxar de volta ao carro, mas de repente a porta se abriu inteira e não havia mais como fugir daquela situação. A imagem que vi foi a de todos os convidados esperarem a chegada da Lelê, com seus olhos espantados quando viram a maior surpresa: eu também estar lá dentro.

Entrei anunciando a todos, com a Lelê aos prantos, agarrada em minha cintura.

— Boa noite — disse, caminhando para dentro da casa arrastando a Elena. — Vim trazer a minha filha para a festa de 40 anos do pai dela e mostrar que ela é importante para essa família — respirei fundo e continuei — e desfazer alguns mal-entendidos.

Meu coração batia tão acelerado que não sei como me mantive em pé. Ninguém falou uma só palavra, por um segundo tudo pareceu estar em câmera lenta. O olhar espantado dos meninos, sem acreditar na cena que se passava naquele instante.

De repente, meus sobrinhos me viram e correram para me abraçar, anunciando para todos a minha presença:

— Ebaaa! A tia Alice veio!

Fiquei um bom tempo naquele abraço, recebendo a força necessária para me levantar e enfrentar o meu maior medo. Esperei os batimentos cardíacos diminuírem a velocidade e cumprimentei todos os convidados, inclusive a tal Samanta. Dei parabéns ao Toni, que me agradeceu profundamente por eu estar lá. A Anna se aproximou emocionada, sussurrou no meu ouvido: “você é muito corajosa”. Foi só naquele momento que percebi que a Elena não estava mais grudada em mim.

— Onde está a Lelê? — perguntei.

O Marco correu ao meu encontro, dizendo:

— Está lá no quarto da titia com o vovô, a vovó e com os meninos.

Me virei e fui em direção ao quarto da minha cunhada. Lá encontrei a Lelê chorando demais, se segurando na cadeira para não ir até a sala. Cumprimentei educadamente meus sogros, que só faltavam me reverenciar com tanto agradecimento. Olhei bem para os olhos deles e disse:

— Vocês estão vendo quem é que faz alienação parental? — ironizei, e sem dar margem para conversa olhei para a Lelê, que chorava sem controle. Dei as minhas mãos para ela, agarrada com a pedra da sorte, e falei:

— Elena chegou a hora, você quer ir sozinha? — me referi ao encontro com a Samanta. — Quer ir com seu pai ou comigo?

Ela me agarrou ainda com mais força e respondeu:

— Com você.

Fomos até a sala e a Lelê começou a cumprimentar os convidados sem desgrudar das minhas mãos. Recebeu abraços afetuosos e palavras de incentivo de todos, que, emocionados com a postura dela, nos respeitaram. Até que chegou na “fulana”. Elena olhou para o chão enquanto eu disse:

— Elena, essa é a Samanta. Samanta, essa aqui é a minha filha, Elena.

A Samanta se abaixou na altura da Lelê, sem saber bem como reagir e até que se saiu bem, falando:

— Oi, Elena, sempre quis te conhecer.

Elena não disse uma só palavra, só chorou. Mas também não desviou do beijo e até arriscou a levantar o seu olhar, que logo voltou-se novamente para o chão. Minha cunhada, para quebrar o gelo daquela situação nos convidou:

— Vocês querem comer alguma coisa?

Nesse momento relaxei e, sorrindo, respondi:

— Aceito, sim — disse, olhando para a maravilhosa mesa decorada pelas crianças. A casa da Ângela é maravilhosamente impecável, como se tivesse saído de dentro de uma revista de arquitetura. — Você quer algo, Lelê? - perguntei.

— Não, mãe — me reprimiu ela. — Vamos embora.

— A Lelê não quer, então iremos voltar para casa — falei para a minha cunhada.

— Levem pelo menos alguns doces — insistiu ela. — Edite, você pode fazer um pratinho de doces para a Alice levar para casa?

— Sim, senhora — a Edite respondeu na porta da cozinha.

Até a funcionária parece ter sido retirada de uma cena de novela. Rapidinho, ela apareceu e me entregou vários docinhos em um pratinho com tampa.

— Obrigada — agradeci. — Será bom adoçarmos um pouco, a vida não é mesmo?

Passamos pela sala dando um tchau geral a todos e saímos. O Toni nos acompanhou até o carro. No caminho de volta para casa, respirei profundamente e disse:

— Está vendo, Elena, que não estamos sozinhas? Agora vamos agradecer a Deus por tudo o que ele fez por nós. Quando estamos alinhadas com o Amor Dele, tudo se torna possível.

— É, mãe, você tinha razão, o monstro virou poeira. Ela não é nada, é bem sem graça para falar a verdade —sorrimos e seguimos para a nossa casa para retirar as nossas armaduras de proteção e dormir em paz.

Com o tempo, a Lelê foi se soltando e passou a encontrar a Samanta esporadicamente, até viagem de final de semana fizeram juntas. Os meninos não me contavam o que acontecia do lado de lá e eu também não procurava saber, para não me envolver emocionalmente.

Até liberei o Toni para voltar a buscar as crianças em casa e não mais no portão do condomínio. Confesso que me acostumei a ficar sozinha em casa duas vezes na semana e finais de semanas alternados, e foi em um desses dias que tomei a decisão de escrever uma mensagem para o Gustavo.

— *Oi, tudo bem? É a Alice* — enviei.

Não demorou muito para vir a resposta:

— *Oi, que bom que você me chamou. Como você está?*

—*Bem, e você?* — respondi, um pouco sem graça, mas gostando do início da nossa conversa.

— *Posso te ligar mais tarde, agora que tenho seu contato?*

— *Claro* — respondi, me reprimindo ao mesmo tempo: "Alice, ele deve estar trabalhando".

— *Combinado. Beijos.*

Passei o resto do dia contando os minutos para a noite chegar e, assim que anoiteceu, nada de ele ligar... Quando fui para a cama, ouvi meu telefone tocar. Não sei se existe algum protocolo para me fazer de difícil, mas atendi a chamada antes de dar o segundo toque.

Conversamos por quase vinte minutos. Ele me fez perguntas sobre o meu cotidiano e sobre o meu divórcio, se já havíamos assinado. Falei para ele que não, pois entramos em litígio e os advogados *estavam se pegando*. Ele me disse que eu era uma pessoa muito especial, e que não poderia "brincar comigo", enquanto isso eu me derretia de alegria, acho que nunca ouvi elogio assim de ninguém.

Continuamos a trocar mensagens e a falar por telefone por mais de um mês, mas nada de ele me convidar para sair. Até que criei coragem e perguntei se iríamos nos encontrar algum dia. A minha surpresa foi ele dizer:

— Calma, já disse que não brinco com você. Você me avisa assim que assinar seu divórcio?

Fiquei sem entender, até que percebi, conversando com a Estela, que ele só me convidaria para sair quando eu realmente estivesse *livre*.

A minha situação com o Gustavo me deu força para resolver essa pendência da minha vida. Brigar com o Toni não levaria a nada, ele já se mostrou mais forte e preparado do que eu, meus advogados nada conseguiram além da pensão das crianças e a minha, portanto resolvi marcar uma conversa com o Antonio, aproveitando que a nossa relação estava mais amigável, e propor um acordo. Talvez fosse por isso que a minha vida, assim como eu, estava tão presa, amarrada e sem graça.

— Podemos almoçar hoje? — perguntei.

— Sobre o que você quer falar? — ele quis saber.

— Prefiro dizer pessoalmente — falei.

— Não posso almoçar, mas quando eu passar para pegar as crianças você fala — disse ele.

— Está bem — concordei. — Até mais tarde.

Quando o Toni chegou, pedi para ele entrar e fomos até seu antigo escritório conversar. Propus para ele o acordo e disse que ainda não havia falado com meus advogados sobre essa minha decisão. Ele aceitou, com a condição de que o acordo seria exatamente igual ao que ele havia proposto no início do nosso processo de separação e que eu não assinei.

Respondi que teria que ter algumas melhoras, mas que eu aceitaria. O que eu não desejava mais era brigar.

— Acabou seu dinheiro para alimentar a sua quadrilha, não é? — ele disse, de forma grosseira, para mim. Tentei não me envolver em sua armadilha e respondi serenamente, com todos os meus aprendizados dos cursos de autoconhecimento:

— Sabe, brigar não levará a nada. Assim será melhor para todos nós.

— Vou te enviar até amanhã uma nova proposta de acordo e espero que dessa vez você realmente assine.

Não demoramos nem cinco minutos; ele se despediu e saiu com as crianças.

Recebi a nova proposta logo de manhã e encaminhei para a Dra. Beatriz. Contei a ela sobre a minha decisão do acordo e pedi para que comunicasse o Dr. Augusto. Ela analisou detalhadamente a proposta, que já estava bem melhor do que a primeira, e conseguiu com o advogado do Toni que ele cedesse algumas regalias para me manter pelos dois anos seguintes.

O Dr. Augusto não gostou nem um pouco da minha decisão, mas precisou respeitar, afinal eu era a cliente e ele levaria a porcentagem dele combinada.

Me senti mais leve e até mesmo mais feliz. A esperança de sair com Gustavo havia voltado com força total. A assinatura do acordo foi marcada para o mês após a nossa conversa, quase na época do Natal.

Fomos assinar o acordo no fórum, onde havia rumores de que tínhamos nos tornado celebridades. Estavam presentes somente nós dois, com a Dra. Beatriz fazendo o *meio de campo*. O atendente nos olhou, dizendo:

— Pensei que vocês fossem mais velhos.

— Imagino mesmo — respondi, sorrindo.

— E vocês se dão bem? — perguntou outra atendente. — Não estão em uma briga horrorosa?

Imagino o quanto eles fofocaram sobre nós.

— Pois é — respondi, já que o Toni não abriu a boca. — Quem brigava eram os nossos advogados, da nossa parte tudo acabaria em *pizza*, agora o show acabou.

Assinamos o acordo e saímos. O Toni, no estacionamento do fórum, me abraçou com força e muita emoção, como se estivesse me pedindo perdão. Foi assim a minha primeira sensação de libertação.

Meu acordo da Itália poderia ser assinado à distância. Quando eu voltasse para lá para visitar meus pais, teria que buscar os documentos originais pessoalmente no escritório do Dr. Giovanni.

Esperei até a noite para ligar para o Gustavo, eu não me aguentava de felicidade.

— Oi, Gustavo, tudo bem? — perguntei, empolgada. — Tenho uma novidade pra te contar.

— Oi, Alice, tudo bem. E você? Estou saindo do trabalho, mas posso falar — respondeu.

— Então, finalmente assinei o meu divórcio, precisamos comemorar! — falei, intrinsecamente convidando-o.

— Ai, que legal! — falou ele. — Parabéns! No final da semana eu vou te ligar, na semana que vem, terça-feira, irei viajar com toda a minha família e só volto após o Ano Novo.

— Ótimo, vamos sair antes de você viajar!

Sem escapatória, ele propôs:

— Sábado à noite, pode ser?

Ele mal terminou a frase eu não me contive, respondi:

— Claro, posso sim!

— Marcado, então! Beijos!

Ao desligar, pulei de alegria — que há anos eu não sentia!

No sábado de manhã, recebi uma mensagem do Gustavo. Ele desmarcou, mas foi convincente e fofo.

— Desculpa, não desista de mim! Meu cunhado terá que fazer alguns exames e a minha irmã não conseguiu ninguém pra deixar as crianças no final de semana. Podemos mudar para segunda-feira?

— Desistir de você, jamais! — respondi a mensagem, já com intimidade suficiente para brincar. — Segunda, sem desculpas!

— Sim, sem desculpas.

Me frustrei um pouco, mas não tinha outra saída a não ser aceitar, esse foi o único convite que recebi até hoje. A minha sorte é que meus filhos foram viajar com o Toni para passar o Réveillon na casa da Anna e do Júlio em Ilhabela. Anna não permitiu a presença da Samanta e, para a alegria de todos, o Toni precisou respeitar. A Samanta iria viajar com as amigas para o Nordeste, local de adolescentes!

Resolvi manter segredo sobre o Gustavo também para meus amigos. Dessa forma, se não desse certo, só eu saberia.

Até que enfim segunda-feira chegou. Fui ao cabeleireiro me depilar, arrumar meus cabelos, fazer as unhas dos pés e das mãos. A manicure insistiu pra pintar de vermelho e, pela primeira vez, deixei sem titubear.

— Façam o que quiserem comigo aqui no salão, mas preciso sair daqui fazendo de conta que não vim! — brinquei.

Até as 16h30 da tarde, nenhuma mensagem dele. "Bom", pensei, tentando me convencer, "me arrumei pra mim mesma"! Por volta das 17h chegou a sua primeira mensagem e meu coração congelou só de imaginar a possibilidade de ele desmarcar, mas não, ele estava sugerindo um jantar para 21h30. Ele iria me buscar em casa. Vesti a minha mini saia soltinha, calcei meu salto alto, me maquiei e me perfumei toda.

Para passar o tempo, coloquei na caixinha de som do Lucca, a única na qual eu sabia mexer, aquela playlist sexy que levanta qualquer *defunto*. Enquanto o esperava, pulei, rebolei e dancei para o meu coração se acalmar. "Não, Alice", pensei, "assim você irá suar e desmontar todo o cabelo". Parei de pular, resolvi meditar para sossegar a minha mente, mas não demorou um minuto eu já abria meus olhos, estava mesmo ansiosa.

Finalmente o interfone tocou. Entrei no carro dele, fomos conversando animados. Certamente ele percebeu o meu estado de euforia. O Gustavo cheirava muito bem, um perfume que imantava, me puxando para seu lado. Me contive, mas por dentro eu pegava fogo.

Ele escolheu um restaurante charmoso em uma rua relativamente próxima à minha casa. Não sei se era por ser segunda-feira, mas eu costumava vê-lo lotado de gente e com fila de espera. Hoje só havia nós e outras quatro pessoas em uma mesa distante da nossa.

Sentamos bem próximos um do outro. O meu problema era que, para qualquer lado que eu olhava, algum espelho me refletia. Nunca havia reparado que havia tanto espelho dentro do restaurante.

Jantei olhando para ele e para mim ao mesmo tempo. No início, aquilo me incomodou demais, mas depois de um tempo comecei a compreender o porquê dos espelhos. Finalmente me permiti me achar bonita e também gostei de me ver conversando alegre, sorridente, me vi diferente: o reflexo era de uma mulher madura e segura de si. Jantamos e não paramos de falar nem por um minuto, mas durante esse tempo, ele não deu nem um *sinal* de que me beijaria. Pedimos a sobremesa e nada. Nosso papo estava agradável, a refeição também, eu havia desistido de dar *sinais* e indiretas. "Será que ele é gay?", pensei. "Até hoje não soube o real motivo de sua separação."

Havíamos terminado a nossa sobremesa, e pouco antes de o Gustavo pedir a conta para o garçom, o assunto de que falávamos já não me lembro mais, só me recordo de ele segurar as minhas mãos e me abraçar. O meu coração disparou e queria saltar pela minha boca, me senti uma adolescente em seu primeiro encontro. Não controlava mais meus batimentos nem a tremedeira das minhas mãos, que sempre estão quentes, e naquele momento estavam geladas. Nosso abraço deve ter demorado uns oito segundos no máximo, mas para mim foi como se fossem horas, de tão delicioso que foi. O clima então esquentou: senti a sua respiração se aproximar de mim delicadamente; como se tudo rodasse em câmera lenta, seus lábios encostaram nos meus.

Ele me beijou.

Um beijo suave e delicado.

O beijo mais esperado...

O beijo do meu príncipe encantado, hoje, havia se realizado.

Meus batimentos saltaram pela garganta, queria ficar lá naquele lugar para a eternidade. Receosa de ele perceber minha reação, ou melhor, não sentir o meu coração em sua boca, retirei meus lábios e encabuladamente o abracei tão forte, não queria mais largar.

— Você está com vergonha? — perguntou, bem pertinho do meu ouvido.

Sorri e nada respondi. Simplesmente não saía som algum da minha boca, o beijo deve ter gerado algum curto-circuito interno que paralisou todo o meu sistema nervoso. Nos beijamos novamente, dessa vez me soltei um pouco mais e não perdi a sensação de nenhum dos movimentos dos meus lábios. Foi um reencontro de almas.

— Iria te deixar mais envergonhada, mas achei melhor ir devagar — sussurrou em meu ouvido, dando uma pequena e suave mordidinha no lóbulo da minha orelha, que me arrepiou até meu último fio de cabelo.

Sorri e a minha boca ainda se manteve calada, realmente não sei o que estava acontecendo comigo. Sou tão tagarela e nunca paro de falar, principalmente quando estou eufórica e alegre como agora, onde foi parar a minha voz?

— Seu sorriso é lindo — disse ele, acariciando meus cabelos.

Eu estava encantada com meu príncipe encantado! "Ele achou meu sorriso lindo", pensei.

Há quanto tempo eu não recebo elogios de homens assim como ele? De repente, olhei pra ele e a única frase que saiu de mim foi:

— Vamos pedir a conta?

O Gustavo arregalou suas sobrancelhas grossas, como que dizendo: "é isso mesmo que você quer?" Não pude acreditar no que havia falado, "Alice, você é uma besta mesmo, conta? Onde já se viu?" Meus confusos pensamentos brigavam entre si. Ele me obedeceu e prontamente pediu ao garçom que trouxesse a conta. Voltei a me calar enquanto involuntariamente meu coração pulsava, expondo explicitamente meus sentimentos, minhas mãos geladas continuavam trêmulas. Levantamos e fomos aguardar o carro dele do lado de fora do restaurante.

Enquanto o manobrista não chegava, nos abraçamos na calçada, e mais um beijo rolou. Olhei em seus olhos e repentinamente soltei outra frase inédita da minha boca:

— Você conseguiu me fazer ficar calada!

Ele sorriu, devia estar adorando também se envolver com alguém claramente tão inexperiente quanto eu. Me beijou sorrindo triunfantemente. Entramos em seu carro, silêncio total, a minha cabeça a mil quilômetros por hora e palavras: zero!

O clima foi quebrado com a sua pergunta:

— No que você está pensando?

"Nossa, em tanta coisa", pensei sem falar em voz alta. Tudo parecia um sonho, um filme, e não poderia dizer a ele que havia beijado o sapo, ou melhor o príncipe e tudo mais que ele significava em minha vida. Meu pedido havia se realizado, meu primeiro beijo, que há anos esperei. Limitei-me a responder:

— Não sei o que estou pensando. Vire à direita — troquei o assunto, indicando o caminho de volta para a minha casa.

Ele virou e...

— Ops — falei, sem graça. — Desculpa. Errei a rua.

— A sua casa fica para a esquerda — ele sorriu, percebendo a minha confusão mental enquanto revelava meu problema de lateralidade. — Deixa que eu conduzo.

"Claro", pensei. "Claro que eu deixarei você me conduzir..."

Chegamos "a salvo" na portaria do meu condomínio e convidei o Gustavo para conhecer onde eu morava. Mal entramos em casa, começamos a nos beijar. "Que bom que estou sozinha", pensei, com um leve sorriso em meus lábios. Suas mãos escorregaram calmamente da minha cintura e, sapecas, foram parar debaixo da minha saia. Permiti, entregue e curiosa por cada movimento dessa nova experiência. Enquanto ele sussurrava palavras deliciosas de ouvir, eu não queria que ele parasse, uma sensação indescritível tomou conta de todo o meu corpo. Sorri internamente relembrando uma *aula* de sexualidade que eu havia recebido das minhas amigas em um almoço em que contei que o conheci: "empina o bumbum, faz cara sexy, use toda a sua sensualidade"... Na verdade eu não fiz nada disso, pelo menos não conscientemente. Deixei que ele continuasse a me conduzir...

O clima foi ficando cada vez mais quente e disse ao pé de seu ouvido:

— Não costumo ir tão longe assim no primeiro encontro.

— Eu sei — sussurrou ele.

— Aliás — continuei, tentando não interromper o clima entre nós — eu nunca tive o primeiro encontro! — sorri.

Ele sussurrou de volta:

— Eu sei.

E assim o Gustavo me conduziu até meu quarto, como se já fosse íntimo do caminho. Ele retirou a minha blusa bem devagarinho, fazendo o meu corpo inteiro arrepiar, deitamos na minha cama e... deixamos rolar...

Vivi uma noite maravilhosa, com muito respeito e carinho. Por volta das 3h da manhã, ele se despediu de mim e, claro, me enviou uma mensagem assim que chegou em sua casa, me deixando ainda mais feliz e com a certeza de que aquela não seria a nossa única noite.

Criei uma fantasia que havia se tornado realidade, melhor do que qualquer conto de fadas!

Gustavo viajou com a sua família e eu aceitei o convite da Lara para ir com mais um grupo de amigos para a praia.

Na noite de Réveillon, escrevi uma mensagem para ele, desejando um ótimo ano. Sua resposta foi: “que mensagem linda, quando eu chegar vou te dar um beijo!”. Meu coração palpitou, se encheu de esperança. Respondi: “Oba, adoro os seus beijos”. Eu não via a hora de esse momento chegar...

Coloquei meu vestido branco, dessa vez um modelo novo que comprei com a Lara no shopping antes de viajarmos. Escolhi a cor da minha calcinha: vermelha, paixão. Para combinar assim com o meu pedido de Réveillon:

DESEJO ME APAIXONAR DURANTE ESSE ANO NOVO...

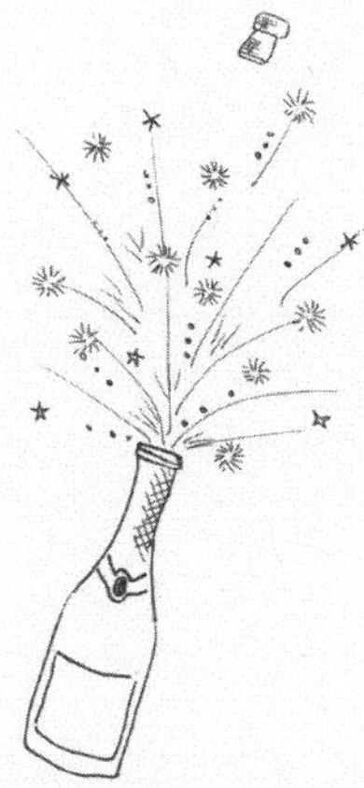

2016

Mal sabia eu que já estava completamente apaixonada.

Com o passar do novo ano, nos encontramos outras vezes. O Gustavo era bem devagar em responder mensagens e me chamar pra sair, muitas vezes desmarcava de última hora, até eu aprender que o seu ritmo e jeito eram assim. Inventei diversas estratégias para não deixá-lo escapar, fazia de tudo para agradá-lo. Entre encontros e desencontros, o Gustavo definitivamente não era uma figurinha fácil de capturar. Era desgastante correr atrás dele, mas quando eu o *alcançava*, todo o meu esforço valia a pena.

Apresentei-o para as crianças como se fosse *um amigo que conheci naquele hotel*, mas no fundo eles sabiam que tipo de amizade era a nossa. Todos se deram muito bem, principalmente o Marco, que o fazia jogar futebol cada vez que o encontrava.

Eu também fui apresentada para a sua família, ele me levou em uma festa de aniversário da sua irmã, que me recebeu muito bem. Ele se sente como um pai para seus sobrinhos, já que seu cunhado é bastante ausente na vida dos filhos. Todos me acolheram.

Toda vez que eu tocava no assunto "namoro", ele saia pela tangente dizendo não estar ainda preparado, já que a sua separação recente o deixara traumatizado. Às vezes penso que ele vive em um dilema: se namorar sério comigo, não teria filhos biológicos, por eu já ter quatro. Mas, na minha cabeça, estávamos namorando, porém, sem oficializar. Fui deixando quieto, imaginando que há coisas que nem é preciso verbalizar. Eu havia me apaixonado, e dessa vez ele tinha nome: Gustavo!

Liguei para as meninas para contar a novidade, Katie se empolgou mais do que todas:

— Seja bem-vinda, amiga, ao mundo das apaixonadas! Está vendo como aquela nossa viagem rendeu frutos? Eu estou aproveitando muito o Thomas, quando vou para Toronto nos grudamos, vivendo sempre uma paixão avassaladora. Mas confesso que tenho dado "meus pulinhos" por aqui, conhecendo outros homens, estou em um relacionamento *fluido*. Sabe com quem tenho saído bastante?

— Com quem? — perguntei, sentindo a sua empolgação.

— Com a Beth, ela tem me apresentado muitos caras bacanas. E tenho também aproveitado os aplicativos de relacionamento.

— Você tem coragem de sair com caras de aplicativos? — perguntou Felicia.

— Claro que tenho! Virei expert! — disse Katie se gabando, enquanto todas nós ríamos.

Dessa vez todas nós já estávamos sabendo do Mark. O bebê de sua amante havia nascido e ele assumiu a paternidade. Acabou ficando com ela, que, seis meses depois de dar à luz, engravidou novamente.

— Esse acabou se prendendo em uma enrascada — disse Katie — enquanto eu me sinto livre, leve e solta!

Acho que eu, a Maria Ignês e a Felicia devíamos estar pensando a mesma coisa: "Essa não é a Katie que conhecemos!". Lendo nossos pensamentos, ela emendou:

— Eu nunca mais vou querer casar novamente, essa vida de solteira me levou à liberdade que sempre desejei e nem sabia que desejava enquanto estava casada com o Mark. Sou uma nova Katie!

— E você, Alice? O que está achando do seu relacionamento? — perguntou Maria Ignês.

— Estou muito feliz, já me vejo casada com o Gustavo. Ele é lindo demais... — falei, apaixonada. — Confesso que uma figurinha difícil, mas mesmo assim é lindo.

— Cuidado para não espantar ele com essa história de casamento, hein? — falou a Felicia.

— De jeito nenhum, hoje ele sabe que é o meu príncipe encantado! — falei, com mais paixão ainda em meu coração. — Maria Ignês, como está a sua situação com a Joana?

— Acredita que continuamos na mesma? A mãe dela havia adoecido, seus irmãos se reaproximaram dela por interesse, porém com o falecimento da mãe voltaram a culpá-la, dizendo que a mãe adoeceu de desgosto pela filha ser lésbica. Na verdade, eles querem mesmo é brigar pela herança. Que família problemática, a dela. Continuamos juntas, mas ela está ficando depressiva e isso está nos afastando um pouco — falou tristemente.

— Puxa, que difícil tudo isso, né? — Felicia perguntou.

— Sim, não é fácil quando nós mesmas não aceitamos o que somos. Levamos em conta o que os *outros* gostariam que fôssemos, e aí o conflito interno vira uma bola de neve. Sei bem o que é isso e hoje consegui me libertar para ser eu mesma. Vou aguardá-la por enquanto, mas não sei até quando... — disse ela.

— Acho que essa lição serve para todas nós, né? — falou Katie. — A Alice, por exemplo, só começou a pintar as unhas praticamente agora! Vivemos em pura carência afetiva.

Todas nós rimos, mas fiquei com essa frase da Katie na minha cabeça mesmo depois que desligamos, como se um pontinho de luz acendesse, me alertando de que eu nunca havia pensado que o que sempre fiz foi querer agradar ao Toni. Minha carência afetiva também se manifesta com o Gustavo, como se eu tivesse transferido de um para o outro. “Vou trabalhar esse assunto na minha próxima sessão de terapia”, decidi.

Feliz vivendo a minha nova situação, resolvi focar em me autoconhecer. Comecei, desde a experiência que tive com a Marta, amiga da Ana Maria, a ouvir histórias de várias mulheres, casadas ou não, amigas e de amigas das amigas sobre seus relacionamentos e principalmente sobre o que estava oculto nas entrelinhas de seus pensamentos e ações.

Descobri aí o que gostava de fazer: ouvir histórias. Mas não como terapeuta. Gostava de ouvir em conversas informais, em cafés, restaurantes e encontros em praças, ou caminhando nos parques da cidade. Para me aperfeiçoar, frequentei diversos cursos e conferências, principalmente sobre "carência afetiva". Captei tanta informação e experiência que, para muitos dos meus amigos, eu *não parava quieta*, ninguém me acompanhava, e para falar a verdade, nem eu mesma conseguia me acompanhar!

Meus filhos, já crescidos, estavam mais independentes e a estrutura que tínhamos em casa permitia que eu viajasse. A cada dia o Toni ficava mais distante... e também o Gustavo.

Cansei de aguardar respostas de mensagens que duravam uma eternidade para chegar, de suas desculpas desmarcando encontros e de crises existenciais. Comecei a pensar se uma terapia não o ajudaria na vida.

Ele me orientava em muitas empreitadas e se revelou, mesmo que distante, um grande amigo *colorido*. Ele nunca me iludiu com esperanças ou falsas promessas, sempre foi claro e honesto comigo. Aprendi em um dos meus cursos que a ilusão era por minha conta.

Chegou o momento mais esperado na vida da Lelê, seus 15 anos. Viajaríamos para Paris só nos duas, a viagem dos seus sonhos. Passaríamos uma semana fora do Brasil, aproveitando que seu aniversário teria emenda de feriado na escola e, portanto, ela teria somente três faltas. Para quem nunca faltou sem motivo, a Lelê programou antecipadamente até seu calendário.

Antes de partirmos, precisei refazer meu passaporte e aproveitei para também atualizar meu "novo sobrenome" em todos os outros documentos. Desde que assinei meu divórcio, voltei ao meu sobrenome de solteira e nunca mais mexi nisso, ou por tamanha empolgação que eu estava vivendo com o Gustavo ou por inconscientemente não querer lidar com o que nomeei de uma *pequena crise de identidade*, já que ainda carregava o sobrenome do Toni ao me apresentar... Simplesmente esqueci de mexer em toda essa parte burocrática.

Meu primeiro passo foi ir ao cartório buscar a certidão de divórcio averbada. Ali consta que casei com o Antonio, alterei meu sobrenome e que me divorciei, retornando ao meu antigo sobrenome. Até aí tudo bem, o que me chocou foi o fato de a atendente olhar em seu computador e me dizer:

— Espere um pouco, seu ex-marido casou novamente?

— Sim — respondi, fazendo uma careta de costume.

— Então preciso incluir esse dado na certidão — falou ela, digitando freneticamente no teclado de seu computador.

— Como assim? — perguntei, incomodada. — A certidão é minha, não dele.

— A certidão é de ambos — respondeu ela, já imprimindo a parte de trás da folha com a informação que faltava. — Se você se casar novamente, ele também carregará seus dados com ele — sorriu, dando uma piscadela para mim.

Segurei os documentos em minhas mãos, lendo o conteúdo, inclusive sobre seu casamento com a Samanta. que também alterou seu sobrenome, incluindo o dele.

Esse foi o meu maior choque: ver que ele dominava com a sua marca, como se fosse um carimbo, todas as mulheres que a ele pertencessem.

Refleti alguns instantes sobre como tudo isso começou e me lembrei do dia em que nos casamos no cartório. Precisei resolver no susto:

— E aí? — perguntava o atendente, mal-humorado — Qual sobrenome vai passar a assinar?

Olhei para o Toni, que naquele momento respondeu de ombros em um gesto de "tanto faz", para a minha sogra, que me serviria de parâmetro, e me disse que na sua época trocar o sobrenome era obrigatório.

Refleti por um instante sobre a minha infância, quando brincava de noiva com lençol em minha cabeça, fazendo o papel do véu cujo restante eu arrastava quase até a porta do meu quarto. Na adolescência, escrevia meu nome incluindo o sobrenome do Toni nas folhas atrás dos meus cadernos da escola, dentro de corações. Por fim, não havia nada além da possibilidade de construir a minha própria família entrelaçando um pouco de mim e um pouco dele.

Optei sem dúvidas por incluir seu sobrenome no meu.

Sei que alteração é opcional. O fato foi que no dia em que casamos, além da minha ingenuidade de criança, não havia ninguém na porta do cartório para me alertar sobre os perigos emocionais que enfrentaria. Poderiam dizer "não faça besteira, não troque seu sobrenome... Se você se separar poderá se arrepender até o último fio de cabelo".

Talvez, se eu soubesse a burocracia que teria que enfrentar para voltar a ser *eu mesma*, teria tido a clareza de minha escolha. Acredito que naquele momento, assim como muitas mulheres, só enxergamos flores e a festa que representava o casamento. A separação não estava no meu menu de opções.

A ideia martelada ao longo dos anos em nossa cultura, enraizada dos contos de fadas, é que, ao casarmos, seríamos *felizes para sempre*!

Pura ilusão.

Hoje percebo que o sobrenome que carrego pode dizer muito sobre mim, sobre a minha jornada, mas não é o que me define. Confesso que momentaneamente, ao sair do cartório, imaginei o Toni carregando o mesmo documento com meu segundo casamento impresso. O que será que ele sentiria? Se bobear, para provocá-lo, trocaria novamente o sobrenome. Descartei essa possibilidade quando realizei a burocracia que me barraria em direção a minha liberdade. Por mais que eu sonhe com um novo casamento, não serei *rebanho marcado* de mais ninguém!

Enfim, com meus documentos prontos, lá fomos eu e a Lelê para a nossa grande aventura! O Gustavo fez questão de nos levar até o aeroporto para se despedir. Achei sua atitude o máximo, porque nunca em minha vida o Toni havia se deslocado, enviava sempre um motorista para nos levar. Quando descemos do carro, ele segurou a minha mão e disse:

— Boa viagem, traga um bom vinho para nós.

Minha carência voltou com tudo, e o que eu aprendi nos cursos hoje foi para o *beleléu*! Certamente trarei o vinho que ele pediu e mais ainda, o melhor vinho que puder encontrar, ele merece!

Paris não foi assim o sonho que a minha filha imaginava. Em vários pontos turísticos avistávamos soldados do exército empunhando metralhadoras, o que fez a Lelê se sentir insegura. Eu também estava na cidade pela primeira vez, e confesso que não senti o *glamour* de que todos falavam, havia sujeira nas ruas e um trânsito caótico.

— Mãe, aqui está parecendo Roma, com tanto soldado na rua e carros enlouquecidos.

— Pois é, Lelê — falei, concordando com ela. — Infelizmente, com o terrorismo no mundo, é preciso se proteger. Já o trânsito, é uma loucura mesmo!

— No Brasil, mesmo com tanto ladrão, não vemos soldados. Estou sentindo um pouco de medo — disse ela.

Nós nos hospedamos em um hotel muito charmoso no bairro de Saint-Germain-de-Près, caminhávamos bastante a pé pelos arredores, pegávamos trem ou metrô para outras localidades. A Elena se recusou a entrar em museus e igrejas, pois segundo ela "onde tem muito turista, tem terrorismo, e se estivermos dentro dos lugares não conseguiremos escapar". Até mesmo da Torre Eiffel, ao ver o tamanho da fila de pessoas para subir, ela desistiu.

Eu pensava muito no Gustavo. Com certeza, se ele estivesse comigo, eu veria uma nova Paris, totalmente diferente desta, onde precisava desviar meus caminhos e passeios pelo medo da Lelê. Havia lugares românticos em que eu passava reto para não entrar no mesmo mau humor que a minha filha. Aproveitei para estudar e coletar recomendações sobre qual vinho eu deveria levar para o Gustavo. O escolhido estava difícil de encontrar. "Vou procurar até o último dia da viagem, senão compro outro", decidi.

Os dias estavam lindos, e para tirar a Elena do quarto, onde ela se sentia segura, inventei de aproveitamos para visitar os diversos jardins da cidade, também do palácio... e outras cidades. Fomos parar em uma cidadezinha encantada na fronteira com a Alemanha, chamada Strasbourg. Ali, a Elena se encantou, parecia estar passeando em uma cidade cenário de um verdadeiro conto de fadas. As casas pareciam mesmo de bonecas, e o rio que cortava a cidade fazia daquele lugar um sonho.

— Mãe, essa cidade é a mais linda que já visitei. O meu dia de hoje foi o melhor de toda a viagem! — falou, maravilhada com a sua visão.

— Que bom, filha, que agora você está aproveitando o seu presente de aniversário.

De volta a Paris, fizemos compras além do imaginado. Nossas malas já estavam com o peso limite e eu ainda nem havia comprado o vinho que tomaria com o Gustavo. Mesmo sem eu beber, só por sua companhia eu me arriscaria a dar uns goles.

Chegou o dia mais esperado da viagem. Programei com meus pais e irmãos uma surpresa para a Lelê: no dia do seu aniversário, marcamos um almoço em um restaurante nos jardins do Louvre. Eles chegariam da Itália no voo da manhã e nos encontrariam direto por lá.

— Lelê, bom dia! Parabéns! — acordei-a, animada. — Hoje o seu dia será mais do que especial. Vamos almoçar em um restaurante maravilhoso para comemorar seu aniversário. Pode se arrumar bem linda porque sairemos do hotel às 11:30 da manhã.

Elena se animou porque sabia que eu não iria levá-la para nenhum lugar "amedrontador". Pegamos um táxi para o Louvre e, quando chegamos lá, seu ânimo sumiu.

— Mãe, você está maluca? Eu já disse que não vou entrar em nenhum museu! — me reprimiu.

Descemos do táxi e eu calmamente falei:

— Eu sei, filha. O restaurante que marquei fica do lado de fora do museu. Reservei a mesa meses atrás e não sabia que você teria tantos chiliques quando chegasse aqui.

— Não estou tendo chilique — resmungou.

— Olha, Elena, uma joaninha pousou na minha bolsa.

Entretida com a bendita joaninha que chegou mesmo para me dar sorte e acalmar a Lelê, ela não percebeu a chegada dos meus sobrinhos, que deram o maior susto nela.

— Surpresa!!! — gritaram em coro.

Elena quase caiu sentada no chão, e a joaninha voou antes que fosse esmagada.

Ela ficou tão feliz que agarrava todos sem parar, e quando viu meus pais saiu correndo ao encontro deles em um longo e caloroso abraço.

Nosso almoço foi verdadeiramente uma festa, com direito a bolo e balões coloridos.

Elena passou o restante da viagem feliz com a nossa família. Fomos aos jardins de Versailles, e muitos outros passeios, arriscando-nos a entrar na Catedral de Notre Dame. Minhas cunhadas sabiam bem como convencê-la, e eu só agradeci por estarem fazendo a viagem frustrada mudar para a viagem dos sonhos da Lelê.

Aproveitei nossos passeios praticamente procurando o vinho indicado para o Gustavo. Não comentei com meus irmãos para quem era, mas somente com a ajuda deles encontrei, só no último dia. Comprei a única garrafa disponível na loja. Embrulhei com todo o cuidado e coloquei em minha mala, que seria despachada. Precisei carregar bastante peso na minha mala de mão para encaixar o vinho. "Na próxima viagem, preciso programar o peso das malas", pensei. Além de calcular errado, não usei diversos itens que trouxera, e os presentes que a Lelê ganhou da minha família precisaram ser distribuídos em nossas malas.

Nos despedimos de todos e, no caminho para o aeroporto, percebi a minha animação de voltar ao Brasil. Dessa vez, alguém estaria me esperando. O peso que eu carregava não estava mais me incomodando.

Ao chegar em casa, distribuímos os presentes dos meninos. O Gustavo, como de costume, demorou pra responder às minhas mensagens. Por semanas, ele encontrava desculpas para cada noite que agendávamos. Um dia me enchi e falei por telefone:

— Escuta, eu ia te fazer uma surpresa, mas você está sempre fugindo de mim. Escolhi um vinho gostoso para tomarmos juntos, procurei a garrafa a viagem inteira por ser especial, não encontramos em qualquer lugar. Me fala uma coisa: você vai tomar o vinho comigo ou posso tomar com *outro*?

Ele riu e completou:

— Claro que iremos tomar juntos, estou atarefado no trabalho — isso era verdade, eu sabia que ele estava em fase de lançamento de novos produtos — guarda ele aí. Esse vinho é meu. Vou te chamar mais no final da semana pra marcarmos.

— Sem desculpas? — perguntei, irritada. — Caso você desmarque mais uma vez, eu cumpro o que prometi.

Desligamos.

Enfim ele marcou para sábado nosso encontro e pediu pra que eu levasse o vinho. Me senti eufórica, há mais de um mês, desde que viajei, não nos encontramos mais. Me arrumei e, radiante, entrei em seu carro. Nós já começamos a nos beijar.

— Aonde vamos? — perguntei.

— Surpresa.

Quando percebi, estávamos entrando em um motel. Animada, segurando a garrafa de vinho, disse:

— Pela primeira vez estou entrando em um motel!

— Como? — perguntou, surpreso.

— Sim — respondi, com a maior naturalidade. — Com meu ex-marido, só em casa ou em quartos de hotéis em nossas viagens. Motel, nunca fui.

— Vixe, e agora? — perguntou, preocupado como se eu tivesse dito que ainda fosse *virgem.*

— E agora, já era! Pode entrar que eu quero conhecer! Pelo jeito nós dois hoje nos surpreendemos — falei com empolgação.

Não perdi um só passo até chegarmos ao quarto, atenta a todos os detalhes dessa nova experiência: o quarto, os espelhos por todos os lados, banheira, o teto retrátil... Me senti como uma criança exploradora, quase esqueci o real motivo do que estávamos fazendo por lá. Bastou um único beijo para acessar de volta toda a minha memória e me entregar àquela incrível experiência. O vinho foi só a cereja do bolo! Que delícia estava viver aquela paixão.

No caminho de volta para casa, recebi um balde de água fria na minha empolgação. O Gustavo falou claramente que gostava muito de mim, mas que seria difícil ele me acompanhar porque eu estava me abrindo para um mundo novo, referindo-se aos meus cursos e viagens. Disse também que não estava pronto para assumir um relacionamento sério comigo e novamente falou que *não sou mulher para passatempo*. Ele queria que eu me sentisse livre para novos relacionamentos, mas ao mesmo tempo não queria me soltar.

Compreendi bem seus sentimentos, me assumir como namorada seria para todos quase como se marcássemos o nosso casamento. Internamente fiz um pacto comigo mesma de aguardá-lo. Enquanto isso não acontecesse, levaria nosso relacionamento do jeito que estava. Ficar sozinha de novo, “nem pensar”!

Semanas depois, recebi pela irmã do Gustavo um convite para a festa de aniversário do seu filho, o mesmo que jogou futebol com o Marco no hotel fazenda onde nos conhecemos. Meus filhos foram também convidados, porém o final de semana das crianças seria do Toni, e pedi para trocar sem dar muita explicação. Os gêmeos ficariam com o Toni, mas a Elena e o Marco viriam comigo.

O Toni perguntou para o Marco o motivo, ele respondeu naturalmente:

— É que vamos à festa do sobrinho de um amigo da mamãe com quem eu joguei futebol no hotel.

Intrigado, o Toni cedeu apenas parte do final de semana, tempo suficiente para eles participarem da festa.

Ali, entre a família do Gustavo, senti nosso namoro *oficializado*. Eles me acolhiam tão bem que parecia fazer parte da família há anos. Em público, continuávamos discretos, sem aparentar nenhuma intimidade. Na hora de cantar “Parabéns”, ele se juntou ao lado do seu sobrinho, cujo pai, para variar, não estava presente. Senti dó da irmã dele. “O Toni pode fazer quantas besteiras ele quiser, mas ser um pai presente para nossos filhos, ele sempre foi”, pensei, com uma pontada de nostalgia.

O Gustavo pediu para que eu filmasse o momento, deixando seu celular comigo. A tela estava fechada e tentei a todo custo abri-la. Ele percebeu minha trapalhada e berrou, entre a gritaria das crianças já cantando

"Parabéns", o código para a abertura da tela. Elena chegou rapidamente perto de mim e pegou o telefone em suas mãos, dizendo:

— Mãe, não precisa de código, é só mexer aqui.

Mas eu já havia digitado. A Lelê acionou o ícone da câmera e me devolveu o telefone. Sorte minha que deu tempo de filmar o garoto apagando as velinhas do bolo com seu tio ao seu lado. Devolvi o aparelho a ele e sentei em uma mesa com alguns de seus amigos. Uma das mulheres, desavisada sobre quem eu era, soltou na conversa que haviam apresentado o Gustavo para a prima dela, que era solteira e nova, já que o sonho dele seria ter filhos. Quando alguém a cutucou por baixo da mesa (pude sentir a movimentação), ela tentou corrigir a besteira que disse, falando disfarçadamente, como se estivesse contando uma história, que ele não havia se interessado pela tal pessoa.

Me senti bem desconfortável, com a sensação de ter sido descartada. "Imagina só uma mulher divorciada com quatro filhos", pensei. Cheguei até a cogitar ter o quinto se fosse esse o empecilho para ele se casar comigo. Resolvi me retirar da festa, já que o Gustavo se manteve atencioso comigo e, ao mesmo tempo, distante. O mais difícil foi conseguir tirar o Marco do meio da partida de futebol que jogavam no campinho.

Ali comecei, acho que pela primeira vez, a me questionar sobre qual tipo de relação eu queria manter — e definitivamente nada tinha a ver com a que vivia no momento. Para piorar ainda mais a situação, a Elena se aproximou de mim com ar de preocupada.

— Mãe — falou baixinho, de forma discreta. — Tenho uma coisa para te contar, mas não sei o que você vai fazer.

— O que foi, Elena? — perguntei, também preocupada.

— É sobre o Gustavo. Ele usa um aplicativo de relacionamentos no celular e ainda é a segunda coisa mais vista por ele — disse, decepcionada.

— Como assim? Me explica melhor isso — pedi, alarmada em como a Lelê conseguiu aquela informação tão precisa.

— Naquela hora do "Parabéns", você colocou a senha bem quando eu peguei o telefone na minha mão. A tela que abriu era do aplicativo, ele devia estar mostrando algo para os amigos dele e esqueceu de fechar. Você não viu porque eu tive que ser rápida, senão você perderia toda a filmagem — observadora como sempre essa menina, me questionei como ela sabia de tanta coisa.

Fiquei sem palavras, e ela continuou:

— Mãe, e agora? Você vai continuar saindo com o Gustavo?

"Nossa", pensei. "Como serei um exemplo para a minha filha depois de passar por uma situação dessa?" Para tentar consertar, falei a verdade:

— Sabe, Elena, ele nunca escondeu de mim que não estava pronto para assumir um namoro. Inclusive nos tornamos amigos de verdade, e também não estou presa se aparecer alguém interessante.

Madura como ela, entendeu direitinho o que eu tentava lhe ensinar. Se bem que hoje ela foi a minha maior professora.

Precisava desabafar com alguém, compreender o que se passava comigo. Marquei um almoço com a Lara, que além de discreta era uma amiga muito sensata. Falaria o que eu gostaria e o que eu não gostaria de ouvir.

Lara me alertou sobre eu estar vivendo uma ilusão. Uma história fictícia, onde o Gustavo já havia me deixado clara a sua posição e eu talvez não quisesse enxergar por conta da carência que eu sentia de ter alguém ao meu lado para me sentir feliz.

— Quem gosta de verdade não coloca empecilho, e sim encontra a solução para estar com a pessoa — disse ela.

— Eu sei, ele me disse que não está pronto. Eu percebo em seu olhar e coração que ele gosta de mim — falei em seguida, tentando encaixar as peças desse quebra-cabeça.

— Não tenho dúvidas de que esteja certa sobre seus sentimentos. Talvez haja algo dentro dele que ainda necessite de amadurecimento. Procure não se aprisionar na ilusão, e sim a viver a realidade. Chega de pó de pirlimpimpim, é hora de encarar a vida como ela é e escolher o que deseja para você mesma — falou sabiamente.

Ela tinha razão no que dizia; para mim seria bem dolorido não poder acreditar no que o meu coração me dizia.

Para completar o quadro *catastrófico* que acontecia na minha vida, soube que o Toni engravidou a Samanta, ou melhor, de acordo com a fama que ela tinha, *ela engravidou dele*. As crianças souberam uma semana antes, mas ele as proibiu de me contar para me *poupar*.

Eu senti o comportamento dos meus filhos diferente, irritados e até chorões. Já imaginava que essa probabilidade pudesse acontecer, não me restavam dúvidas quanto à intenção da Samanta, além de que ele havia se recusado a fazer a cirurgia de vasectomia. Até havia me preparado psicologicamente para receber essa notícia, mas não dessa forma: as crianças serem forçadas a manter segredo sozinhas com a orientação de alguém tão *desorientado* quanto ele.

Como eu sabia que seria indiferente para o Toni eu tirar satisfação de seu comportamento, conversei diretamente com os quatro, explicando a importância de eles discernirem o que devem ou não dizer e guardar em segredo, que tanto as verdades como as mentiras trazem consequências às nossas vidas. Expliquei também que o pai não sabia lidar com situações inesperadas, principalmente ligadas a sentimentos profundos, por isso eu entenderia que ele simplesmente *não sabia o que fez*.

Meus filhos voltaram a frequentar algumas sessões de terapia para aprender a lidar com a entrada de um novo bebê na família, e principalmente encarar a real separação dos pais. No fundo eles ainda desejavam nos ver juntos, acredito que esse seja um anseio de quase todos os filhos em relação aos seus pais.

Decidi nem comentar com o Gu sobre a gravidez do Toni e da Samanta. Aliás, me mantive distante por dias; eu olhava a foto do Gustavo no celular, ensaiava ligar, mas me segurava. Eu precisava aprender a ter dignidade e a respeitar a mim mesma. Não sei se ele percebeu, se sentiu a minha falta nesse período, que para mim significou uma eternidade. Mais uma vez, partiu de mim procurá-lo.

Convidei-o para jantar, como amigo, provavelmente dessa forma ele não arranjaria desculpa para escapar. Como sempre ele demorou quase um dia inteiro para responder à minha mensagem e aceitou meu convite.

Marquei de nos encontrarmos direto no restaurante japonês que tinha bem perto da portaria do meu condomínio. Cheguei antes, ele atrasou.

Dessa vez eu o cumprimentei com um beijo em sua bochecha, me fazendo de difícil e me segurando por dentro para não agarrá-lo.

Não perdi tempo para relatar abertamente o que eu estava sentindo, sobre o que eu ouvi na festa e também sobre a Elena ter me contado sobre o aplicativo de relacionamento. Aproveitei também para reclamar mais uma vez da demora para ele responder mensagens e me procurar. O espaçamento entre nossos encontros se estendia cada vez mais.

O Gustavo se manteve em silêncio, e assim que terminei de falar ele perguntou, alarmado com a habilidade da minha filha:

— Você falou para a Elena que sempre fui transparente com você?

Concordei com a cabeça e falei:

— Conversei tanto com ela que, pelo que conheço da Lelê, se ela não tivesse resolvido essa história dentro dela, nunca me deixaria em paz.

— Ah — suspirou e completou, ainda se justificando. — Eu baixei esse aplicativo para brincar com uma amiga minha que baixou o mesmo, só que de homens. E aí brincamos e nos divertimos com qual pessoa escolheríamos para ficar, tem cada uma que você não acredita! Você não tem aplicativo? — perguntou, antes de perceber a gravidade do que acabara de me dizer.

Engoli seco. Enquanto ele falava, meu estômago embrulhava. Imaginei se essa *amiga* com quem ele *brincava* seria a mesma que haviam apresentado a ele. Me segurei para não perguntar e respondi:

— Claro que não tenho aplicativo. Me divirto com outras coisas.

Torci para que ele não me perguntasse com o quê, pois nem eu mesma saberia responder. Tentando parecer "indiferente", continuei:

— Não precisa se justificar para mim, eu nem preciso saber o que faz ou não com o aplicativo. Minha intenção hoje em te contar não é para tirar satisfação com você, mas para compreender qual caminho devo seguir e me tornar o melhor exemplo para a minha filha.

Ele concordou, envergonhado, e tentei mudar de assunto:

— Já que estamos conversando, por que você demora tanto para responder as minhas mensagens?

Ele segurou minhas mãos carinhosamente, ainda sentindo culpa pela história da Lelê.

— Eu recebo umas duzentas mensagens por dia — respondeu ele.

— Ah, agora entendi o lugar em que você me coloca na sua lista — falei tristemente.

— Não é isso, não! — tentou corrigir. — Falei de maneira figurativa, eu sou *mole* mesmo, demoro para responder todas as mensagens.

Enquanto terminávamos nosso jantar, não aguentei e perguntei se ele estaria namorando essa "amiga". Para a minha sorte ele negou, até que enfim esse assunto pararia de martelar dentro da minha cabeça. Não sei o que deu em mim, mas nesse momento seus lábios me chamaram e eu arrisquei beijá-lo.

— Ops! Desculpa — falei. — Não aguentei só olhar esses lábios gesticulando longe dos meus!

— Ah é, né? — disse ele em tom de brincadeira, me puxando para perto e retribuindo intensamente com outro beijo.

Foi como se esse beijo dissesse tudo o que nossos corações sentiam, diferente do que falávamos. Sinto amor, mas alguma coisa o deixa travado para assumir seus sentimentos. Nesse momento soube que eu ainda estava no páreo, que eu poderia sair vencedora dessa *disputa*.

Mal sabia eu que infelizmente esse beijo profundo e apaixonado havia sido o nosso último beijo...

O que aconteceu foi que nos distanciamos por um mês, por eu estar precisando repensar minha vida amorosa. A notícia do Toni me deixou mais desconcertada do que eu imaginava ficar. Quanto ao Gustavo, voltei a procurá-lo por mensagens, convidando-o para jantar, e ele respondeu:

— Vou jantar com a namorada, posso te ligar amanhã?

...Simples assim. Como se fosse algo corriqueiro de falar, sem a menor importância. A *outra* venceu... Passei mal com meu estômago embrulhado, eu o havia perdido. Limitei-me a responder, sentindo um nó apertado na minha garganta:

— Não precisa.

Comecei a me culpar e ao mesmo tempo imaginar que esse namoro não duraria muito e ele logo voltaria a me procurar. Eu não queria aceitar a derrota. "Maldito beijo que dei naquele sapo", pensei.

O meu príncipe *encantado se desencantou* por mim...

Novamente eu estava sozinha...

Desde que o Toni foi para nosso apartamento de Roma com a Samanta, não voltei mais para a Itália. A última vez em que estive com meus irmãos foi no aniversário da Elena em Paris. Meus pais vieram nos visitar duas vezes, eu me recusava a voltar, acho que com receio de entrar no apartamento que foi usado com *outra* mulher e também para evitar o encontro com meu advogado de lá. A minha documentação já devia estar com *teias de aranha* de tanto tempo que passou.

Minha cunhada ligou me convidando para o aniversário de 50 anos do Giorgio, meu irmão mais velho, que seria dali a um mês.

— Festa à fantasia? — perguntei a ela assim que anunciou.

— Isso! — respondeu, animada. — Vai se preparando, pois será durante um final de semana inteiro naquele hotel nas montanhas da Toscana, entre Florença e Bolonha.

— Naqueeeeeeele hotel? — falei, dando ênfase pois era um dos hotéis mais lindos que temos na Itália, que sempre desejei conhecer, mas não havia tido ainda a oportunidade.

— Sim — falou, sorrindo — esse mesmo. Na verdade, é um hotel para casamentos, mas você conhece seu irmão, ele conseguiu organizar a festa toda lá. Serão 60 convidados bem acomodados, só os amigos mais chegados. A festa será sábado no final da tarde, bem no horário do pôr do sol. Você terá seu chalé garantido, junto com o Francesco, para aproveitarmos juntos toda a programação. Vai ser simplesmente o máximo, estamos tão animados!

— Agora fiquei mais ainda! — disse, empolgada. — Eu sempre quis ir a esse hotel e estou com saudades de todos vocês! E as crianças? — perguntei.

— Não será uma festa para eles não, queremos aproveitar bastante, sem preocupação com os pequenos. Vamos comemorar com eles na quinta-feira antes e programamos de deixá-los com seus pais, que preferem também não ir à festa — disse ela.

— Entendo e acho ótimo o que decidiram. Meus filhos também não irão porque estarão em aula aqui no Brasil. Vou sozinha — falei. — Agora vou pensar na minha fantasia! — sorri, apreensiva. — Vocês têm ideia do que irão vestir, escolheram algum tema?

— Não terá tema, a escolha será livre e aleatória. Nós já escolhemos a nossa fantasia, mas não podemos contar. Pense bem e me conte o que decidir, só eu saberei as fantasias de todos os convidados, para não se repetirem.

— Está bem, vou pensar e aviso vocês o que eu for usar! Fala para o Giorgio que adorei o convite e a ideia animada dele para comemorar a vida! — disse, entusiasmada.

Desligamos, e em seguida saí pela internet procurando fantasias para me inspirar. Eram tantas que desisti, a Elena seria ótima para me ajudar! Eu estava atrasada para encontrar, no restaurante japonês perto de casa, a Lara, a Anna, a Maria Luísa e uma amiga do trabalho da Anna chamada Andrea, que queria contar a sua história para mim. Essas conversas com mulheres estavam cada dia mais perto de virar um modelo de negócio profissional. Minhas ideias estavam borbulhando na minha cabeça, o que me ajudava a esquecer um pouco a ausência do Gustavo.

A Andrea era uma mulher mais velha que a gente, perto dos seus 60 anos, baixa estatura (muito baixa mesmo), cabelos encaracolados. Ela usava um óculos azul redondo que modernizava seu rosto, que parecia estar cansado. Ela me pareceu ser uma pessoa muito dura e crítica com ela mesmo, até desconfiada. Porém, enquanto nos relatava o que estava se passando com a sua vida, daria para compreender que na verdade ela vestiu uma armadura invisível para esconder o medo de apresentar a sua vulnerabilidade. A imagem dela de alta executiva do banco escorreria por água abaixo. Ela só confiava na Anna no ambiente de trabalho, porque se tornaram amigas.

Percebendo seu travamento para se soltar com a gente, quebrei o gelo da conversa entre todas nós lançando para elas a ideia da escolha da fantasia para a festa do meu irmão.

— Vocês têm ideia do que poderia me fantasiar? — perguntei a todas.

— Alice, não sei ainda, só sei que você deverá arrasar nessa festa. Vai que encontra um príncipe encantado de verdade? — falou a Lara, sorrindo.

— É, porque o sapo você já encontrou! — me cutucou a Anna.

— O sapo escapou... — falei tristemente. — Ele encontrou uma "sapa" e escolheu ficar com ela... Ela deve *coaxar* melhor que eu! — tentei ser engraçada.

— Esse sapo não merece o mulherão que você é — falou a Lara. — Ele é muito devagar, se vocês tivessem se casado, como você mesma fantasiou, não teria aguentado um mês a lerdeza dele.

Contei rapidamente para a Andrea a minha história com o Gustavo e ela, começando a esboçar um sorriso, perguntou:

— Vocês conhecem a história do sapo na panela?

— Não — dissemos em coro.

— Não me lembro o nome do autor, acho que é desconhecido, mas é mais ou menos assim: se você colocar um sapo dentro de uma panela com água em temperatura ambiente e esquentar no fogão, o sapo vai se ajustando com a temperatura da água e não sai de lá até quase o ponto de fervura. Aí ele tentaria se salvar, mas não conseguiria sair de lá por conta do cansaço de seu corpo, que perdeu energia tentando se ajustar à temperatura, e assim morrerá. Vocês acham que a água fervendo o fez morrer? — perguntou.

Acenamos afirmativamente com a cabeça, curiosas para saber a resposta.

— Dizem que o que matou o sapo foi a sua incapacidade de *pular fora* da panela na hora certa!

— Interessante... — falei, reflexiva. — Mas no meu caso quem acabou morrendo, eu ou ele?

— Alice, que pergunta! — me reprimiu a Maria Luíza.

— A moral da história é você parar de querer se adequar às pessoas, ou seja, se a temperatura da água esquentar, você deve pular fora! — Lara tentou me explicar.

— É... Pelo jeito eu acabei perdendo meu sapo pela minha incapacidade de decidir desligar o fogo da panela — disse, me culpando.

— Ai, Alice, hoje você não está mesmo com a cabeça boa. Você fez com o Gustavo igualzinho fazia com o Antonio, simplesmente tudo para agradá-lo. Precisa começar a se agradar, e isso não é egoísmo, antes que venha com o seu bláblábl á de sempre... Você precisa mudar esse seu padrão de ser sempre a boazinha com os outros, eles te passam a perna, ou pior, as *sapas espertas* saltam por cima de você — até a Anna resolveu dizer umas duras verdades para mim.

— Bom, vou contar para vocês o que tenho vivido — começou a Andrea. — Fui casada com o Maurício por 30 anos e temos dois filhos lindos, o Pedro, com 23 anos, e o Antonio, com 26. Sempre fomos a família exemplar para todos os nossos amigos.

— Conheço bem essa história — interrompi.

— Tivemos altos e baixos na vida, mas sempre contornamos da melhor forma possível. Ele sempre foi muito ciumento comigo, e com o tempo isso passou a ser doentio. Ele começou a desconfiar que eu tinha amantes no banco, por ser um ambiente de muitos homens.

— Verdade, o Júlio também já me questionou sobre isso. No fundo eles até têm razão, pois muitos homens casados se aproveitam do horário de *almoço* para encontrar com as amantes. Conheço muitos casos assim — confirmou Anna.

— Há mais ou menos cinco anos — Andrea continuou — entrou um novo diretor no banco, e o Maurício colocou na cabeça que tínhamos um caso. Toda hora ele me confrontava, desconfiado, e queria saber tudo sobre o tal diretor, como ele era fisicamente, como ele se vestia, que perfume ele usava... Por mais que eu me negasse a responder mais, ele me repreendia. Eu não entendia por que o Maurício acreditava em algo que nunca aconteceu, mas na sua cabeça era como se tudo fosse real. Fui me consultar com um psicanalista, que me explicou sobre ciúmes, que há três ou quatro tipos de comportamento, que não me lembro bem quais eram, mas que foram estudados desde a época de Freud. Enquanto ele descrevia cada tipo, chegou no último, que se encaixava perfeitamente com o do Maurício, no qual a pessoa se tornava violenta, a resposta para muitos crimes de feminicídio que acontecem.

Nesse momento, nossa mesa estava completamente calada, parecia que ela contava para a gente uma história de suspense.

— O psicanalista me explicou que esse tipo de comportamento dele poderia estar escondendo algo que ele mesmo não aceitava nele... O Maurício poderia ser homossexual e, por meio de mim, fantasiava o que queria estar vivendo com o tal diretor. Se eu o confrontasse, ele poderia ficar tão raivoso que poderia chegar a me matar.

— Meu Deus! — exclamou Maria Luísa, horrorizada.

— Pois é — Andrea consentiu. — Eu comecei, escondida, a investigar a vida sexual do meu marido e descobri que o psicanalista estava correto. Ele é gay. Passei todos esses anos fingindo não saber, tínhamos relações sexuais que se tornaram uma tortura para mim, respondia a ele pacientemente tudo o que ele queria saber para não deixá-lo agressivo, sofri calada por muito tempo, vivendo através de terapias e remédios. Me tornei submissa para não morrer. Para quem nos via de fora, éramos uma família "normal". Mantive a aparência a todo custo e protegi meus filhos de um escândalo.

— Como você não endoidou? — perguntou Lara.

— Mergulhei no trabalho e me tornei uma pessoa fechada e dura. Hoje tenho pena de quem sou chefe, pois exigi demais da minha equipe. O Maurício, de tanto nervoso que ele passava, engordou demais, fumava mais de dois maços de cigarro por dia, teve pressão alta e acabou sofrendo, há cinco meses, um AVC. Ficou no hospital por três meses e voltou para casa com sequelas na fala e com seu lado esquerdo paralisado. Está fazendo fisioterapia e fono todos os dias, e a perspectiva de melhora dele é mínima, por sua obesidade.

— Nossa, e você com tudo isso? — perguntei, incrédula. — Como está se sentindo?

— Intensifiquei minha terapia porque me senti culpada por sentir um alívio e liberdade com o sofrimento dele. No meu íntimo, desejei que ele morresse, porém agora vejo que ele está preso em si mesmo, como se o colocassem em uma jaula e eu pudesse respirar novamente. Mas sinto uma culpa enorme por estar feliz de poder voltar a viver.

— Estou sem palavras para expressar a minha indignação — falei.

— Fica tranquila — falou a Andrea para mim. — Quando a Anna me disse que você estava estudando sobre o assunto, vi uma possibilidade de ajudá-la a organizar seu novo negócio e quero ser uma de suas "cobaias". Acho que principalmente você poderá me ajudar a voltar a viver, a me conhecer melhor, a voltar a me tornar mais leve.

— Nossa! — exclamei. — Depois de ouvir a sua história, estou até envergonhada de reclamar da minha.

— Cada um tem a sua história — Lara me corrigiu. — Mas na verdade todas nós, casadas ou não, passamos por nossas carências afetivas.

— Eu ainda não sei exatamente o que farei com meus estudos, mas sinto que logo, logo essa resposta virá — eu disse, pensativa.

— Eu acho que você deveria fazer palestras ou algum *workshop* para mulheres — sugeriu a Anna.

— Pode ser... — respondi. — Vou pensar no assunto.

— Bom, meninas que tal voltarmos ao assunto da sua fantasia? — falou a Lara, tentando quebrar o clima.

— Eu tinha pensado em ir vestida de alguma coisa de época — falei.

— Vamos à loja de aluguel de fantasias no sábado? Ali você terá muitas ideias, e quero ir com você até lá — sugeriu a Anna.

— Vamos sim, quem quiser ir com a gente, estão todas convidadas — falei.

Terminamos nosso almoço e nos despedimos. A história da Andrea e a sugestão da Anna não saíram mais da minha cabeça.

— Mãe, que tal você ir de alguma princesa, já que deseja encontrar um príncipe encantado? — sugeriu a Lelê sobre a fantasia da festa.

— Não sei, não — respondi. — Mas não descarto essa opção. Procura mais outras ideias para mim. Amanhã combinei de ir com a Anna à loja de fantasias, se você quiser ir comigo, me avisa. Eu tinha pensado em ir com alguma roupa de época, pensei em ser uma "Deusa Grega", sempre tive vontade de usar aqueles vestidos longos e cabelos bem arrumados. Mas tudo o que achei foram fantasias curtas e muitos sexy, que nem essas — mostrei no meu tablet.

— Credo, mãe, que horror! — exclamou Elena, horrorizada.

Lelê pegou o tablet das minhas mãos e continuou a procurar novas ideias.

Telefonei para meu irmão Francesco, que era bom em me ajudar.

—Francesco, tudo bem? Você nos ajuda a escolher uma fantasia? — pedi. — Vi tantas na internet que nem consigo escolher.

— Tio — falou Lelê pelo viva-voz — minha mãe está escolhendo umas horrorosas.

Ele nos contou que já haviam comprado as suas passagens e escolhido as fantasias, mas queriam manter o mistério até a hora da festa.

— Eu, hein? — brinquei, curiosa. — Ninguém fala nada! Acho que não vou contar também — protestei.

— Você não quer ajuda? — cutucou ele.

— Mãe, olha essa aqui de grega — mostrou Lelê. — É linda de verdade, e aí você faz esse cabelo para a festa.

— Verdade! — concordei — Será que vou encontrar na loja amanhã? — perguntei.

— Acho que o tio terá que comprar, pois esse site é americano.

— Francesco? — perguntei. — Você ainda está na ligação?

— Sim, estou — respondeu. — Elena, me manda uma foto no meu celular ou então façam o pedido pela internet e peçam para entregar em casa que eu levo para a festa.

— Está bem, tio, vou fazer isso. Beijos e estou com saudades!

— Eu também estou com muitas saudades de vocês todos! Beijos para os meninos.

Desligamos.

Eu e a Helena pegamos a fita métrica para não correr o risco de comprar o tamanho errado. Fizemos o pedido pela internet e pagamos o valor mais alto da entrega para chegar a tempo de o Francesco levar para mim.

— Lelê, eu acho que amanhã irei à loja para alugar uma fantasia, caso a grega não sirva em mim — falei.

— Melhor, né? — concordou ela.

No dia seguinte, a Lara passou em casa e fomos juntas para a loja. Seria bom eu ter um plano B. Mostrei para ela a que havíamos comprado pela internet e ela concordou que eu já estaria deslumbrante.

Me diverti com a quantidade e com a variedade de fantasias, desde as mais bizarras até as mais elegantes. Havia várias salas, divididas por temáticas, como personagens de desenhos animados, personagens de filmes, artistas famosos, trajes de época, contos de fadas, bailes de máscaras, casais (se eu ainda estivesse com o Gustavo poderíamos ir de sapo e sapa ou príncipe e princesa). Cogitei a ideia de ir de princesa carregando um sapo de pelúcia na minha mão.

— Ah, não! — falou a Lara tirando a fantasia da minha mão. — Essa está muito apelativa e você precisa *virar a página* desse seu conto de fadas, que já virou uma *fantasia* suficiente.

Experimentei algumas de época estilo medievais, mas eram muito grandes e pesadas, eu teria que carregar uma mala só para ela. Precisava alugar a fantasia por uma semana, período da minha viagem, e o melhor seria se ela fosse leve.

Lara chegou animada no provador:

— Achei! Experimenta essa aqui.

Quando peguei na minha mão, morri de rir:

— Lara, nem adianta, não vou de mulher gato! Já chega a minha calça de couro!

— Experimenta, só para eu ver.

— Tá bom — falei.

— Espera aí, tem a bota que vai até os joelhos e a máscara!

— Ai, meu Deus!! — exclamei.

Vesti a roupa, que era um macacão colado no corpo com um tecido elástico que parecia couro, fiquei uns dez minutos só para calçar as botas de salto alto e a máscara. Quando saí do provador e olhei no espelho, nem eu mesma me reconheci.

— Nossa! É essa mesma que você vai levar! — falou Lara.

— Está linda mesmo, mas não terei coragem de usar.

— Mas esse é o intuito de uma festa à fantasia: você nunca irá se reconhecer assim!

— Já imaginou os amigos dos meus irmãos me vendo fantasiada desse jeito? — falei.

— Sim, você vai arrasar os corações deles todos — falou, sorrindo. — Carregue bem na maquiagem em torno dos seus olhos e use batom bem vermelho. Absolutamente ninguém te reconhecerá!

— Confesso que gostei mesmo! — falei.

E assim decidi, pedi para a vendedora reservar para mim para buscar a fantasia em três semanas, paguei uma taxa alta de reserva, mas valeria a pena. Agora eu teria opção se a fantasia de grega não desse certo.

Enfim chegou o dia da viagem. Eu havia combinado com o Toni de as crianças ficarem com ele, e que eu ficaria no apartamento de Roma, que decidimos manter em nosso acordo de divórcio, para as crianças. Separei a fantasia sem mencionar ao Toni qual iria usar, afinal ele não foi convidado para essa festa, e se fosse seria com certeza *linchado* pela minha família, que agora sabia que ele se tornaria pai novamente.

Cheguei em Roma e fui direto para a casa dos meus pais matar a saudade deles. Queria muito o colo da minha mãe, o Gustavo realmente mexeu comigo e a sua partida deixou um buraco em meu coração.

Tomei coragem e liguei no escritório do advogado dizendo que passaria por lá para buscar meus documentos. A secretária dele me informou que ele não estava no escritório, e foi a minha deixa para correr até lá e não encontrar com o Dr. Giovanni, a garantia de que eu me manteria fiel aos meus princípios. Também, tanto tempo se passou que ele provavelmente havia se esquecido de mim. Pedi a ela que deixasse tudo separado, que eu assinaria a retirada.

E assim fiz, nem conferi o conteúdo do envelope de tão rápida que eu fui.

De volta ao meu apartamento, borrifei spray de limpeza energética, acendi incenso e coloquei sal grosso em todos os cantos de lá. Troquei o lençol e resolvi dormir no quarto de hóspedes para não ficar imaginando o que o Antonio fez na nossa cama com a Samanta.

Ao abrir o roupeiro para pegar toalhas e roupas de cama, me deparei com um presentinho deixado por ela, provavelmente a fim de marcar seu território: uma sacola de papel gigante de uma marca de bolsas das mais caras do mundo. Com certeza o Toni comprara para ela. O sangue subiu em meu corpo e a raiva de ela conseguir coisas que eu nunca nem sequer pedi a ele, nem mesmo um chaveirinho, porque sabia que a resposta sempre seria "não", fez com que eu picotasse a sacola em milhares de pedacinhos e colocasse todas as provas do "crime" dentro da lata de lixo.

Quando eu estava de pijamas e calçando meus chinelinhos, de banho tomado, meu celular apitou, indicando a entrada de uma mensagem.

— Soube que alguém foi ao meu escritório hoje, escondida de mim, *roubar* uns documentos.

Sim, era ele, o próprio Dr. Giovanni. Meu coração subiu pela boca.

— Vamos tomar um vinho? Você está me devendo — cobrou ele.

"Alice, não responda. Não vai, não..."

— Quando?

"Por que respondi? Agora pareço interessada", pensei.

— Agora mesmo. Senão você foge — digitou rapidamente.

"Ai, meu Deus!", pensei. "E agora?"

— Fique pronta, passo para te pegar daqui a uma hora — me intimou.

— Já estou de pijamas — escrevi. — Como sabe onde moro?

"Sua burra, ele olhou no seu cadastro..."

Entrei em pânico, sem saber o que fazer. "Uma hora para me arrumar? O que vou usar? Já sei! A minha calça de couro com a minha camisa de seda e a bota de cano alto por cima da calça." Entrei no chuveiro novamente e me esfreguei até as tripas. Lavei meus cabelos e sequei com o secador. Não sei fazer escova direito, e eles armaram igual a um espanador. Me vesti, me perfumei e tentei me maquiar o mínimo possível, com certeza ele perceberia se eu tentasse carregar na maquiagem.

Após uma hora em ponto, o interfone do prédio tocou. "Será que ele é descendente de britânico?", pensei.

Acionei o botão do elevador e em menos de dois minutos estava na porta do prédio. Um Porsche preto me esperava com o cara mais lindo que vi na vida dentro dele... Havia quase me esquecido da sua beleza. "Só que casado", me lembrei, frustrada. Eu teria que me conter.

Ele destravou a porta do passageiro e entrei no carro. Tentei disfarçar, mas o perfume dele era muito delicioso. Cumprimentei-o de longe e saímos.

— Oi, Dr. Giovanni, para onde estamos indo? — perguntei.

— Doutor? — ele sorriu. — Deixa disso, me chama de Giovanni. Vamos para um restaurante gostoso que conheço.

Ou ele estava querendo mostrar o carro para mim ou estava se escondendo da esposa, porque fomos tão longe que quase saímos da cidade. Pelo trajeto, jogamos conversa fora, tentando esconder o nosso nervosismo (até ele parecia nervoso).

— Porsche? — perguntei, tirando sarro dele. — Pensei que nós, italianos, gostássemos de Ferrari, Lamborghini....

— Pois é — respondeu sem graça à minha pergunta. — Sou um italiano diferente.

O passeio valeu a pena: chegamos a um restaurante tão reservado quanto charmoso. Ele escolheu uma mesa discreta, sentamos um relativamente perto do outro e começamos a conversar. Por mais estranho que pareça, a minha sensação era de conhecê-lo há anos. Falei de meu casamento, das crianças, de como fui parar no Brasil e tagarelei tanto que nem percebi os copos de vinho sendo servidos.

"Como vou dizer a ele agora que não tomo vinho?", pensei. "Alice, engula como sendo a maior apreciadora de vinhos que você conhece."

Dei o primeiro gole e tentei disfarçar perguntando a ele:

— E você, me conte um pouco da sua vida.

— Vamos pedir nossos pratos? — disse ele se esquivando do assunto.

— Pode escolher para mim — pedi. — Cheguei hoje de viagem e ainda estou com fuso horário, almocei na minha mãe e sabe como é, né? Não estou com muita fome — falei, tentando disfarçar meu estômago revirado com tantos sentimentos discordantes que eu estava sentindo, imaginando nesse momento onde estaria a esposa dele.

E, antes de ele pegar o cardápio, mexeu nos meus cabelos e grudou meus lábios nos dele. Não tive como desviar, e na verdade nem quis, eu estava simplesmente hipnotizada por aquele homem.

Nos beijamos intensamente. Um beijo há meses, ou melhor, há anos esperado e contido.

"Eu beijei um homem casado...", surtei.

Passei o jantar em estado de choque. Comemos somente o aperitivo e tomei mais alguns goles do meu vinho. Isso acabou alterando meu comportamento, e eu estava me sentindo poderosa. Aquela roupa parecia uma roupa de heroína, cada vez que eu vestia, um sentimento de coragem tomava conta de mim. "Como será eu vestida de mulher gato?", pensei.

Bem mais solta por conta do vinho, contei a ele sobre a festa à fantasia do meu irmão. Não aguentei e contei sobre quais fantasias escolhi, dizendo que o Francesco chegaria amanhã com a minha roupa de grega.

— Deusa grega, você quis dizer — me elogiou. — Em qual delas você se inspirou? Afrodite, Ártemis, Hera, Atena...

— Não havia pensado sobre isso — respondi.

— Então vamos descobrir juntos — disse ele, pagando a conta do restaurante e se levantando.

A história da festa do meu irmão atiçou ainda mais a *fantasia* dele em me conhecer —e eu também a ele. Fomos para o meu apartamento, o Porsche dessa vez mostrou para que foi feito: em um piscar de olhos estávamos na porta do edifício. Eu o convidei a subir.

Subitamente ele tirou de trás do banco do carro outro vinho!

"Agora já era", pensei. "Vou me embebedar."

Chegando na cozinha, abrimos o vinho. Mal servimos a taça, nossos corpos começaram a se enrolar, quando percebi já estávamos nus no sofá da sala. Ele tinha uma pegada como nenhum outro homem (digo, o Toni e o Gustavo) teve comigo. Talvez o vinho tenha intensificado minhas sensações, mas o fato é que era forte e penetrante, eu estava vivendo uma cena de filme, e nem preciso dizer que esse filme não era apropriado para menores de idade. Me entreguei por completo para um *desconhecido* (de fato era isso o que ele era) me sentindo pela primeira vez na minha vida *uma mulher madura e desejada*!

— E agora? Dormi com um homem casado... — disse para ele, mostrando meu nervosismo assim que caí na real.

— Você dormiu? Eu não dormi e também nunca experimentei um homem casado! — disse ele para me descontrair.

— Verdade! — concordei. — Eu também não dormi, não, mas estou dentro de um sonho tão real que não quero despertar. Não se preocupe que não irei me apaixonar.

— Podemos voltar na história das deusas gregas? — perguntou, para mudar de assunto. Naquele momento, acredito que a última coisa que ele queria era se lembrar da sua situação matrimonial. — Eu descobri claramente qual delas você representará na festa. Quer saber?

— Huuuummm, estou curiosa para saber qual escolheu para mim.

— Por acaso você teria dúvidas de ser Afrodite? — cutucou meus pés com os seus.

— A deusa da beleza? — perguntei a ele intrigada, afinal isso seria uma novidade para mim, nunca me achei tão bela assim.

— Além da beleza, ela é deusa do amor e do... sexo. E que sexo!

Nunca as minhas bochechas coraram tão rapidamente. Já estavam rosadas pelo efeito do vinho, agora então ficaram de um vermelho tão intenso, quase da cor de sangue. Depois de tudo o que vivi com ele em tão pouco tempo, não entendo como consegui passar uma mensagem tão diferente para ele de quem eu era... Ou será que essa mulher poderosa era mesmo eu e eu nunca soube?

—Você tem o poder de deixar qualquer deus do Olimpo encantado com você — continuou ele, acariciando carinhosamente com seus dedos os meus lábios. — Agora gostaria de conhecer seu apartamento.

Quando entramos no quarto de hóspedes, onde eu estava hospedada, ao ver a minha mala aberta em cima da poltrona ele me pediu para que eu vestisse a fantasia da mulher gato, queria me ver a todo custo "antes" de eu me mostrar para os "outros" na festa.

— Quem disse que irei com essa fantasia? Só irei se a outra não me servir — falei, mexendo na minha mala. — Espera um pouco, então, que farei seu desejo acontecer.

Entrei no banheiro e me vesti rapidamente. Calcei as botas, passei o batom vermelho, escondi o entorno dos meus olhos com a máscara. Nossa, eu realmente estava uma verdadeira *gata*! Adorando cada momento dessa extraordinária experiência. "Por que demorei tanto para voltar para a Itália?", me repreendi olhando no espelho. Quando apareci de volta no quarto, ele não acreditou no que viu.

— Acho que você possui o poder de todas as deusas gregas em você, é a *deusa das deusas* — disse ele, fazendo eu dar uma voltinha para me observar de diversos ângulos. — Já adianto que não deixarei você usar essa fantasia na festa, ela é só para mim, ninguém mais irá te ver vestida assim.

— Hera? Sabia que a deusa das deusas está relacionada à monogamia e ao casamento? — cutuquei-o. — Ela é a rainha do Olimpo, e Zeus é seu esposo. Mas saiba que ela também foi rancorosa e, por ciúmes, armou planos de vingança contra Afrodite, sua principal rival, uma das amantes de seu marido.

— Será que sou Zeus? — perguntou, me instigando.

— Ha, ha, ha — debochei. — Você está *se achando*, né? Cuidado você para não se apaixonar por mim!

— Isso eu já estou. Venha aqui — me puxou para a cama e lá fomos nós para o segundo *round*, tão bom ou melhor que o primeiro.

Ficamos quietinhos deitados na cama entrelaçados. A sensação que senti cada vez que ele me tocava era de que já nos conhecíamos de outras vidas, ou que viajávamos para outra dimensão. Não sei explicar, mas era uma sensação única e realmente muito, mas muito profunda, meeeeesmo. Adormecemos.

Durante a madrugada, mexi a minha posição e acabei acordando, sentindo um pouco de tontura, não pelo vinho que realmente eu saboreei, mas pelo fato do cansaço da viagem e de tudo tão intenso que vivemos. Eu o apreciei por alguns instantes: ele dormia profundamente satisfeito ao meu lado, parecia um sonho eu ter conquistado um homem como ele. Mesmo que tenha sido por uma única noite, eu nunca poderia sequer imaginar que aconteceria algo entre a gente dessa forma.

— Agora posso dizer que dormi com um homem casado — falei, despertando-o com um beijo carinhoso em suas costas.

Ele retribuiu a minha carícia e começou a se vestir. Não sei o que ele falaria para a esposa chegando em casa durante a madrugada, mas não ousei perguntar, esse problema era dele, e não meu.

— Eu dormi com uma mulher recém-divorciada, pior, com uma cliente! — brincou comigo, calçando seus sapatos. — Agora tenho que ir, lembre-se amanhã que só usará a fantasia de grega. Se eu pudesse, levaria uma das botas comigo para não ter a fantasia completa.

— Nem pense nisso, preciso devolver para a loja no Brasil, é alugada!

— Então trate de comprar uma igualzinha para mim — pediu. — Agora, sem brincadeira, você me enfeitiçou... — falou, dando um selinho de leve em meus lábios e saindo pela porta.

— Eu??? — perguntei de volta quando ouvi a porta fechar.

"Agora terei que lidar com isso tudo..."

No dia seguinte, continuei no mundo da Lua. O Giovanni me mandou uma mensagem dizendo o quanto a noite dele fora maravilhosa. Eu ainda não havia entendido tudo aquilo que aconteceu comigo. Mas *o que acontece em Roma*, permanece em Roma. Manterei segredo até para as minhas amigas.

De volta à realidade, visitei meus pais e encontrei Francesco acompanhado do Marcello, aguardando para irmos juntos até o maravilhoso hotel da festa do Giorgio. Lá ele me entregaria a fantasia de grega. Mamãe já estava com toda a criançada, incluindo meus sobrinhos, filhos do Pietro, enquanto meu pai havia ido até o mercado abastecer a cozinha.

Em um dia ensolarado, partimos para as montanhas. Sempre amei essa parte da Itália, "como pude me deixar virar tão brasileira", pensei. "Aqui é meu lugar, a minha casa e a minha família." Tudo estava tão lindo que comecei a cogitar voltar a viver nesse meu antigo lar.

A sinuosa estrada e as músicas que meu irmão mais descolado colocou para tocar dentro do carro ornavam com a atmosfera realmente encantadora de... tão romântica... Senti um grande aperto no meu coração. Seria a primeira vez que eu estaria em uma festa entre família e amigos sem o Antonio. Minha memória brigava com meus pensamentos; entre o antigo e o novo, as lembranças do Toni, do que eu não vivi com o bonitão, dos dias com o Gustavo e agora da intensa noite com o Giovanni se misturavam, me deixando em um confuso furacão sentimental. Meu clima melancólico foi quebrado com a intervenção do meu cunhado, que, tentando me alegrar, falou:

— Vi a sua fantasia quando chegou, é lindíssima. Você sabia que ela foi feita à mão?

— Pelo valor que paguei, só poderia ser. Parece que o site vende até vestidos de noiva, não é daqueles baratos de fantasias chulas e populares — falei, encurtando a conversa. — Espero que sirva.

Queria ficar em silêncio, e acho que ele compreendeu, porque não tocamos mais em nenhum assunto até chegarmos ao grande casarão de pedra do hotel.

Giorgio e Patrícia já estavam recepcionando os convidados com um delicioso cappuccino, e em seguida nos encaminharam para nossos quartos. A decoração do meu era com buquês de flores do campo recém-colhidas nas imediações do hotel. A janela estava aberta, a vista simplesmente estonteante, consegui enxergar a piscina e o gramado ao lado onde provavelmente seria montada a festa. O antigo casarão se localizava no topo de uma montanha com outras suntuosas nos circundando. Sei que no inverno tudo o que vemos por ali é neve e mais neve, mesmo assim o hotel mantém seu funcionamento. Em cima da cama de casal, encontrei um envelope pardo com dizeres de boas-vindas e dois chocolatinhos. Me joguei em cima do edredom branco para aguardar o Francesco abrir sua mala e me entregar a fantasia, li o conteúdo da programação dos dias em que estaríamos por lá: hoje teríamos um almoço na gigantesca cozinha gourmet, uma das especialidades que fazem esse lugar se destacar, e ao pôr do sol, seguiríamos para a comemoração. Havia no hotel um salão de cabelereiro para auxiliar os convidados na maquiagem e nos cabelos; como fazem muitos eventos de casamentos, toda a estrutura já vem montada. Amanhã teremos um *brunch* no jardim e aí voltaremos para Roma.

Olhando os chocolates, a vista e o romantismo que aquele local automaticamente nos impunha, não me contive, comecei a chorar relembrando que tudo o que eu queria era não estar sozinha. O Francesco bateu na porta e eu abri com meus olhos ainda molhados. Sensível como ele é, entendeu tudo o que eu estava sentindo e me abraçou profundamente sem me dizer nenhuma palavra. Só depois que me acalmei ele disse, com olhar de piedade, limpando as minhas lágrimas:

— Aqui está a sua fantasia. Lembre-se que você é uma deusa e nunca estará só.

— Obrigada — agradeci, pegando a sacola de suas mãos tentando sorrir. — Você não sabe o quanto te amo. Eu sei que não estou sozinha, mas nesse momento estou me sentindo sozinha...

— Você é a minha irmã caçula preferida — disse ele descontraindo o clima.

Essa é uma brincadeira que escuto desde criança de todos os meus irmãos, sempre sou a irmã preferida, pois sou a única mulher da família!

— Eu sei — respondi sorrindo. — Vou me recompor e encontro vocês no almoço. Pode ir que ficarei bem.

Assim que ele saiu, entrei no banheiro para lavar meu rosto, e em cima da pia havia um saquinho bem delicado de primeiros socorros. Dentro dele tinha remédios para ressaca, dor de cabeça, esparadrapo e até preservativo! "Isso só pode ser ideia da Patricia", pensei, me divertindo.

Experimentei a fantasia, que serviu perfeitamente, era linda como no descritivo da internet. "Ainda bem!", pensei. Naquele lugar charmoso e campestre, iria me destoar de mulher gato. "Entrarei sozinha na festa, mas como uma verdadeira deusa grega!"

"Incrível na minha noite de ontem eu me sentir tão poderosa e hoje estou somente no bagaço, deve ser a ressaca", pensei. "Vou tomar um desse remédio aqui."

Tomei.

O local do almoço era simplesmente maravilhoso: uma mesa gigante, comprida e decorada com muito bom gosto acomodou todos os convidados. Encontrei o Pietro com a Camilla, alguns dos nossos primos e muitos amigos do Giorgio da época de colégio. Poucos eu não conhecia, pois eram do trabalho ou pais do colégio das crianças; ir para o Brasil me fez perder o contato com muita gente. Passando o olho rapidamente, só vi casais: de solteiras, só havia mulheres. "Alice, pára de ficar procurando homens", reprimi rapidamente meu pensamento e sentei em frente à Kiara, irmã gêmea da Patrícia, e entre o Francesco e o Marcello, que cederam espaço para me aconchegar. Fomos servidos de uma macarronada com molho à bolonhesa, especialidade da casa, mais uma carne, salada e sobremesa regados por muito vinho. Muitos estranhariam o fato de eu não gostar muito de beber, então me serviram uma taça e eu disfarcei o almoço todo. Tudo estava muito agradável, a nossa conversa foi tentarmos descobrir a fantasia que cada um iria vestir mais tarde na festa, foi uma farra, uns cutucando os outros entre as gargalhadas.

Após o almoço, voltei para o meu quarto, cochilei por quase uma hora, precisava repor um pouco das energias desgastadas dos últimos meses. Em seguida tomei um banho revigorante, e a maquiadora veio até meu quarto no horário marcado. Enviei mensagem para as crianças e combinei com eles de tirar muitas fotos, quando entrou uma mensagem do Giovanni:

— Como está por aí? Não consigo tirar você da minha cabeça.

— Por aqui está tudo bem, o lugar é lindo e romântico... A minha cama de casal está metade vazia "por enquanto" — escrevi.

— Queria estar aí preenchendo... Mas por que por enquanto? Tem alguém em vista por aí?

Igual ao Gustavo, definitivamente o Giovanni não era. A rapidez dele para me enviar e responder mensagens é de bater o recorde.

— Não sei ainda... Saberei daqui a pouco, quando a festa começar. Só sei que meu edredom é muito aconchegante — aticei-o, levemente.

— Sabe qual fantasia usar, não é? Não ouse colocar a de mulher gato, aquela é só para mim — escreveu ele.

— Vou pensar ainda no que está me pedindo — respondi, sem comentar que eu já havia escolhido. — De qualquer forma, por que não vem para verificar? — provoquei, com uma pitadinha de sarcasmo.

— Adoraria, você me deixou completamente maluco e apaixonado, não sei mais o que fazer da minha vida. Tira uma foto quando estiver pronta e manda para mim? — pediu.

— Vou pensar também sobre esse seu pedido. Agora preciso ir — finalizei a conversa com um emoji de coração.

Aprendi a fazer o *joguinho* e deixá-lo intrigado. "Hoje, não mandarei foto alguma para ele, não", pensei.

Frente ao espelho, vi uma deusa grega refletida — não sei qual delas, mas sei que estava maravilhosa! Meu cabelo estava preso só um pouco na frente, e os acessórios fizeram total diferença. Estava chique e muito elegante. Olhei pela janela do meu quarto como estava a movimentação da festa e me diverti muito com os convidados chegando, principalmente com um *dinossauro* que andava tropeçando, de tão grande que era a sua fantasia. Não sei como coube dentro do carro e muito menos como ele irá se sentar. Acho que passará a festa toda em pé. Um casal bem criativo fantasiado de "sal e pimenta", outro de atores vencedores do Oscar, uma de Morticia, da família Addams, e alguns que não consegui identificar, pois estavam longe. Me empolguei para ir para a festa e bati na porta do quarto do Francesco e do Marcello. Ao abrirem a porta, encontrei duas drag queens, fantasiadas perfeitamente.

— Vocês estão ótimoooos — falei entre gargalhadas.

— E você, uma deusa! Que linda que está! — me elogiou o Marcello.

— Deixa eu ver? — pediu Francesco. — Dá uma voltinha.

Enquanto eu girava segurando a mão dele, os dois elogiaram meus cabelos e o vestido longo e elegante.

— Vamos tirar foto? — pediu Marcello.

— Vamos, sim!

Nos posicionamos e *click*! Tiramos uma selfie, que ele automaticamente postou nas suas redes sociais.

— Tira uma de mim para as crianças? — pedi.

O Francesco tirou algumas fotos e enviei diretamente no grupo que tenho dos nossos filhos.

— Vamos para a festa?

O gramado estava todo enfeitado, com muitas flores do campo iguais às do meu quarto, luzinhas penduradas em fios bem delicados, almofadões espalhados pelo campo em volta de uma acolhedora fogueira. O sol estava começando a se pôr atrás da montanha, e a silhueta do *dinossauro atrapalhado* completava o cenário. Como estava divertido! O Pietro, que adora velejar, estava fantasiado de Popeye, acompanhado da sua Olívia Palito. Já o Giorgio escolheu se fantasiar de Chapeleiro Maluco, e a Patrícia, de Rainha de Copas.

— Puxa, se eu soubesse teria vindo fantasiada de Alice! — brinquei.

— Engraçadinha! Alice você já é! — falou a Patrícia.

— Mas ainda vivo longe do *país das maravilhas*! — eu disse, rindo.

— Olha, vou dizer a você que está linda! — o Giorgio me elogiou. — Venham todos, vamos tirar fotos!

Dessa vez, o fotógrafo tirou fotos nossas e também com a câmera do celular do Marcello, que na hora postou novamente em suas redes sociais.

— Ele não perde uma chance de postar, né? — falei para o Francesco. — E eu vivo me escondendo...

— Não seja por isso — falou ele. — Me passa seu telefone aqui.

O Francesco pegou meu celular e imediatamente fez um post meu com a minha foto de grega e outra com todos os meus irmãos.

Adorei as fantasias de Cleópatra, Maria Antonieta, de Penélope Charmosa, pantera cor de rosa e de sultão, de um dos amigos do meu irmão. Ele contratou um DJ, e após o pôr do sol a balada começou a esquentar, o som ficava cada vez mais alto a cada hora que passava. A pista de dança foi improvisada no deck da piscina, e já no meio da festa o dinossauro se revelou, arrancou a cabeça fora e dançava somente com o corpo do animal; quem vestia era Giuseppe, o melhor amigo do Giorgio. Como nos divertimos. Me senti a caçula novamente, protegida por meus irmãos. A festa foi sensacional!

Voltei para meu quarto de madrugada e não acreditei na enorme quantidade de comentários nas minhas fotos postadas. Vi que o Gustavo curtiu, e o Toni também... O *bonitão baladeiro* comentou com dois coraçõezinhos... "O que será que ele quis dizer com isso? Bom, deixa eles perceberem o que eles perderam", pensei, me valorizando. "Sou uma deusa grega!" — deitei exausta e dormi imediatamente.

Acordei com a claridade da janela, porque havia esquecido de fechar a cortina, e me levantei para fechá-la quando vi o nascer do sol. Nunca, em todos os anos em que morei ou estive na Itália, vi uma manhã tão especial. Não sei se pelas cores ou pela configuração das nuvens ou se tudo isso junto; o fato é que a minha janela emoldurava a cena em uma magnífica obra de arte. Contemplei por alguns instantes, fechei a cortina e voltei a dormir, despertando quase em cima da hora do *brunch*.

Fui o assunto da mesa, só porque os amigos do meu irmão queriam saber por que uma "deusa grega" como eu continuava sozinha.

— Por acaso vocês me apresentaram alguém? — perguntei, provocando-os.

— Nossos amigos todos "não prestam" — disse Giuseppe, o dinossauro. —Você é a irmã caçula do meu melhor amigo, aliás, a única irmã. Não posso "brincar" com você.

— Vocês vêm sempre com a mesma história — falei, debochando. — Quem disse que eles não prestam? Deixa eu experimentar, aí digo para vocês se prestam ou não!

Meu irmão mais velho, protetor e ciumento, já começou a olhar feio para mim.

— Você já entrou em algum aplicativo de relacionamento? — perguntou Patrícia.

Mal tive tempo de responder à minha cunhada e Giorgio a reprimiu:

— Para com isso, Patrícia! A Alice não é uma vitrine! Além do mais, nesses aplicativos ninguém presta. Eles são como um GPS para o sexo, ficam buscando um ao outro igual a um catálogo de produtos, e ainda por cima correm o risco de cair em golpes, além do perigo de pegarem uma doença.

— Nossa, Giorgio, quanto drama — ela falou, revirando os olhos para a atitude ultrapassada do meu irmão.

— Meu amigo, nessa você se deu mal — repudiou Giuseppe. — Você esqueceu onde conheci a Maria? Foi por um aplicativo. Agora pergunta pra ela se ela se sentia como uma vitrine.

O clima na mesa ficou pesado, e eu nem tive como me colocar na conversa: logo a Maria respondeu em tom irritado com o que meu irmão havia dito.

— Nunca me senti como uma vitrine, muito pelo contrário. No aplicativo, tive a chance de escolher de quem eu gostaria de me aproximar e, outra coisa, eu nunca saí com ninguém sem antes pesquisar muito sobre a pessoa. Ah — lembrou ela — e também falar com ele por ligação de vídeo até mesmo para ver se valeria a pena conhecê-lo.

— O caso de vocês é diferente, vocês tiveram sorte — tentou nos convencer. — Alice mora no Brasil, e lá tudo é muito perigoso. Conheço várias histórias que não acabaram nada bem.

— Concordo — finalmente encontrei uma brecha para falar. — Até hoje não tive coragem de entrar em aplicativo por resistência e talvez preconceito, como Giorgio disse.

— Será que não foi por medo? — Maria me perguntou. — Vou te ensinar alguns truques.

— Nem vem querer entrar novamente no aplicativo para ensiná-la — Giuseppe falou em tom de brincadeira, misturado com um pouco de preocupação.

— Obrigada, Maria — agradeci. — Depois você me explica! — dei uma piscadela com meu olho direito. — Agora sugiro mudarmos de assunto. Quem de vocês chegou a ver o nascer do sol hoje de manhã? Estava deslumbrante!

— Eu, não... Dormi igual a uma pedra — disse Giuseppe, e todos concordaram. Somente eu havia sido despertada para não perder essa maravilha.

Após o *brunch* nos despedimos de todos e voltamos a Roma. Eu teria mais uma noite por lá; o Giovanni não saiu da minha cabeça, e eu provavelmente tampouco saí da dele. O GPS dele deveria estar ligado, porque em seguida do meu pensamento recebi sua mensagem, perguntando como havia sido a festa e se ele poderia me encontrar em meu apartamento. Claro que deixei. "Quem precisa de aplicativo com um GPS como o dele?" — pensei, animada.

— Deixa eu chegar em casa e tomar um banho antes — respondi a sua mensagem.

— Não vou esperar, tomaremos banho juntos.

Dito e feito, foi o tempo de o meu irmão me deixar na porta do prédio e se despedir, que em seguida o Porsche do Giovanni apareceu na minha portaria. Esperei ele sair do carro e entramos rapidamente.

Nossos beijos começaram no elevador. Impressionante a sensação quando estou com ele: continua como se nos conhecêssemos há anos, pura sintonia e intensidade. Ao entrar no apartamento, barrei-o, dizendo:

— Calma, preciso tomar um banho.

— Vou junto.

E entramos dentro do chuveiro, a água morna caindo sobre nossos corpos entrelaçados... Senti na minha pele a sensação de cada pingo que caía, e entre seus beijos molhados e convidativos me entreguei a ele ali mesmo...

Enquanto nos enxugávamos, conversamos um pouco sobre a festa, mostrei as minhas fotos e foi o tempo de ele se recompor para iniciarmos uma nova rodada íntima entre carícias, beijos e ... sexo. O melhor da minha vida!

Dentro do avião, já pousando no aeroporto, quase não percebi a longa viagem passar. Aterrissamos, mas continuei me sentindo nas nuvens...

— Coloque seus pés no chão — minha terapeuta disse sorrindo para mim, em tom provocativo.

Precisei dividir o horário da minha terapia em dois, mas se pudesse seriam muito mais, eram tantos os assuntos que eu queria falar —e todos muito urgentes. Preferi optar por contar em ordem cronológica de acontecimentos: primeiro sobre a minha relação inesperada (porém tão esperada ao mesmo tempo) com o advogado da Itália e depois sobre a ideia de ingressar em um aplicativo de relacionamento. Eu estava me sentindo culpada não só de me tornar uma *amante* mas também de provocar a separação do Giovanni. Até mesmo o Toni, que estava mais próximo e carinhoso comigo, poderia se afastar de vez.

— O interessante dessa história — disse ela, referindo-se ao advogado — É que talvez você tenha compreendido o que o Toni sentiu quando decidiu te trair, e assim ficará mais fácil de perdoá-lo.

— Por esse ângulo pode até ser, mas eu nunca teria coragem de traí-lo. O Giovanni é muito charmoso, aliás ma-ra-vi-lho-so! — disse eu para dar melhor entonação à palavra. — Mas é casado, e isso, quando estou consciente — sorri — é contra meus princípios.

— É ou era? — hoje ela estava impossível comigo.

— Nós dois acabamos nos surpreendendo. Ele disse que o casamento dele já está no final e que foi a primeira vez que ele traiu a mulher dele... Senti que dizia a verdade, mas também desconfio pela fama que os homens italianos têm.

— Isso não vem ao caso agora. Vocês estão trocando mensagens? — perguntou.

— Não, quis deixar muito claro para ele que nunca na minha vida, mesmo deslumbrada por sua beleza, desejo machucar uma família. O que senti quando fui traída não desejo nem para meu pior inimigo. E agora me sinto mal por sua esposa, pode? — falei, dividida. — Ao mesmo tempo, foi tão bom....

— Seu primeiro horário já terminou — disse ela sorrindo por eu ter separado a consulta. — Pode ir para a segunda história e, se der tempo, voltamos a essa.

— Está bem... — relatei brevemente sobre a festa e o que a Patrícia e a Maria, nova esposa do Giuseppe, tinham dito sobre eu entrar em um aplicativo de relacionamentos.

Quase não restou tempo para a análise, mas o essencial ela conseguiu compartilhar:

— Eu não vejo problemas, experimente entrar e sair a hora que quiser, até se acostumar com essa ferramenta. Acho que poderá ajudá-la se servir como um treino.

Dessa vez não saí da consulta nem mais leve nem com tantas respostas, mas com a certeza de que um "monstro" eu não era... e prometi pensar em ter coragem de quebrar o tabu sobre o aplicativo.

Os dias foram passando e eu me segurando para não enviar nem responder às mensagens do Giovanni, eu não poderia me apaixonar... "O que aconteceu, aconteceu... Foi maravilhoso, mas acabou. Alice, ele é casado e ponto final", pensei, tentando tirá-lo da minha cabeça enquanto estacionava o carro para almoçar com as minhas amigas Estela, Anna e Maria Luiza em um restaurante vegetariano super charmoso que a Anna descobriu ao lado do seu trabalho.

Como sempre, estou adiantada. Escolhi uma mesa nos jardins do restaurante, ao lado de uma horta orgânica em que colhiam os ingredientes para nos servir. Havia um casal ao meu lado que, pelo assunto dos dois, parecia estar lá para se conhecer, o assunto não era de trabalho, não. Fiquei imaginando se eles se encontraram em algum aplicativo de relacionamento.

— Oi Alice, tudo bem? — Anna perguntou, pendurando a sua bolsa atrás de sua cadeira. — Você chegou faz tempo?

— Oi, Anna, que bom que está aqui — levantei-me para cumprimentá-la, e avistei de longe as outras duas se aproximando. — Faz pouco tempo que me sentei, essa mesa que escolhi está boa?

— Está ótima! — respondeu, emendando — Oi, meninas, como estão vocês?

Estela e Maria Luiza se sentaram, e enquanto líamos o cardápio a Estela, brincando em tom provocativo, nos cutucou sobre a escolha do restaurante:

— Onde tem carne aqui neste menu?

— Engraçadinha — respondeu a Anna. — Você sabe que aqui é vegetariano.

— E você sabe que sou carnívora! ROOOOAR — Estela *rugiu* como um leão.

— Vocês duas, se comportem! — alertou Maria Luiza. — Daqui a pouco seremos expulsas sem nem termos pedido a comida.

Pedimos uma moqueca de banana da terra bem grande para todas nós. Enquanto conversávamos animadamente, colocando os assuntos em dia, a Estela comeu tudo o que servimos a ela.

— Ainda bem que tinha peixe para me salvar! — comentou, distraída. — Estava uma delícia! Tem mais um pouco? — perguntou, revirando a colher na panela.

Nós três nos entreolhamos e caímos na risada.

— Estela, como você é desavisada! — caçoou a Anna. — Onde tem peixe aqui? Isso é a banana da terra!

— Não pode ser! — Estela disse, alarmada. — A textura e o gosto são iguaizinhos!

— Está vendo? Você pode se tornar vegetariana que nem perceberia a diferença! — Anna provocou.

— Engraçadinha, você! — Estela disse, sem graça.

Enquanto elas discutiam, me perdi entre meus pensamentos, eles estavam em um único lugar, bem onde não deveriam estar: Giovanni.

— Alice? — Estela me despertou de supetão dos meus devaneios. — Está no mundo da lua?

Tentei me recompor do susto o mais rápido possível e pensar que não poderia deixar escapar nenhuma notícia sobre o que vivi com o Giovanni com elas. Eu poderia ser julgada e, pior, elas poderiam parar de me convidar para sair, achando que eu fosse querer ficar com os maridos delas. "Que monstro eu sou... Como pude ficar com um homem casado? E pior... mais que uma vez? Será que virei amante?", me culpei, repudiando a minha atitude mais uma vez. Achei que já havia superado esse trauma. Para elas, resolvi contar somente sobre como havia sido a festa do meu irmão, e mostrei as fotos.

— Nossa — as três exclamaram em coro. — Você estava mesmo uma deusa!

— Quem fez o penteado no seu cabelo? — perguntou Maria Luiza.

— Foi uma moça que minha cunhada contratou para nos ajudar a nos arrumar.

— E essa fantasia? — Estela estava encantada, aproximando a foto na tela do celular para ver cada detalhe. — Ficou perfeita! Você nem precisou usar a outra que alugou com a Lara, né?

Engoli seco me recordando que a usei sim... Mas para uma festa à fantasia bem privativa....

— Sim, essa fantasia ficou linda e está às ordens para quando vocês quiserem usar!

— Para mim vai ficar uma mini saia! — brincou Anna, por conta da nossa diferença de altura.

Todas rimos, até que a Maria Luiza perguntou:

— E aí? Encontrou algum deus grego?

Mais uma vez engoli seco, respirei fundo e respondi, tentando disfarçar minha mentira:

— Nada... Na festa do meu irmão só tinha casais ou mulheres solteiras...

— Não acredito! — falou Maria Luiza. — Vamos precisar fazer uma festa à fantasia por aqui para você se vestir novamente com essa fantasia maravilhosa.

— De que adianta? — brinquei. — Vocês também nunca tiveram alguém para me apresentar, exceto a Ana Maria, que me trouxe o *bonitão*.

— Ixi... É verdade — Estela concordou. — Você é tão certinha que ninguém que conhecemos prestaria a você.

— Lá vêm vocês novamente com essa história. Sabiam que fui assunto do *brunch* do meu irmão porque falei para eles, e quero deixar claro também para vocês, que quem deve saber se a pessoa presta para mim ou não sou eu mesma? Preciso pelo menos experimentar! — falei.

— Tem razão — concordou Estela.

— Aí, a Patrícia me perguntou — continuei a relatar — se eu já havia entrado em algum aplicativo de relacionamento e o assunto virou polêmica na mesa. O que vocês acham sobre isso?

Por alguns segundos, as três ficaram pensativas, até que Maria Luiza quebrou o silêncio entre elas:

— Olha, não sei se eu teria coragem, tenho algumas amigas separadas, lembram da Marta, amiga da Ana Maria? Ela entrou em um aplicativo e hoje está conversando com uns nove caras, acredita?

— Nossa, como ela administra isso? — perguntei.

— Não faço a menor ideia — ela respondeu. — Só sei que ela se diverte com isso.

— Eu ficaria maluca. Quero saber: se vocês estivessem no meu lugar, o que fariam?

— Eu não teria coragem — falou Anna. — Aplicativo deve ser igual a uma roleta russa, você não sabe com quem está ou não saindo, vai que é um golpista? Alcoólatra? Drogado? Assassino?

— Para com isso, Anna! — repudiou Maria Luiza. — Também não é assim, né?

— Parece que tem alguns truques para termos segurança — falei. — A Maria, casada com o Giuseppe, melhor amigo do meu irmão, me contou sobre essas dicas. Sabiam que eles se conheceram por aplicativo?

— Interessante — falou Maria Luiza. — Mas você não se sentiria exposta? Os aplicativos parecem catálogos.

— Pois é, foi o que meu irmão falou, que eu estaria em uma vitrine para sexo com a mensagem que estaria "desesperada" para achar um homem — falei. — De qualquer forma, eu estaria mesmo em um catálogo, isso não dá para negar.

— Bem machista, seu irmão — Estela finalmente resolveu falar. — Não acredito que seja assim, nós mulheres temos, sim, o direito de nos expor do jeito que quisermos. O mundo está modernizado, e os homens, ao te conhecer, perceberão na hora que você é uma mulher séria. Acho que você deveria ao menos experimentar, até para sentir o que isso gera dentro de você.

Na pior das hipóteses você poderá ver essa experiência como um treino. Vai ajudar a levantar a sua autoestima.

— Pensando por esse lado, pode ser... — falei, refletindo.

— Deve ter algum aplicativo "mais seguro" — disse Maria Luiza. — Você já pesquisou?

— Nem isso tive coragem de fazer. Acreditam que uma das minhas preocupações ainda é com o Toni, quando ele descobrir? — confessei.

— Você ainda pensa nele? — Estela perguntou, alarmada.

— Não sei... Mas sinto, não sei por quê, que o estaria provocando e ele se afastaria para sempre.

— Outro machista — completou Estela, revirando os olhos.

— E se fosse o contrário? E se ele resolvesse te procurar com medo de te perder para sempre? Soube pelo Júlio que as bases do relacionamento dele com a Samanta não estão muito firmes, não... — Anna comentou.

— Tenho sentido que algo está mesmo acontecendo, porque ele está mais carinhoso comigo, tentando se reaproximar — falei. — E o último motivo que me impede de entrar no aplicativo é algo que nunca contei para vocês: tenho receio de encontrar o Gustavo.

Elas se entreolhavam enquanto relatei a história da Elena quando descobriu que ele, mesmo comigo, usava o aplicativo.

— Sem palavras... Experimente entrar no aplicativo e aí tiramos a limpo onde essa história vai dar — Estela falou.

Em seguida, pagamos a conta e saímos do restaurante.

Em casa, deitei no sofá e peguei meu computador. Fui pesquisar sobre os aplicativos e achei que só existiam três opções, mas para a minha surpresa existem milhares, e gratuitos. "É só eu escolher um que não seja tão famoso que consigo manter um pouco o anonimato", pensei. Pelo menos não o mesmo do Gustavo.

Após assistir a vários vídeos explicativos, decidi olhar mais a fundo um que parecia bem seguro, até tinha a opção de pagar para ter mais exclusividade. "Bom, se eu resolver entrar, será nesse daqui", pensei, fechando a aba do laptop antes de fazer alguma besteira.

Aprofundando meus estudos sobre *carência afetiva* para o *workshop* de autoconhecimento —que decidi fazer para ajudar mulheres na mesma situação que a minha—, ouvindo uma filósofa na internet, me veio um *insight*: "Já sei! E se eu entrar no aplicativo dizendo que sou novata e que estou montando um curso e entrei para 'pesquisar' sobre o que os homens acham de mulheres que entram no aplicativo? Alice, você é genial! Assim terei coragem em me expor".

Peguei meu celular na mão e, decidida, baixei o aplicativo.

De cara escolhi uma foto minha de perfil usando óculos escuros, para não me "entregar" por inteiro, e preenchi "sobre mim" dizendo que sou novata e que havia ingressado a título de pesquisa para meu novo curso. Esse aplicativo nos "vasculha" por inteiro em nossas redes sociais para garantir que existimos de verdade, antes de nos liberar para que ingressemos. Não sei quantos dias isso irá demorar, confesso que estou me sentindo muito mais tranquila do que imaginei.

"Ai... ai... Melhor eu ir dormir!", decidi, para não pensar muito no assunto.

Na manhã seguinte, resolvi produzir! Mergulhei definitivamente em meus estudos para criar a estrutura do meu novo *workshop* sobre autoconhecimento. Levei em conta as conversas que tive durante os cursos que frequentei e com as "amigas" das minhas amigas, incluindo também histórias das mesmas.

Separei o programa em oito encontros semanais online ou em dois dias inteiros, como se fosse um *retiro* durante um final de semana (ainda iria escolher o local).

Criei a relação dos temas, que foram divididos em três principais:

1 - Ouvir histórias de aprisionamentos

2 - Identificação dos pressupostos errôneos da carência

3 - Os antídotos para a libertação por meio das ações e das atividades pertinentes para as participantes poderem vivenciar.

Seria importante conseguir passar a informação de que a qualidade dos nossos relacionamentos depende da qualidade do nosso autoamor, de fazer brilhar a nossa verdadeira essência. Tentei deixar o *workshop* o mais criativo e leve possível. E o título... escolhi: **"Esta Sou Eu"**!

Assim que terminei o esboço, liguei para a Lara e pedi a ela que me encontrasse para um café, para eu mostrar o resultado. Gostaria da opinião dela a respeito do *workshop*.

— E se ninguém se inscrever? — perguntei aflita para a Lara enquanto ela, ainda em silêncio, avaliava os papéis.

— Só mais um minuto — pediu ela. — Deixa eu terminar aqui.

Tomei um gole do meu cappuccino e comi meu pedaço de bolo inteiro, nervosa de tanta demora para ela me responder.

— Alice, esse material está demais! — elogiou ela, o que deixou muito animada e orgulhosa. — Eu mesma vou querer me inscrever.

— Que bom! Você não sabe o quanto me sinto aliviada — falei. — Você consegue perceber na programação que esse *workshop* serve para todas nós, independentemente de estarmos ou não separadas?

— Claramente, e isso foi o que me chamou mais a atenção. Você já marcou a data?

— Ainda não... Ainda sinto um certo receio por achar que não estou preparada o suficiente.

— Eu funciono somente com cronograma, assim sei que não posso escapar das minhas obrigações. Coloca uma meta para você, senão nunca irá acontecer — Lara me orientou.

— Você tem razão, vou arriscar.

Contei para ela sobre meu ingresso no aplicativo de relacionamentos e que eles poderiam demorar dias ou até semanas para me liberar para ingressar.

— Será que eles já não te responderam? — perguntou.

— Não sei, ainda não olhei meus e-mails hoje. Deixa ver — disse eu, pegando meu celular na mão e acessando a caixa de entrada.

De repente, levei um susto: havia duas mensagens do aplicativo para mim, uma dizendo que "gostaram muito de mim, que estou dentro" e outra que meu perfil estava já movimentado.

— Liberaram! — falei, assustada.

— Entra que eu quero ver! — pediu Lara.

Senti uma mistura de sentimentos, o mais evidente, além do nervoso, era o de vergonha.

— Não tenho coragem — falei, desligando o celular.

— Ai, amiga! Eu te entendo! — me acalmou ela. — Vai para casa, e quando você se sentir segura, você abre. Respeite o seu tempo. Agora vamos? Preciso voltar para o trabalho.

Quando voltei para casa, peguei minha agenda e, para não procrastinar mais, marquei o dia do lançamento do *workshop* e planejei como montar os posts de divulgação. Subiu um friozinho pela minha barriga... Era muita novidade... Peguei meu celular e cliquei no aplicativo.

Eu teria agora acesso a fazer um perfil mais personalizado e também pagar uma mensalidade para ter mais privacidade. Vi que já havia recebido seis mensagens, mas não quis nem olhá-las, com medo de clicar ou curtir alguma coisa errada. Consegui enfim arrumar meu perfil delimitando o sexo e a idade dos meus *pretendentes*. Depois naveguei um pouquinho para olhar os rostos, mas não mexi em nada, não sei por que era tão esquisita a minha sensação... "Preciso trabalhar esse bloqueio em terapia", pensei.

...E ocultei meu perfil.

— Na época em que estamos vivendo, os aplicativos de relacionamentos se tornaram uma ferramenta natural — disse minha terapeuta após longa conversa.

— Não consigo sequer imaginar ser natural me colocar disponível em um "catálogo". Me senti realmente envergonhada, e também brava comigo por não conseguir atrair ninguém sem precisar *apelar* para o aplicativo.

— Sugiro, enquanto você não desmistificar e dissolver esse seu bloqueio, que você não entre, senão você poderá sofrer... Não é para ser algo penoso, e sim divertido. Um treino para você se conhecer melhor.

— Mas por onde começo? — perguntei — Alguma sugestão? O Réveillon está chegando e eu ainda nem sei onde irei passar esse ano... Mas, se eu não me mexer, vou passar sozinha, né?

— Isso é você quem está dizendo! — brincou ela, com uma piscadinha no olhar, e continuou. — Você pode começar se divertindo, chame alguma amiga para ver o aplicativo junto com você. Pelo menos boas risadas vocês irão dar!

— Está bem, vou tentar fazer isso e te conto como foi.

— Liguei por vídeo para a Katie e conversamos sobre o aplicativo. Ela estava tão familiarizada com ele que trocava mensagem com 18 homens ao mesmo tempo, muito mais que a Marta!

Comecei a me preocupar com a minha festa de Réveillon... Meus pais e irmãos queriam que eu fosse de qualquer jeito para a Itália, mas eu me esquivei, não queria mais encontrar com o Giovanni... Por mais que tivesse sido maravilhoso nosso encontro, durante esse período ele não se separou, e a última coisa que eu queria para a minha vida agora era ser pivô de um divórcio, além de destruir uma família e ser apontada como "a outra". O que eu menos desejo é ferir alguém, e estar com ele estaria ferindo meus princípios. Então cortei ele da minha *lista*. Nada de relacionamentos tóxicos!

A Paola e a Georgia também queriam que eu fosse para a Itália, mas combinei de vê-las durante o ano.

O Giovanni continuava me enviando mensagens esporadicamente e eu as ignorava, sem respondê-lo. Me segurava muito para conseguir manter a minha decisão...

Resolvi então ter forças para romper internamente com todos os homens da minha vida e partir *livre, leve e solta* para o Ano Novo.

Reativei o meu perfil do aplicativo de relacionamento, criei coragem para ler as mensagens que recebi, mas descartei todas elas. Por enquanto os homens que me chamaram não acionaram nenhum sininho dentro de mim, e eu não vi perfil algum que me tocasse realmente. O melhor é que agora eu entrava e saía do aplicativo sem medo, me divertindo com cada figura esquisita que aparecia no *feed*.

Em uma videoconferência com a Katie, conversávamos sobre o aplicativo e ela me recriminou pelo fato de eu nunca ter dado um *like* ou respondido alguma mensagem:

— Você só quer homem bonito e novo! Você é muito exigente.

— Eu não posso escolher? — perguntei, debochando. — Se posso, é isso que vou fazer, não sou que nem você que não tem filtro algum!

— Não exagera, né?! Até hoje não me arrependi de nenhum que encontrei. Dê a chance para um feio, mas simpático! Responda às mensagens só para treinar! — sugeriu ela.

Só de pensar nessa possibilidade, eu já estremecia.

— E se ele for fedido? Odeio homem que não usa perfume ou que seja porco!

— Afe! Alice!!! — recebi mais uma recriminada dela. — Converse primeiro, depois marque um encontro em um café e aí, ao cumprimentá-lo, já dá uma fungada no pescoço dele para ver se ele é cheiroso! — divertiu-se Katie.

— Ha, ha, ha... — gargalhamos juntas.

— Prometo que vou tentar, aproveito e levo um tapa-olho para não me incomodar com a falta de beleza dele! — brinquei um pouco mais.

— Feio é relativo: para você pode ser feio, já que sempre procura por um príncipe, e para mim ele pode ser o cara mais lindo do mundo. Prefiro os ogros, robustos e fortes — falou ela.

— Bom, adorei nossa conversa — disse, já me despedindo. — Agora preciso ir.

Assim que desligamos, peguei o aplicativo e, sem pensar muito, dei *like* em três homens que haviam me enviado mensagens e cujo perfil parecia seguro. Eram simpáticos, e nada bonitos, por sinal! Ainda bem que ninguém veria a minha cara de espanto!

O primeiro descartei já na primeira frase. Vi que ele, além da falta de beleza e charme, também não tinha assunto. Muito raso, sem conteúdo. Devia ser fedido. Deletei!

Dei mais chances para o segundo e para o terceiro. Um se chamava Renato e era engenheiro químico, e o outro, Marcos, um fotógrafo de mulheres que se achava famoso. Ele trabalhava em uma agência de modelos e seu papo rolou mais divertido que o outro, que me parecia todo certinho, bem quadradinho.

Deixei o assunto rolar com o Marcos, que tinha uma lábia gigante para me seduzir, e até prometeu fazer um book meu para a sua agência, como se eu fosse uma modelo.

Marcamos um encontro, exatamente como a Katie me orientou: escolhemos um café badalado no centro de Campinas. Ele morava na cidade vizinha e veio de moto para me ver. Ao cumprimentá-lo, dei uma fungadinha no seu pescoço, sorrindo internamente: ele usava um perfume muito agradável.

Conversamos muito, Marcos me pareceu mesmo muito divertido, poderia ser um bom amigo. Porém ele tentou me beijar e eu me esquivei, tentou de novo e eu fechei bem meus olhos e deixei. Quase fui engolida pela língua gigante dele, que parecia maior que meu rosto. Beijo horroroso e ele achando que estava abafando!

A Katie me paga, pensei. Ao terminar o beijo, precisei pegar um guardanapo para me enxugar, até meus olhos estavam molhados de baba. "URGH! Não vai dar, terei que escapar", pensei enquanto inventava alguma desculpa esfarrapada para fugir de lá. Fui ao banheiro e lavei meu rosto com muito sabão, esfregando como se eu estivesse com cascão. Me recompus e ele tentou se aproximar novamente. Eu o segurei e disse, na cara dura:

— Não vai rolar...

O Marcos se ressentiu e saiu sem se despedir, acho que ele desejava só sexo. Ligou sua moto e saiu empinando do local.

Nunca mais o vi.

Tentei!

Desliguei o aplicativo de vez, apaguei a minha conta para sempre...

— Alice você poderia jantar comigo para falarmos das crianças?

— Toni? — atendi sua ligação, alarmada. — O que aconteceu?

— Não foi nada, mas gostaria de conversar com você.

"Que esquisito, o Toni nunca quis conversar comigo", pensei. Aceitei seu convite e fomos jantar em um restaurante romântico, em que costumávamos ir enquanto casados.

Ele estava calmo e gentil, um pouco sem jeito, me lembrou ele adolescente. Percebi um nervosismo que não era nada normal para ele.

— Então — falei, quebrando o gelo. — O que aconteceu com as crianças?

— Na verdade não aconteceu nada com eles, mas terminei com a Samanta e queria que fosse a primeira pessoa a saber.

Meu queixo caiu no chão. Não sei se foi pelo fato de eles terem terminado ou se foi por ele querer me contar primeiro. Talvez os dois motivos juntos, pois fiquei em estado de choque.

— O que aconteceu? — perguntei, com a minha voz por um fio.

— O filho que ela está esperando não é meu — falou, envergonhado.

Agora meu queixo atravessou a linha do chão de tão caído ficou. Perguntei:

— COOOOOOOOMOOOO? Como você descobriu isso?

— Não te contei e também não contei a ela. Lembra que conversamos sobre filhos e eu disse que só teria com você?

— Sim, me lembro inclusive de falarmos sobre fazer a cirurgia de vasectomia — respondi.

— Então... — respirou profundamente antes de continuar. — Eu fiz, escondido.

Não havia mais espaço para meu queixo descer, parecia coisa de novela. Tentei me manter no prumo e falei:

— Escondido, Toni? Nem vou perguntar como fez isso...

— Quando a Samanta anunciou a gravidez, *toda fofa*, meu queixo caiu. Não porque eu estava apaixonado por ela, na verdade foi só uma ilusão, ela realmente me seduziu...

— Aham... — debochei. — Estava na cara a verdadeira intenção dela. Só você não via.

Ainda envergonhado, ele continuou. Comecei a pegar mais leve, percebendo a dificuldade de ele *escolher* se abrir comigo.

— Como sei que pode acontecer de a cirurgia "dar errado", passei todos esses meses fazendo exames até constatar, após pressioná-la, que ela tem amantes.

— Entendi — respondi. — Amantes, no plural?

Ele assentiu com um movimento de cabeça. Confesso que internamente eu estava comemorando, não só pela saúde emocional dos meus filhos, como também pela financeira. E também pelo fato de ele sentir um pouco na pele o que é ser traído, mas mantive a classe:

— E por que me procurou? — perguntei, curiosa, mas sem demonstrar meus sentimentos.

— Porque você é mãe dos meus filhos, meu primeiro amor e a pessoa em que mais confio — respondeu, encabulado.

— Ah, que bom que pensa assim de mim — sorri. — E o que vai fazer agora?

— Já pedi a anulação do contrato de união estável e ela já está de malas prontas para se mudar para o interior de Minas Gerais, onde nasceu. Agora o problema é dela, o que irá fazer ou não com a criança.

— Tadinha... — respondi.

Ele me olhou surpreso e eu completei, compreendendo seu espanto:

— ...da criança!

Conversamos sobre como contaríamos isso para as crianças, mas antes combinei com ele de nos orientarmos com os terapeutas, porque ao mesmo tempo em que teriam um alívio por não precisarem mais enfrentar um bebê novo na família e sentiriam alegria de ver o pai separado da "coisa" (forma como um dia os escutei chamá-la, entre eles), eles estariam vendo agora o sofrimento do pai.

O Toni estava realmente muito *manso*, fragilizado e sofrido. A sensação que eu tive era que ele estava extremamente envergonhado. Agora eu correria o risco de ele, ou mesmo nossos filhos, achar que poderia "voltar" para casa, mas estavam bem enganados. Por anos, esperei esse dia acontecer. Agora que me fortaleci com os contratempos da vida, estaria ao seu lado de forma somente metafórica. Eu estava convicta em me manter firme na decisão de me manter *livre, leve e solta* para a festa de Réveillon.

Ele tentou me convidar para alguma coisa, mas se retraiu, despedindo-se de mim cabisbaixo, com seu olhar evitando o meu. Confesso que senti pena dele e um arrepio subiu pela minha coluna. Há tanto tempo esperei por esse momento e agora eu estava confusa...

Para esquecer a imagem do Toni na minha cabeça, mergulhei, entretida, nos meus afazeres para o lançamento do *workshop* presencial, que seria logo no início do novo ano. Encontrei um local bem organizado e moderno pertinho de casa para fazer um curso de dois dias inteiros. Comecei a soltar os posts do curso online e presencial, e rapidamente consegui preencher meu primeiro grupo presencial com oito mulheres. Está certo que mais da metade delas eram minhas próprias amigas: Anna, Maria Luiza, Ana Maria e Estela, além da Marta e Andrea, afinal elas contribuíram com as suas histórias para a criação da programação de todo o curso. Já na versão online, o grupo aumentou para 17 mulheres, sendo só duas conhecidas: Felicia, que disse que entenderia "portunhol", e Maria Ignês, que ficaria acordada até a madrugada, horário de Portugal. Para minhas amigas da Itália, combinei de fazer uma versão exclusiva assim que chegasse lá. Elas se empolgaram tanto que já começaram a fazer propaganda e escolher o local.

Decidi, pela primeira vez na minha vida, passar meu Réveillon "sozinha" na casa de infância da Ana Maria em Ilhéus, na Bahia, bem em frente ao mar. As crianças viajaram com o Toni para Ilhabela na casa do Júlio e da Anna, que estavam "mimando" meu ex-marido para ele não continuar sofrendo. Eles até me convidaram para ir, mas dessa vez eu escolhi passar a virada do ano em minha própria companhia.

A cor da roupa que usaria na virada do ano? Agora não faria sentido, pois a luz e o colorido da vida sairiam de dentro de mim! Assim, por puro autocuidado, fui ao shopping escolher meu vestido. Até que enfim aposentei o antigo: se desejo novidades, não seria vestindo velharias.

— Huuuummm... Não sei, não... Esse vestido está um pouco "mulherão" demais... — disse eu, me olhando no espelho do provador.

— Seu marido vai gostar de te ver assim na festa de Réveillon — disse a vendedora, querendo me convencer.

— Marido? Não tenho não, sou divorciada — disse a ela.

— O quê??? Então você irá com certeza com esse vestido! — ela disse, em um tom de voz tão alto que chamou a atenção de outra vendedora, que apareceu imediatamente no provador para também dar seu palpite... E de repente lá estavam elas: de duas, passaram a ser quatro!

Todas falavam ao mesmo tempo, enquanto a primeira não parava de me trazer vestidos! Curtos, longos, agarrados... Desalinhados...

Passei uma hora e meia com quatro *personal stylists* dentro do provador e saí da loja com três vestidos, duas saias longas e duas camisas (uma até um pouquinho desigual, um grande avanço para o meu lado mulher). Isso porque só fui buscar o meu vestido de Réveillon! Mal sabiam elas que não estaria indo para festa alguma, e que escolhi passar o Réveillon em minha própria companhia.

A vendedora me dizia: ache hoje mesmo uma festa para ir, use esse vestido azul com uma sandália de salto Marsala e batom vermelho. Tira foto e me manda por mensagem, que eu quero te ver! — me entregou seu cartão com o contato pessoal.

— Sandália Marsala? Desculpe a minha ignorância... Mas o que é isso?

— É essa cor aqui — disse ela, apontando para um detalhe em uma das blusas que estava levando.

— Ahhhh! Entendi! São tantos termos que existem em moda que eu não sei lidar!

— E não esqueça: batom vermelho!!! — disse ela, me entregando as sacolas ao sair da loja.

Fiz uma lista em minha cabeça quanto às cores de batom que eu tenho... Eu me lembro de ter usado batom vermelho somente duas vezes em minha vida: um dia, quando adolescente e ganhei de presente, e quando me fantasiei de Mulher Gato para o Giovanni.

Lara e Maria Luiza perguntaram onde estava; respondi que estava no shopping com quatro vendedoras...

— Estou indo já para aí! Isso não podemos perder!

Elas demoraram para chegar; saí da loja e as encontrei para um café. De lá, fomos direto para uma loja de maquiagem escolher o batom vermelho!

A casa era bem simples, antiga, como de pescador, mas muito bem decorada e aconchegante, parecia de revista. Deixei minhas coisas em cima da cama, vesti meu biquíni e fui descalça até a praia longa, de areia dura. Coloquei meus fones de ouvido e escolhi algumas músicas da minha *playlist* de meditação. O ritmo me trazia o compasso adequado ao meu caminhar, mesclado com o vaivém das ondas, que dançavam aos meus pés massageando as solas com a areia molhada e refrescante. Não me contive: tirei a canga em volta da minha cintura e mergulhei no mar, pedindo que as águas levassem embora tudo aquilo que não me servia mais e ao mesmo tempo me trouxessem alegria, força, sabedoria e coragem para eu continuar a minha jornada.

Boiei nas águas mornas observando o céu azul com alguns pássaros que sobrevoavam por lá. Meus ouvidos, imersos no mais profundo silêncio, tudo o que eu mais necessitava naquele momento. Para me secar um pouco, antes de entrar de volta na casa e tomar um banho revigorante, deitei na areia, orei e assisti a um dos maiores espetáculos da natureza: o pôr do sol, iluminado entre as nuvens ressaltando os raios de luz no espaço entre elas.

Me vesti com o vestido novo e coloquei um batom vermelho para trazer mais cor e paixão em minha vida. Dessa vez eu me sentia pronta para o "NOVO" que estava por vir.

À noite, preparei um jantar agradável com uma deliciosa taça de vinho bem doce, que aprendi a saborear, sentei no terraço da casa, ouvindo uma música suave, que contrastava com a cantoria dos grilos, sapos e cigarras. O caseiro dos pais da Ana Maria havia deixado uma pequena fogueira acesa no tacho perto das cadeiras de praia, onde me deitei olhando para o céu. Estava limpo e estrelado, com um risquinho de lua nova sorrindo para mim! Um cenário perfeito, mas senti que faltava um companheiro. Dessa vez alguém que caminhasse junto comigo, sem dependências emocionais, financeiras ou seja lá o que for... Aprendi muito nesses anos todos e agora me senti pronta para uma vida realmente nova, pautada no amor e no autocuidado.

Assim, inventei uma brincadeira em um pequeno ritual: peguei meu caderninho de anotações, comecei a escrever, visualizando como seria a minha vida caso eu escolhesse ficar com um dos homens que *experimentei* até hoje (já que não foram tantos assim!). Exclui o Marcos, aquele do aplicativo.

Comecei pelo Toni, que é o mais antigo e sempre será presente na minha vida e na dos nossos filhos. O engraçado é que só percebi agora que desde que me separei eu lutei com unhas e dentes (até com a minha aposentada calça de couro) para voltarmos a ficar juntos de qualquer maneira, mas a vida foi me mostrando que eu ainda teria muito aprendizado pela frente, o que realmente aconteceu! Eu o amo de verdade e acredito que será para sempre. Ele me surpreendeu voltando a me "rondar" e eu me surpreendi me segurando para "pensar" no que desejo realmente da minha vida, e assim achei melhor escrever a minha visualização, como se eu estivesse enviando uma carta para cada um, inserindo os prós e os contras e agradecendo pelo que cada um representou para mim.

Toni

Agradeço por abrir a minha vida para conhecer meu primeiro amor, o Brasil, país que me acolheu de braços abertos e onde escolhemos viver, e principalmente por me ajudar a trazer à luz nossos quatro maiores tesouros. Agradeço também pelos momentos que não foram tão bons assim e nem desejo mencionar, mas que fizeram parte da minha aprendizagem e constituição de quem Eu Sou.

Se eu escolhesse voltar com você, minha vida seria bem interessante: as crianças iriam amar, principalmente a Elena e o Carlo, que são os nossos dois filhos "mais apegados". Já teríamos casa e estrutura conhecida por nós, amigos e famílias em comum, e tudo mais... Nos conhecemos muito bem e você sempre será meu primeiro amor e meu melhor amigo. Seu sorriso e aconchego me trazem segurança e despertam meu amor.

Mas o contra que eu enfrentaria seria ainda a desconfiança. Não que me tornaria ciumenta, não é isso que quero dizer, mas, uma vez que o vaso quebrou, sempre verei o remendo. Já adianto também que não mudarei mais meu sobrenome, tive um trabalhão para reverter e agora vamos deixar como está.

Lembra daquela carta que escrevi ao completarmos 15 anos de casamento, que você engavetou? (Não vou te contar o destino final dela, isso deixa pra lá!) O que estava escrito nela ainda está valendo! Não será fácil voltarmos a viver juntos, mas poderá valer a pena!

Com Amor,
~~Da sua~~ Alice.

Agora é a vez do Bonitão!

João Eduardo,

Nossa relação não se concretizou, ficou no ar, em minha (ou nossa) imaginação. Te coloquei nessa carta porque você foi a primeira pessoa a quem fui apresentada, e quem sabe não será o último a ser escolhido.

Você realmente é bonitão, simpático e tem os atributos todos que um homem deveria ter, porém até hoje (após as minhas trapalhadas de redes sociais e músicas sensuais da minha playlist) não sei se falava a verdade ou se fazia parte de um jogo de sedução, o qual não "pesquei".

Se ficarmos juntos, te adianto que teremos que escolher uma raça (incluo vira-lata nessa) de cachorro que agrade a nós dois!

Obrigada pela experiência que adquiri desde que te conheci!

Com carinho,
Alice.

Gustavo

Gú, meu príncipe encantado...

Quando na minha vida eu poderia imaginar que daria um beijo em um sapo com o desejo tão forte, a fim de realizar! Seu coaxar fez meu coração paralisar e me apaixonar de verdade por um príncipe muito especial. No mundo da fantasia, tudo é possível, não é mesmo?

Mas a realidade é outra... Eu já me imaginei por diversas vezes casada com você. Sei que deseja um filho e até me predispus a tê-lo, porém estaria nos enganando. Não estaria vivendo uma vida coerente com o que desejo para mim, a liberdade encontra-se dentro dos nossos corações, e um bebê nesse momento me aprisionaria em um modelo de vida que eu já tive por três gestações seguidas.

Eu te amo, e se for isso que te impediu de me escolher, volte, que podemos conversar e enfim nos acertar.

Ah, só mais uma coisa: não demore, porque a fila anda!

Com muito amor,

Alice.

Giovanni

Giovanni, o que falar para você?

Você é casado, contra todos os meus princípios, mas é um gostosão!

É também o homem mais lindo que já encontrei. Um deus grego, porém italiano!

Tudo o que pedi ao universo eu recebi, só esqueci uma parte, que para mim estaria óbvio: teria que estar livre! E...se estivesse... Segura que as minhas garras de mulher gato não te soltariam jamais. E LÓGICO que quero te ver, te sentir, te beijar e conversar e outras coisas mais... Sou felizarda!

Você rompeu com todos os meus preconceitos e, de tão bom... me deixei levar. O resto... Não preciso mais te contar!

Caso me queira, será você quem deverá me procurar, livre, leve e solto, para que possamos viver grandes e maravilhosas aventuras!

Um segredinho que nunca te contei: desejo internamente que se separe, mas não será esse meu pedido de Ano Novo, pode ficar tranquilo! Te darei a chance de escolha própria!

Com carinho,

Alice.

Escrevi uma carta também para algum desconhecido que poderá aparecer em meu caminho:

Meu novo amor,

Venho aqui te contar uma história que desejo que se realize:

Alma gêmea (pelo meu ponto de vista) é um "outro" que te completa. São pessoas que já viveram juntas desde sua primeira existência e que a cada "vida" vêm cumprir um propósito: às vezes juntas; outras, "separadas".

O "encontro" sempre acontece, podendo ser duradouro ou somente por um segundo, por exemplo em uma troca de olhares dentro do metrô.

Quando duas almas gêmeas se encontram, "naquele momento" se tornam "uma só".

A partir daí, podem seguir o rumo que escolherem, às vezes juntos, ou por perto, outras vezes longe... Cada um com seu propósito.

E assim seguirá para toda a eternidade. O importante é acontecer esse "primeiro encontro".

Tenho certeza absoluta de que seremos "um". Ao te encontrar, acredito que imediatamente na minha cabeça virá a frase: "é ele!". Nosso encontro não será só pelo olhar, como também sentido, experienciado... Enfim, nosso encontro será consumado!

NÃO SEI qual será o desfecho dessa história, nem me preocupo com isso, pois tenho deixado "a vida me levar", aproveitando cada minuto que tenho, pois nunca sei quando será o próximo, então vou aproveitar enquanto durar!

É essa a história da "alma gêmea"!

Desejo te encontrar!

Com amor, da sua alma gêmea,

Alice.

Ainda bem que não eram tantos assim, senão passaria a noite escrevendo! Dobrei cada carta e guardei ao meu lado. No balanço da rede, programei o alarme do celular para tocar um pouco antes da meia-noite. Olhando as estrelas, que pareciam preencher cada pedacinho do céu, adormeci.

Ao despertar, coloquei as cartas na brasa acesa da fogueira, que em contato com o papel avivou um pequeno fogo. Enquanto observava as labaredas, visualizei elas serem entregues para cada destinatário, eles recebendo e sorrindo. Assim, aprendi ser o jeito certo de manifestar o que desejamos.

Com uma lanterna, voltei à praia e, molhando meus pés na água, agradeci...
Agradeci a Deus pela vida....
Agradeci por minhas conquistas...
Agradeci pelas situações e aprendizagens...
Agradeci por minha saúde e família.....
Agradeci à natureza, a tudo e a todos....
... e, ao novo tempo que estava por vir.

Fechei meus olhos, respirei profundamente e à 00:00 do novo ano, entreguei a Ele a minha vida (com certeza ele saberá escolher o que for melhor para mim):

DESEJO SER SURPREENDIDA!!!

Pulei as sete ondinhas, peguei o celular para desejar "Feliz Ano Novo" para os meus filhos, entrei na casa e o lençol branquinho esticado em minha cama me convidou a deitar.

E... Dormi como uma pedra, sem nem mesmo me mudar de posição durante a noite toda.

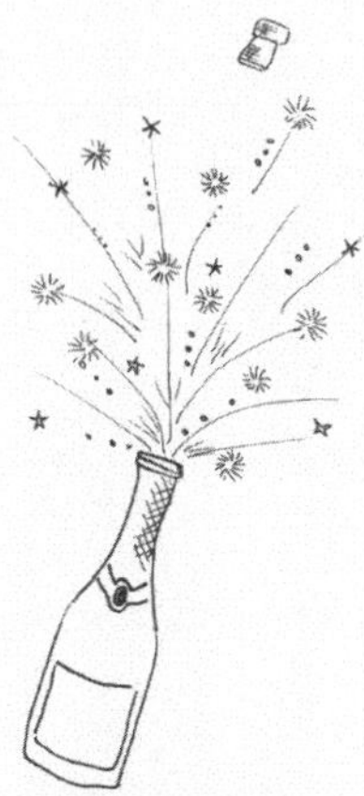

2017

Marquei a estreia do *workshop* "Esta SOU EU" para os dias 24, 25 e 26 de janeiro. Ao todo, foram as oito mulheres passar dois dias em um retiro comigo como facilitadora. Na programação que fiz, tínhamos tempo para "conversas, tempo de silêncio, tempo para caminhadas meditativas, de escuta e observação, dança, muita dança, para trazer flexibilidade para o corpo e para a vida, tempo para escrever em um diário, alimentação, ação e muita história para contar. A ideia principal era deixar ir o que não serve mais para as nossas vidas e nos fortalecer para lidarmos com os contratempos da vida... O grupo online começou em fevereiro.

As histórias que surgiram foram as mais cabeludas possíveis: de mulheres que continuavam casadas e traíam seus maridos sem dó, de mulheres que sofreram abusos na infância e seus traumas repercutem até hoje. Uma delas morava com um casal (eles formaram um "trisal"). Havia mulheres recém-separadas, recém-casadas, buscando se reencontrar para equilibrar seu casamento, mulheres em relacionamentos tóxicos, que sofreram perdas repentinas, que têm amores que sufocam, e até uma idosa, que havia ficado viúva e agora busca compreender quem ela é, sozinha. Trabalhamos medos, ansiedades, expectativas e frustrações...

Orientei o grupo com meus aprendizados e experiências sobre o quanto a nossa carência afetiva nos impede de sermos verdadeiramente quem somos: ela nos aprisiona, vestimos uma máscara para agradar, outra para nos submeter, com medo de perder nossos maridos, outra máscara para fingir, outra para enganar, e assim vai... E no fundo somente enganamos a nós mesmas.... Nós, mulheres, executamos milhares de papéis diversos: trabalhamos, somos mães, filhas, esposas, amantes... Mas temos dificuldades de amar a nós mesmas, e assim o outro precisa nos abastecer, ou seja, somente alguém *de fora* pode suprir esse amor que não temos por nós mesmas. Fica claro, assim, que cumprimos tantos papéis para os outros e nenhum para nós mesmas.

Muitas vezes entramos em relacionamentos frios, desequilibrados e abusivos por dependermos de aprovação externa o tempo todo, e perdemos a nossa capacidade de nos recolher e respeitar a nós mesmas. Voltamos ao passado para arrumar culpados, nos vitimizamos e remoemos, inventamos milhares de artimanhas só para não encararmos a nós mesmas. Aprendi muito com todas elas, e até consegui perceber o quanto eu ainda me mantinha presa na crença de que "serei feliz somente com um companheiro". Todas as técnicas que apliquei serviram também para mim: eu orientava e ao mesmo tempo participava; em cada história, me envolvia e me identificava com as dores das outras.

O *workshop* nos forçou a nos encontrarmos dentro de nós mesmas, a buscarmos saídas para nossos problemas e focarmos no que queremos para as nossas vidas. Esse foi só o primeiro, uma semente plantada na consciência de cada uma para que possamos fazer o *shift* para mudarmos a nossa atitude. O mundo se tornará muito melhor se a gente souber preencher nossas carências com antídotos amorosos.

"**Esta *também* SOU Eu!**" E, assim, mudei o nome do *workshop*, agradando a todas que se viram em unidade com o grupo.

Fui surpreendida pela empolgação e entusiasmo das participantes, que em seus *feedbacks* me encorajaram a fazer mais turmas e novos temas. Só recebi elogios e, claro, me fortaleci — não só profissionalmente como mais ainda de forma pessoal. Foi uma experiência incrível e gratificante.

Isso me deu forças para eu acreditar cada dia mais em mim mesma e ainda *celebrar* a vida como ela é, entre tempos e contratempos!

No final de março, o Toni ainda não conseguia olhar em meus olhos. Ele se aproximou muito de casa, mas eu sentia que a vergonha que ele sentia formou um abismo entre a gente. No fundo eu tinha a esperança de ele me pedir perdão e voltar a me amar, porém eu não iria esperar.

Voltei a dançar quase diariamente e, após mais de 20 anos, decidi retornar aos palcos, agora com um grupo de mulheres que dançam um jazz bem animado! O professor é maravilhoso e nos faz nos sentirmos verdadeiras divas! São 15 mulheres entre engenheiras, médicas, psicólogas, mães, arquitetas etc... Nos divertimos tanto que quase não apareço mais na terapia, dançar é muito melhor! Voltei a me reconectar com meu corpo: as músicas preenchem meu coração e a sequência da coreografia desafia a minha mente, me fazendo focar no "agora", no momento presente, senão atrapalho o grupo todo com a minha distração.

A apresentação ocorrerá exatamente quando a Lelê e o Marco estiverem em um acampamento com a escola, e os gêmeos não vão querer nem saber de me ver, pela primeira vez em minha vida estarei dançando para mim mesma. E estou feliz com esse resultado, me surpreendi com a minha serenidade e alegria em realizar algo em meu próprio benefício.

A dança me motivou a me tornar mais feminina. Uso batom todos os dias, ando mais bem vestida e sempre com as unhas feitas. Estou me sentindo bonita, mesmo um pouco acima do peso desejado por mim mesma. Sinto-me feliz.

A cada ensaio, uma descoberta!

Recebi uma mensagem inesperada em meu celular: do Gustavo, querendo me encontrar. Meu coração disparou, e é claro que aceitei! Marcamos em minha casa, me arrumei inteira, da cabeça aos pés, aguardando ele chegar. Por incrível que pareça, ele apareceu na hora exata combinada.

— Que surpresa! — exclamei. — Nunca imaginei que o veria novamente.

Nem ousei perguntar se ele ainda estava namorando. Não queria perder a oportunidade que acabara de se abrir em minha vida.

— Pois é — disse ele, entrando e sentando no sofá. — Nem eu!

— E o que trouxe você aqui? — perguntei, já mordendo meus lábios em tom provocativo.

— Você sabe bem — disse ele. — Você me enfeitiçou e eu sinto muita saudades suas.

— Como assim? — perguntei. — Você sumiu da minha vida, como num passe de mágica. Não há feitiço, não, meu príncipe encantado voltou a se tornar um sapo!

— Então me beija de novo para ver o que acontece — sugeriu ele.

Nos atracamos ali mesmo, com uma saudade enorme, eu desejava nunca tê-lo perdido. Como ele era gostoso... Eu olhei ele em pé, nu na minha frente, e ali avistei um homem que desejei por muito tempo. Eu sentia um amor de outras vidas por ele.

Conseguimos chegar até meu quarto e ali deitei em seus braços, sentindo os batimentos fortes de seu coração, em silêncio, sem perder nenhuma sensação. Até que ele cortou meus devaneios, dizendo:

— O que você fez comigo?

— Eu? — disse, surpresa. — Acabei de ser surpreendida!

— Não consigo mais ficar longe de você — falou ele.

Estranhei o fato de ele estar tão diferente comigo e tão apaixonado de repente. Será que o ritual das cartas que fiz no Ano Novo significa magia? Só havia uma forma de saber:

— Por que você escolheu ficar com a outra e não comigo? — perguntei.

— Não sei... Acho que medo — respondeu, com sinceridade.

— Medo? — e eu fiquei mal. — Sofri de verdade quando me deixou.

— Imagino.

— Foi difícil superar — completei.

Ele me abraçou forte e não me largava mais, parecia que não queria me soltar.

— E hoje? — perguntei. — Você ainda está namorando.

Senti seu corpo enrijecer e ele se calou. Me levantei, sentei a seu lado e fitei ele com meu olhar:

— Eu não acredito que você veio me procurar ainda namorando.

Ele olhou para baixo, encabulado, dizendo:

— Pois é, eu não sei o que aconteceu comigo, mas não paro de pensar em você. Seu cheiro, seu corpo, sua boca... Repito que você me enfeitiçou.

“Ixi, acho que fiz magia!”, pensei. Pela primeira vez me vi poderosa além da conta, não senti raiva, e sim satisfação. Percebi que o problema desde o princípio não era comigo, o conflito existia dentro dele. Não pude deixar de aproveitar e o seduzi mais uma vez para aproveitar cada minuto.

— Assim você me mata! — brincou ele entre meus beijos.

Quando me dei por satisfeita, ele entrou no banho. Enquanto isso, percebi que, assim como com o Giovanni, eu não seria a outra. Não era isso que eu desejava para mim. Queria um homem livre, *novo*, de preferência. Ao sair do banho, olhei para ele e disse:

— Está na hora de eu deixar esse sapo partir.

O Gustavo me olhou assustado e falou:

— Você abusou de mim e agora me larga?

— Eu não abusei, não. Você é que me procurou. Eu te amei intensamente, mas vi que você está amarrado, tem medo de se sentir sozinho e engrenar em um relacionamento sério, que é o que desejo. Você me surpreendeu, mas não quero alguém que necessito dividir. Vá e volte quando estiver livre, se você quiser, é claro!

E saiba que a fila anda!

Eu nunca havia conseguido dispensar ele com tanta certeza. Me surpreendi mais uma vez comigo mesma: minha postura era a de uma mulher madura e decidida. A ilusão que criei em colocá-lo na posição de príncipe encantado, sendo ele um sapo preso em seu próprio brejo. Quando ele foi embora, desmoronei na cama, aquela noite havia sido muito intensa para mim.

O Toni me rondando, o retorno do Gustavo, minhas aulas de dança e o sucesso do *workshop* me impulsionaram a voltar a ter fé na vida! Principalmente porque não dependia mais do outro para ser feliz: eu agora me alimentava dos meus próprios valores e ideias. Aprendi que a solidão pode ser positiva porque é a oportunidade de nos conectarmos com a nossa verdadeira essência. Pela primeira vez, me sentia plena mesmo sozinha. Na verdade, eu estava adorando a minha companhia, mesmo desejando um companheiro para somar, acrescentar mais sabor em minha vida.

Infelizmente, minha alegria foi repentinamente interrompida. O câncer da Maria Ignês, após quase 18 anos, retornou com força total. Da mama, agora havia se espalhado pelo pulmão e pelo cérebro. Ela tem feito todos os tratamentos possíveis em Portugal, porém recusou os mais agressivos. Seu desejo é: *aceitar a morte como ela vier*.

Desde então, eu, a Katie e a Felicia temos nos comunicado com mais frequência por vídeo. A Joana não sai mais de seu lado, nos passa os boletins médicos, e tentamos animá-la deixando de lado nossos problemas, sempre contando episódios divertidos que nos acontecem durante nossos dias.

É tão bom vê-la sorrir, mas sinto que ela está se despedindo de nós e não demorará muito para ela partir...

— Então — a Katie contava mais uma de suas histórias que pareciam ser inventadas. — A Felicia está aqui para não me deixar mentir — elas sorriram em cumplicidade. — Em Miami, em um dos congressos em que palestrei, fui convidada para um almoço com duas colegas mais novas, digo beeeeem mais novas do que eu. Agito é comigo mesma: aceitei na hora! A sensação que eu tive foi que eu era a Elisabeth, vizinha da Lara, tamanho abismo entre as nossas idades!

Sorrimos todas, impossível nos mantermos sérias com a forma de contar da Katie, que continuou:

— Fomos para um restaurante muito divertido, nunca vi nada igual! Parecia que eu estava no fundo do mar entre sereias, tudo muito "over", mas bem animado.

— Ah, igual a um restaurante típico e muito antigo a que fui uma vez nos arredores de Frankfurt, até a cadeira parecia do Marlyn, não havia espaço para tanto cacareco — interrompi.

— Exatamente — Katie continuou. - Quando saímos de lá, adivinhem: o carro que peguei emprestado da Felicia havia sido guinchado.

Nessa hora, Felicia revirou os olhos. Eu estava amando a descontração da Maria Ignês; aliás, todas nós, por alguns minutos, havíamos esquecido da dor que sentíamos.

— As meninas foram comigo "desvencilhar" o carro em um lugar ermo e esquisito. Os homens nos olhavam de cima a baixo, eu não lembrava da placa e, com vergonha da Felicia e do Juan, preferi não ligar para ela. Quando descobrimos qual carro era, precisei entrar no pátio onde se encontravam milhões de carros, tipo cena de filme, e encontrar os documentos dentro do porta-luvas para conseguir retirá-lo de lá. O carro veio com aquele papel amarelo grudado no vidro, anunciando nossa epopeia, que não desgruda por nada nesse mundo! Quando finalmente estávamos livres, já era quase horário do jantar. Perdemos as sessões da tarde do congresso, então decidimos "desencanar" e emendar em um novo restaurante. Dessa vez, estacionei no valet, para não correr mais risco.

— Lembram, Felicia e Alice, a vez em que aconteceu isso com a gente quando estacionamos em um local proibido e fomos para aquela praia distante? — perguntou Maria Ignês, gargalhando. — A Alice ainda esqueceu as suas cadeirinhas de praia lá no guincho, e quando estávamos quase chegando na sua casa você fez a gente voltar para buscá-las!

— É mesmo! — respondeu Felicia. — Eu não deixaria de jeito nenhum as minhas cadeirinhas *preciosas* lá para aquele bando de homens machões!

— Calma que a história não terminou aí — interrompeu a Katie. — Jantamos em um lugar também badalado, eu já estava exausta querendo voltar para a casa da Felicia e as *duas crianças* animadas quiseram ir para a balada. Como eu estava de motorista, quase responsável por elas, as levei, e chegando lá parecia o "inferninho" que traumatizou a Alice e o Toni naquela vez em Nova Iorque. Ali me senti a verdadeira vovozinha. A música estava boa, tinha um saxofonista tocando gostoso, e vou dizer uma coisa: não era só a música dele que estava gostosa, e sim todo o conjunto! — disse Katie, se insinuando.

— Meninas, só um adendo nessa história: a Katie ainda estava namorando o Thomas. Está certo que em um relacionamento *aberto* — disse Felicia, e Katie sorriu.

— O garoto tinha idade para ser meu filho! — falou Katie.

— E desde quando você tem pudor? — Maria Ignês não aguentou ao provocá-la.

— Parem e me deixem continuar — Katie nos repreendeu. — O menino não parava de tocar aquele saxofone bem em cima de mim, já estava ficando até chato. Fomos para o bar. Tomei só água, afinal, depois do guincho, não correria o risco de ser presa. Lá apareceu um outro homem puxando conversa, esse era mais velho do que eu. Estava exausta querendo ir embora e dei meu telefone para ele parar de me perturbar, aí levantamos para ouvir um pouco mais o garotão do saxofone, que quando me viu abriu um sorriso enorme, eu totalmente sem graça, imaginava que estaria com mel, pois as duas bonequinhas que me acompanhavam não conseguiram nenhuma piscadinha dele. O menino veio se aproximando e comecei a dançar super sensual, até que ele chegou perto e me lascou um beijo! Acreditam? A *velhinha* aqui está com tudo!!!

— Katie, você não perde uma! — Maria Ignês falou, batendo palmas. — Aliás, vocês só virão para Portugal na minha morte? — perguntou, debochada, mas o clima entre todas nós fechou na hora, pois essa possibilidade não estava longe de acontecer.

Empalidecemos, e eu quebrei o silêncio entre a gente, dizendo:

— Você tem razão. Meninas, o que vocês acham de irmos logo para Portugal? Posso deixar meus filhos com o Toni. Que tal marcarmos alguma semana em junho? Vocês conseguem se programar em duas semanas? — perguntei.

Imediatamente, as duas concordaram. Katie, que era a mais atarefada, disse que não tinha paciente mais importante que a Maria Ignês. Mesmo adulta, para ela seria uma eterna criança! Combinamos de comprar nossas passagens para chegarmos juntas em Lisboa.

Eu estava no supermercado fazendo compras para deixar a casa abastecida para as crianças enquanto eu estivesse viajando quando me deparei de frente com o João Eduardo, o "bonitão". Quando ele me viu, parou estático, me cumprimentou feliz e logo me mostrou a foto do seu cachorro: um vira-lata!

— Que simpático! Você desistiu daquela raça esquisita? — perguntei.

— Quando fui em uma feira de adoção e o vi, não aguentei. Confesso que ele é muito mais esquisito que o de raça! — disse ele.

Realmente, o vira-lata era muito feio, mas a sua simpatia era tanta que ficava fofo demais. Lembrei do cara do aplicativo de relacionamento que, comparado a esse cachorro, até poderia ter dado certo se não fosse pela "lambida" dele em meu rosto! Sorri internamente.

— Que bom te ver! - disse a ele em tom sincero.

Nesse momento, um homem se aproximou dele e vi que disfarçavam. Não pude deixar de intuir que ele estava acompanhado. Mais uma vez me surpreendi!

Interessante que meus pedidos de Ano Novo sempre acontecem! E assim chegou a data da viagem.

No dia 12 de junho, no Brasil se comemora o Dia dos Namorados. No avião, durante o voo, observava as estrelas e a lua que me acompanhava bem ao lado da minha janelinha. Entre as nuvens passou um filme em minha cabeça, imaginando como eu gostaria de estar voando com um amor ao meu lado...

Eu, Katie e Felicia chegamos praticamente ao mesmo tempo no aeroporto, e juntas pegamos um táxi para nosso hotel, que ficava em um bairro nobre de Lisboa, chamado "Príncipe Real".

— Alice — me cutucou a Katie. — Você viu o nome desse bairro?

Sorri um pouco desesperançosa. Estava realmente muito preocupada em encontrar a Maria Ignês, não queria brincadeiras...

— Eu estou farta de sapos e príncipes — disse a ela.

— Na verdade, você saiu da ilusão de só querer enxergar um príncipe quando na realidade todos só viam um sapo! — disse Felicia, me elogiando.

— Veja por outro ângulo — disse ela, ainda tentando me convencer. — Esse príncipe não é *encantado*, ele é REAL!

Não deu para deixar de sorrir. A Felicia, sentada entre a gente, só colocou as mãos na cabeça em sinal de desaprovação! A Katie só pensava em homem e nada mais!

Deixamos nossas malas no quarto do hotel e tomamos banho rapidamente para encontrar com a Maria Ignês. A Joana passaria com ela para nos buscar em meia hora. A nossa ânsia para vê-la era tanta que em menos de vinte minutos já estávamos na recepção.

Quando a Maria Ignês nos viu, desceu do carro com dificuldade para caminhar. Estava tão magrinha e pequenininha que nos lembrou o tempo de bailarina; parecia uma menininha machucada. Nosso abraço foi delicado, com receio de quebrar seus frágeis ossos... Choramos todas juntas, mas ao mesmo tempo sentíamos alegria de podermos encontrá-la.

— Vamos fazer dessa viagem a nossa viagem mais divertida da história! — comentou a Katie, tentando elevar nosso astral.

Conhecemos pessoalmente a Joana, que acompanhou por anos nossa amizade, e seguimos para um restaurante próximo de Cascais, onde elas moram, para almoçar.

A vista de lá era simplesmente espetacular. A imensidão do mar me trouxe a memória de quando reencontrei o Toni, ainda adolescente, no aniversário da Maria Ignês, quando nosso namoro realmente ingressou no modo sério.

Continuamos a conversa em volta de lembranças e mais lembranças, e contei para elas sobre meu desejo durante meu voo.

— Vamos sair daqui direto para a igreja — falou Joana.

— Sim — respondi. — É importante pedirmos pela saúde da Maria Ignês. Todas juntas, isso potencializa nosso desejo.

— Digo que vamos à igreja pedir além da saúde dela. Hoje é dia de Santo Antônio! — emendou Joana.

— O Santo casamenteiro? — perguntou Katie.

— Esse mesmo — respondeu Maria Ignês, com a sua voz fraca. — Sabiam que a origem dele é de Lisboa?

— Achei que fosse de Padova, na Itália — falei, a italiana da turma.

— Sim, também — respondeu Joana. — Pode ser os dois, pois ele faleceu na Itália.

— Bem, isso não importa — Katie, ansiosa, cortou a nossa conversa. — O que importa é que hoje se comemora o dia dele, não é mesmo? Vamos, sim, até a igreja, mas só se for no bairro em que estamos: no príncipe REAL! — disse, me cutucando.

Impressionante a presença debochada da Katie com o poder de nos descontrair.

— Viemos para cá para focar na saúde da Maria Ignês — disse, ressentida por estarem me colocando *acima dela.*

— Imagina — Maria Ignês comentou. — Minha saúde já não tem mais jeito, não. Deixa eu comemorar a vida com vocês! Precisamos correr com esse pedido para eu ainda conseguir comer um pedaço do bolo do seu casamento. Já chega o primeiro, que perdi! Esse não perderei por nada, Deus irá me ajudar!

Saímos do restaurante direto para a igreja, e lá nos juntamos, acendemos velas, e fizemos pedidos não só para mim, mas para todas nós, agradecendo a nossa verdadeira amizade, que durará até a eternidade.

Combinamos de fazer um passeio por dia para poupar a saúde da Maria Ignês. Fomos até a praia do Guincho, comemos ameijoas em Ericeira, seguimos para Fátima, Sintra, e até jogamos no Cassino de Estoril. Nos divertimos à beça, a dificuldade estava em nos despedir assim que a viagem chegasse ao fim. Sabíamos intimamente que esse poderia ser o nosso último abraço...

As férias das crianças chegaram logo em julho. A primeira quinzena era do Toni, e eles foram para a fazenda e também para Ilhabela, na casa do Júlio, que logo chegariam as semanas de vela —as mais legais que acontecem durante o ano, cheio de velejadores do mundo todo, lindos, e os veleiros ainda mais.

Durante a minha parte das férias, fomos para Roma. Por incrível que pareça, o Toni liberou o apartamento para mim, em nome das crianças. Estávamos há quase um ano sem ver meus pais e irmãos, e isso quase nunca acontecia. Confesso que cada vez que piso lá, desde o que vivi com o Giovanni, um frio sobe em minha espinha. Não sei como ele sempre descobre quando eu chego. Acho que ele fica olhando as luzes acesas do meu apartamento.

Desde que decidi não mais responder suas mensagens, tento me manter firme para não escorregar novamente em suas conversas cheias de planos e sonhos românticos... Nada fácil essa minha decisão, e acabei cedendo...

— Preciso falar com você — disse Giovanni. — Me encontra na sua portaria em vinte minutos?

— Vou descer em trinta — desafiei-o, me valorizando um pouco. — Peço que seja breve.

— Serei.

Quando desci, encontrei-o na porta de seu carro me aguardando, lindo como sempre. Meu coração bateu tão forte que quase tropecei sem ver o degrau no chão.

Giovanni me cumprimentou com um selinho ligeiro em minha boca.

— Não consigo ficar longe. Você me tortura cada vez que some e não me responde mensagens — disse ele, aflito e demonstrando insegurança.

— Cadê aquele homem seguro de si que conheci? — perguntei em tom de deboche.

— Foi enfeitiçado!

"Ah, não!", pensei. "Será mesmo que aquele ritual do Ano Novo foi um feitiço? Esse ano me surpreendo a cada dia, com cada encontro e reencontro que acontece, com a minha postura e segurança. Decididamente, prefiro ficar sozinha a me meter em confusão. Mas, como não sou de ferro, aproveito para tirar minhas lasquinhas..."

— Posso saber quem o enfeitiçou? — igual ao Gustavo, mordi meus lábios o provocando, segurando a minha fúria de vontade de beijá-lo.

— Venha aqui, entre no carro.

Claro que entrei, e fomos para uma praça bem longe de casa. Lá ele estacionou e me disse que estava definitivamente se separando de sua esposa e que queria que eu ficasse na Itália e não retornasse para o Brasil.

— Vocês já assinaram o divórcio? — perguntei.

— Ainda não — ele respondeu.

— Então — continuei — por via das dúvidas retornarei, sim, ao Brasil. Mas antes quero te beijar.

E assim fiz. Não havia ninguém na praça e o lugar era isolado, o que facilitou a nossa entrada no carro (que bom que ele não veio com o Porsche dele dessa vez), e ali mesmo nos amamos. Eu estava tão presente e entregue que nem me dei conta de que estávamos na rua.

Estou adorando me surpreender com o meu poder de sedução e de discernimento, sabendo bem a intenção de cada desejo meu. O Giovanni me deixou em casa, e eu disse a ele:

— Volte a me procurar somente com os papéis assinados. E, cuidado, "a fila anda"!

Imitei a mesma frase que disse ao Gustavo. Saí do carro com passos firmes, sem olhar para trás. Entrei em casa, onde as crianças estavam assistindo alguma série na televisão. Subi para o meu quarto e me enfiei no banho muito feliz e satisfeita!

No dia seguinte, enquanto almoçávamos com meus pais na casa do Pietro e da Camilla, recebi a mensagem da Joana em nosso grupo, de que a Maria Ignês havia piorado muito, que decidiu não ir para o hospital para se sentir segura em casa e que já estava perdendo a consciência. Quando desejava falar, sua língua enrolava, dificultando todo o entendimento. Não tive dúvidas: deixei as crianças com meus pais e comprei minha passagem para o dia seguinte. Segui direto para o aeroporto de Lisboa.

Entrando na casa delas, encontrei minha amiga deitada em sua cama como se fosse um bebezinho de fralda. Ela tentava falar comigo quando abria seus olhos, mas realmente estava impossível compreendê-la. Acho que a fralda machucava sua fina e frágil pele, fazendo bolhas que deviam coçar sem parar.

Disse para Felicia e para a Katie ficarem nos Estados Unidos, pois eu ajudaria a Joana no que fosse preciso e passaria todas as informações para elas. Passei a dormir ao seu lado e tentava alegrá-la fazendo companhia, lendo livros em voz alta e contando outras histórias. Não sei se ela me compreendia, mas às vezes parecia que sim, e ainda a sensação era de gratidão. Sua agonia teve fim quatro dias depois que cheguei. Maria Ignês descansou...

No dia seguinte a enterramos no cemitério de sua família, em uma cerimônia íntima com os entes e amigos mais próximos. Coloquei em seu caixão suas sapatilhas de ballet, inseparáveis até o fim. De volta à sua casa, ajudei a Joana a organizar todas as coisinhas dela. Sábia como era, já havia deixado tudo separado para nunca dar trabalho para a sua companheira. Dormi tão profundamente que no dia seguinte quase perdi o horário do voo de volta para Roma.

O aeroporto estava muito confuso, lotado de turistas enlouquecidos pelas férias de verão. Eu estava me sentindo anestesiada, como se rodasse um filme em câmera lenta. Um homem me chamou a atenção: loiro, de olhos claros, alto e forte, com a barba por fazer, brasileiro (pelo sotaque). Estava bem nervoso fazendo o *check-in*, tentando um lugar em algum voo cujo destino não consegui distinguir. Pelo nervosismo dele, ele havia perdido o voo anterior e precisava chegar urgentemente para uma reunião. Por pena, quase cedi meu lugar a ele, mas eu estava exausta, queria chegar logo em casa e descansar dos dias exaustivos que passei em Portugal. A situação deve ter acalmado, porque logo vi ele saindo sem malas do guichê onde estava.

Ao chegar ao terminal de onde sairia meu voo, tomei um café com leite gostoso e comi um docinho de nata português (me derreto toda de prazer cada vez que como um). No pacotinho vinham três, e guardei para comer durante a viagem. Comprei mais para as crianças também.

Ao entrar no avião, me aconcheguei na janelinha e cochilei mesmo antes da decolagem. Acordei com o comissário de bordo me oferecendo bebida e um *snack*. O voo estava relativamente cheio; abri meu pacotinho de docinho de nata, pedi uma água e comecei a comer, até que a pessoa ao meu lado, que estava dormindo com um capuz tampando seu rosto, despertou.

Ao olhar, senti um frio na barriga subindo como uma flecha em meu coração. Era o tal homem bonito do *check-in*. Não tive dúvidas: ofereci um dos meus docinhos, e ele agradeceu, mas recusou dizendo que era brasileiro de Santa Catarina, que ao chegar em Portugal comeu tanto docinho desses que enjoou. Ele tinha um sorriso lindo e cativante. Me contou que gosta de velejar e também que trabalha em uma empresa italiana de carros, por isso sua viagem para Roma.

— E você? De onde é? Você fala muito bem português, mas seu sotaque às vezes te entrega — brincou ele.

— Sou italiana, mas fui casada com um brasileiro por muitos anos. Moro lá desde que eu tinha 20 anos — falei.

— Ah! Então não faz tanto tempo assim — me elogiou, e minhas bochechas coraram.

— Você mora em Lisboa? — perguntei, querendo manter viva a nossa conversa.

— Sim, moro em um bairro charmoso, chamado "Príncipe Real", você conhece?

Nesse momento meu sorriso se abriu largamente. Para disfarçar, me virei rapidamente para a janelinha. Dentro de mim, só vinha um pensamento:

"Estou viajando *acompanhada* por um príncipe real!"

Certamente a Maria Ignês também sorria, mexendo *seus pauzinhos* para esse encontro acontecer, lá mesmo, do outro lado do plano!

Me surpreendi!

Agradeci.

Agradeci por esse encontro.

Agradeci a vida!

...E, assim, aterrissamos em Roma.